Karen Sander

La dama verde

Traduzione di
Lucia Ferrantini

GIUNTI

Titolo originale:
Wenn ich tot bin

Questa è un'opera di fantasia. Ogni riferimento a fatti accaduti e a persone esistenti o realmente esistite è puramente casuale.

www.giunti.it

Via Bolognese 165 – 50139 Firenze – Italia
Via G. B. Pirelli 30 – 20124 Milano – Italia

Prima edizione: settembre 2021
Prima ristampa: novembre 2021

A mia madre,
grazie per esserci sempre.

PRIMA

Tira un vento gelido, una pioggerellina sottile mi sferza il viso. Ho le dita intirizzite dal freddo. La paura mi ha irrigidito l'intero corpo. Morirò, ne sono sicura.

«Forza! Muoviti, sali!» Ben è dietro di me. Così vicino che sento il suo respiro caldo sul collo. «Non fare la guastafeste!»

Afferro la scala, metto un piede sul primo piolo. Il legno è marcio. Ben avrà raccattato la scala da qualche parte qui fuori. Qui intorno non ci sono edifici, a parte questo posto cadente, che prima era probabilmente un ovile. Penso alle catene arrugginite appese al muro all'interno, con i resti di lana attaccati e mi si contrae lo stomaco.

Piano piano salgo. Ogni passo è una piccola vittoria. Basta che non guardi di sotto, non è così difficile.

Ma la tentazione è troppo forte. Sono quasi arrivata in cima, quando il mio sguardo scivola verso i piedi. Verso i miei piedi e il nulla sottostante. Ho subito le vertigini. Il vecchio edificio in pietra, l'erba alta tra le mura diroccate, tutto il paesaggio inizia a muoversi.

Mamma! Aiutami!

Chiudo subito gli occhi stringendoli forte. «Non ce la faccio» piagnucolo. La mia voce è lamentosa, so quanto Ben odi che io faccia così.

«Sul tetto!» Grida così forte che ho un sussulto.

Mi aggrappo, incapace di muovermi.

La scala si sposta. «Sul tetto, ho detto!»

Grido dalla paura, metto in fretta il piede sul piolo successivo.

«Lo vedi che ce la fai?» è il commento caustico che arriva da sotto.

Salgo gli ultimi pioli senza aprire gli occhi. Adesso viene la parte più difficile. Devo riuscire in qualche modo a passare dalla scala al tetto. Tengo gli occhi chiusi, tasto le spigolose tegole di ardesia. La mia fantasia prende il sopravvento. Immagino che Ben molli la scala, che questa si rovesci all'indietro mentre mi arrampico sul tetto e che io precipiti nel vuoto. Oppure, ancora peggio, di riuscire ad arrivare sul tetto prima che la scala cada, ma Ben tagli la corda e io resti bloccata lì sopra. Intorno a me non ci sono altro che colline grigioverdi, le cui vette scompaiono tra le nuvole basse.

Stringo i denti e mi arrampico fin quando non sono bocconi sul tetto, gli occhi ancora ben chiusi.

Mio Dio, fa' che finisca presto!

Sento Ben tirare via la scala. Piano piano apro gli occhi. Finché rimango distesa, non ho le vertigini. Abbraccio il tetto come un amico, il contatto ha un che di consolatorio. Ben sposta la scala sull'altro lato dell'edificio a forma di L, l'appoggia e sale su veloce come una donnola. È già in piedi sul tetto, le braccia larghe, un sorriso a trentadue denti sul viso.

«Forza!» grida. «Alzati! Conosci le regole. Camminiamo in equilibrio verso il punto dove le due parti del tetto si congiungono.» Indica un punto davanti a lui. «Se vinci tu, puoi esprimere un desiderio.»

Mi tiro su obbediente. *Se cadi non è pericoloso*, mi dico, *al massimo ti prendi una storta alla caviglia*. Ma appena mi metto seduta, ricominciano le vertigini.

Avevo paura dell'altitudine già da bambina, evitavo perfino lo scivolo del parco giochi. Da quando Ben lo ha scoperto, camminare in equilibrio è diventato uno dei suoi giochi preferiti.

Io odio i giochi di Ben. Lui sostiene sempre che servono a rendermi più forte, ma non è vero. Mi fanno solo sentire ancora peggio.

Ed è proprio ciò che vuole.

Cerco di far leva sulle mani per alzarmi, ma non reggono il peso, sono come di gomma. Immagino che il Ghillie Dhu sia qui con me sul tetto e mi tenga.

«Forza, angioletto mio» sussurra così piano che Ben non lo sente. «Ti aiuto io. Insieme ce la faremo.»

Non c'è molto spazio. Devo mettere i piedi uno dietro l'altro. Mi tremano le ginocchia, il cuore mi rimbomba nel petto, le colline avvolte dalla foschia mi danzano intorno. Si sente un fruscio. Una tempesta? Uno sciame di vespe?

Guardo Ben, che se ne sta lì a braccia conserte e aspetta che mi muova, sicuro della vittoria.

Ma non ce la faccio. Non vedo la strada. Il tetto fa a gara con le colline a danzare, tutto ruota in maniera sempre più vorticosa. Mi si contrae lo stomaco, sprofonda fino alle ginocchia. Barcollo, faccio un passo falso… e cado.

Quando atterro sul tetto, una fitta di dolore mi attraversa il lato destro del corpo. Grido, cerco di aggrapparmi, ma le tegole di ardesia sono lisce e bagnate. Scivolo inesorabilmente verso il baratro. Mi bruciano le mani, la faccia sfrega contro gli spigoli aguzzi delle pietre.

Poi per un attimo sono leggera come una piuma.

Il botto quasi non lo sento, percepisco appena l'umidità e il profumo dell'erba.

Resto distesa, stremata. La guancia destra mi pulsa dal dolore. Mi fanno male anche le dita e i fianchi. Non è ancora finita, lo so. Ma non fa niente. Sono di nuovo giù, sotto di me c'è un terreno stabile. Tutto il resto in qualche modo lo sopporto.

All'improvviso Ben si china su di me.

«Ho vinto» dice sorridendo. Lentamente si sfila via la cintura dai pantaloni. «A questo punto tocca a me esprimere un desiderio.»

SEI MESI DOPO

Venerdì 19 ottobre

SUSAN

Pane, latte, scottex. Lo scottex devo ricordarmelo assolutamente; negli ultimi tempi Harper non fa altro che rovesciare le cose. La tazza del cacao caldo, il bicchiere di succo, la bottiglia del ketchup. È cambiata, non è più disinvolta e allegra come un tempo. Non può essere già la pubertà, anche se nelle ragazze di oggi inizia incredibilmente presto: Harper ha appena otto anni.

Smetto di pulire il piano di lavoro e drizzo le orecchie. Dall'ingresso arriva un canto sommesso. Harper è seduta sulle scale e gioca con una delle vecchie bambole di Madelin. Gliel'ha data Stuart.

La prima volta che l'ho vista con quella bambola, ho sentito una fitta al cuore. Madelin in fondo non poteva darle il permesso. Forse non avrebbe voluto che la sorella minore giocasse con le sue bambole. Anche se allora aveva già dieci anni e non le interessavano da un pezzo, mi sembra comunque una specie di tradimento.

Torno al mio piano di lavoro. Madelin non è entrata nella pubertà. Allora. Era ancora una bambina che viveva in un mondo tutto suo, un regno pieno di avventure, magia e infinite possibilità.

Mi asciugo subito le lacrime. In realtà oggi è una buona giornata. Non fosse per questi maledetti pensieri. Non li posso spegnere, ci sono sempre. Spesso sono coperti dalla quotidianità, ma al minimo calo di attenzione riemergono.

«Mamma?»

«Sì, tesoro.»

«Lizzie non ha l'ombelico.»

«Ma pensa.» Appendo lo strofinaccio bagnato al rubinetto.

«Lizzie non ha una mamma?»

Bella domanda. In realtà Lizzie si chiama Emma. Madelin aveva chiamato la sua bambola così, ma ad Harper non gliel'ho detto. In generale, sa pochissimo della sorella maggiore perché quando lei è nata già non c'era più. Il pensiero mi fa capire quanto tempo sia passato dalla scomparsa di Madelin. Più dell'intera vita di Harper.

Mi appoggio al piano di lavoro. Combatto contro l'ondata di dolore che mi ha travolto all'improvviso. Ci sono momenti in cui vorrei che la polizia suonasse il campanello e mi dicesse che hanno trovato il cadavere. Così finalmente potrei seppellirla. Dirle addio, visitare la sua tomba.

Sento scricchiolare le assi del pavimento alle mie spalle. Mi giro. Harper è sulla porta.

«Lizzie non ha una prima mamma, però ne ha una seconda.»

Mio Dio. Deglutisco.

«Ed è una cosa buona?» chiedo.

La bambina annuisce. Poi la sua piccola fronte si rabbuia. «Però non ha un secondo papà.» Fa marcia indietro e torna a sedersi sulle scale.

Scuoto la testa sorridendo. Questo è uno de momenti in cui sono grata a Stuart di avermi convinta ad avere un altro figlio. Mi sono opposta a lungo. Nessuno potrà mai sostituire Madelin, e questo vale tuttora. Ma Harper ha riportato la luce nella mia vita, e per questo la amo più di ogni altra cosa.

Guardo l'orologio. Quasi mezzogiorno e mezzo, tempo di pensare al pranzo. Quando Harper non va a scuola, come adesso che ci sono le vacanze autunnali, a pranzo preparo una cosa semplice per noi due, più o meno allo stesso orario in cui si mangia a scuola, per non farle perdere il ritmo. Poi alla sera, quando torna Stuart, cucino una vera cena per tutti e tre.

Un tempo con Madelin non badavo a queste cose. Non sarebbe nemmeno stato possibile. Io avevo i turni e Madelin un esercito di babysitter. Allora non potevo immaginarmi di passare le giornate solo con la mia bambina. Ero così giovane, avevo sempre la sensazione di perdermi qualcosa. Cosa non darei, adesso, per riavere indietro quel tempo prezioso insieme a mia figlia.

Metto su l'acqua per la pasta. Guardo fuori dalla finestra e sul marciapiede davanti a casa vedo due donne che sembrano cercare qualcosa. Di sicuro sono testimoni di Geova o gente che raccoglie offerte per chissà quale progetto di pubblica utilità. Guardo meglio. Quelle due sembrano molto giovani, non hanno nemmeno vent'anni, una forse è un po' più grande. La più giovane barcolla leggermente. È ubriaca? Ha preso qualche droga?

D'istinto mi giro verso Harper. È ancora seduta sulle scale. Lizzie è vicino a lei e deve sorbirsi un pistolotto sul fatto che quando la maestra spiega una cosa non bisogna interromperla.

Guardo di nuovo fuori, ho un sobbalzo. Le ragazze hanno aperto il cancelletto del giardino e si muovono verso casa nostra. Adesso sono sicura che la giovane sia ubriaca. Cammina in maniera del tutto scoordinata. Ma cosa vogliono da noi? Qualunque cosa sia, non m'interessa.

Suonano alla porta.

Esito. La giovane potrebbe essere ferita. Ma perché l'amica non ha chiamato un'ambulanza? Oggigiorno tutti hanno un cellulare.

«Mamma! Hanno suonato!»

«Shhh!»

Harper però è già corsa ad aprire, ha la maniglia in mano.

«Mamma, qui ci sono due signore...»

La raggiungo sospirando.

«Susan McFarland?» domanda la più grande. Perlomeno l'alito non le puzza di alcol. Ha i capelli biondi tirati su e occhi verdi che brillano come due laghi di montagna.

La giovane invece ha un aspetto un po' trasandato e porta i capelli sciolti. Anche lei è bionda, ma con riflessi rossi, la pelle è chiara e cosparsa di piccolissime lentiggini.

«Cosa posso fare per aiutarvi?»

La grande si schiarisce la voce. «Ecco, io ho...»

«Mamma?» La più giovane mi guarda con gli occhi sgranati.

Barcollo.

No, non è vero.

«Mamma?» ripete con un filo di voce.

No, no.

Mi porto le mani alla bocca. La fisso. Cerco i tratti di mia figlia. Mi si riempiono subito gli occhi di lacrime.

«Mamma?»

«Madelin?» sussurro con voce rauca.

«Mamma!» Più che una parola stavolta è un singhiozzo.

Oh mio Dio!

Faccio un passo avanti, prendo tra le braccia quella figura scarna e la stringo. Ha un odore conosciuto e allo stesso tempo estraneo, di fumo e di terra. Ed è così alta e magra, una vera donna che mi supera di qualche centimetro. Inizio a singhiozzare, non voglio lasciarla mai più, ho paura che possa sparire. «Madelin, la mia Madelin!»

«Mami?» Stavolta è la voce di Harper.

Sento che mi tira il vestito come quando è impaurita. Piano piano mi sciolgo dall'abbraccio, ma non lascio andare la ragazza magra.

Con la mano libera accarezzo la testa della mia piccolina. «Harper, tesoro, questa è Madelin, tua sorella maggiore.»

Deglutisco, mi sembrano parole enormi, pazzesche. Quante volte ho immaginato come sarebbe stato se Harper e Madelin si fossero incontrate. Mai, però, avevo osato sperare che accadesse davvero. Non dopo tutti questi anni.

Guardo la ragazza negli occhi e nel suo viso magro riconosco l'ombra della mia bambina di dieci anni. C'è una sua foto scattata al porto di St. Andrews poche settimane prima della sua scomparsa. Ha un cappello a palloncino con visiera che le va troppo grande e guarda verso l'obiettivo sicura di sé. Il mondo mi appartiene, sembra pensare. È la mia foto preferita di Madelin.

«Madelin» dico sfiorandole il braccio piano piano. «Questa è Harper, tua sorella minore.»

Madelin aggrotta la fronte, si morde il labbro. Poi allunga una mano come se stesse salutando una nuova insegnante. «Ciao Harper.»

Harper la stringe, seria. «Ciao Madelin. Ho la tua bambola. Adesso sono la sua seconda mamma. Posso tenerla?»

KATE

«Merda!» Afferro il bicchiere, ma il contenuto si è già rovesciato sul fascicolo, che è diventato una cartina fatta di macchie di caffè.

«Tutto a posto?» Tom alza gli occhi dal suo schermo.

«Fra tre ore inizia il fine settimana e allora sarà tutto a posto.» Asciugo le macchie con un fazzoletto di carta.

«In tre ore possono succedere molte cose.»

Guardo Tom inarcando le sopracciglia. Al contrario di me, lui è davvero felice che inizi il fine settimana. Farà qualche lavoretto in casa o andrà con la moglie a trovare il figlio, che studia a Glasgow.

Io non ho né una casa né una famiglia che mi aspettano, ma va bene così. Ho raggiunto la metà della trentina e gli appuntamenti disastrosi che ho alle spalle mi bastano per una vita intera. Pertanto non ho intenzione di impegnarmi in una relazione che duri più di una notte. A meno che…

Basta! Ferma!

I miei pensieri sono di nuovo partiti per la tangente. Li scaccio via e cerco di concentrarmi sul rapporto.

Tom si alza sbadigliando. «Vuoi anche tu un tè?»

Guardo il mio bicchiere mezzo pieno di caffè, poi il fascicolo macchiato sulla scrivania, che ha rimediato anche qualche schizzo. «Meglio di no. Non voglio distruggere altri beni della polizia.»

«Come vuoi.» Tom prende il suo bicchiere e attraversa il grande ufficio fino al cucinino.

Di fianco al cucinino c'è l'ufficio dell'ispettore capo McMillan. La porta è chiusa. Forse è già andato a casa. No, impossibile, me ne sarei accorta. In fondo ogni fibra del mio corpo è concentrata su quella maledetta porta.

Mi sento osservata, giro la testa. Aidan Campbell è seduto alla scrivania di Lucy Highgate e le sta sistemando qualcosa nel computer. Lucy ha continuamente problemi con i software. Secondo me in realtà è molto meno imbranata di quanto sembri. Vuole solo che intervenga Aidan. La capisco. Con la sua barba incolta, i ricci marroni lunghi fino al mento e il viso spigoloso il nostro esperto di informatica è proprio carino. Niente, però, a confronto dell'ispettore capo.

Aidan mi fa l'occhiolino. Quando è nel nostro ufficio flirta sempre con me e devo ammettere che la cosa mi lusinga. Ricambio l'occhiolino, e lui sorride.

Sulla scrivania di Tom squilla il telefono. Esito, guardo in direzione del cucinino. Nessuna traccia del mio partner, quindi rispondo.

«Police Scotland, interno dell'ispettore Pine, sono il detective Kate Fincher. Come posso esserle utile?»

«Tom... cioè volevo dire l'ispettore Pine, non c'è?»

«Posso chiamarlo. Chi lo desidera?»

«Susan McFarland. Sa chi sono.»

Il nome non mi dice nulla. «Un momento, prego.» Vedo arrivare Tom con il bicchiere in mano e gli faccio un cenno indicando il telefono.

Fa una smorfia, arriva di corsa e posa il bicchiere.

«Una certa Susan McFarland» spiego.

«Oh.» Tom prende in mano il ricevitore. «Susan, come sta?»

Sento un fiume di parole ovattate, sembra che la donna stia piangendo. Mi giro. Se Tom ha una storia, non voglio saperne niente. Siamo partner da tre anni, ma in privato non abbiamo molti rapporti. Sua moglie Doris l'ho vista solo una volta. Non voglio essere messa tirata in ballo, proprio non ci tengo. Mi guardo intorno, nessuno fa caso a Tom. Perfino Aidan sembra completamente concentrato sul computer di Lucy.

Sento Tom sbattere giù il telefono, mi giro di nuovo verso di lui.

«Kate, vieni!» Prende la giacca.

«Che è successo?»

«Te lo spiego per strada.»

Salvo di corsa il rapporto che avevo iniziato. La prospettiva di uscire invece di passare altre tre ore a riempire moduli mi fa più effetto della caffeina. Anche se significa che non vedrò uscire l'ispettore capo McMillan.

Tom scende le scale così veloce che faccio fatica a stargli dietro. «Guido io» dice quando arriviamo al parcheggio. «Conosco la strada.»

Al primo semaforo, insisto. «Quindi... di che si tratta?»

«Ti ricordi il caso Madelin McFarland?»

Dentro di me riaffiora un ricordo. «Non è la bambina scomparsa nel nulla dieci anni fa?» Allora andavo ancora in giro con la pattuglia di Peterhead.

«Per la precisione nove anni e mezzo. Be', è rispuntata.»

Meno male che guida Tom. Mi batto le mani sulle gambe e chiedo fissandolo «Viva?»

«Sì.»

«Dove?»

«A casa. Poco fa al telefono era la madre. E prima che tu me lo chieda, sono stato io allora a dirigere le indagini. Sono andato molto spesso a trovare quella famiglia e ho continuato a farlo regolarmente.»

«Il caso non ti dava pace, eh?» Guardo fuori dal finestrino. Siamo imbottigliati nel traffico di Edimburgo all'ora di punta.

«Il mio Jack ha più o meno la stessa età di Madelin McFarland. Ho sempre pensato che sarebbe potuto capitare a mio figlio. Volevo che i genitori sapessero che la polizia non ha smesso di cercare Madelin.»

Lo guardo incuriosita. Fino a oggi l'ho sempre considerato un collega lucido, razionale. Quel tipo di poliziotto corretto e diligente che lavora bene, ma per questo non si ammazza. Questo lato di lui mi è nuovo. «E hai continuato a cercarla davvero?»

Sospira. «Quando avevo tempo. Il vecchio fascicolo ormai lo conosco a memoria.»

Finalmente ci muoviamo. Tom gira a destra. Siamo a Newington. Subito dopo viene The Grange, un quartiere elegante con molto verde e grandi villette di pietra.

«Allora non avevate nessun indizio?»

«Niente di niente. Madelin è scomparsa mente tornava da casa di un'amica che abitava a poche centinaia di metri. Nessun testimone, nessuna traccia.»

Arriviamo a Grange Road. Alberi, giardinetti, imponenti villette grigie, finestre con traliccio e bovindi. Tom gira a destra in Lauder Road e accosta.

Scendiamo. Osservo la casa. È simile alle altre della zona. Solida. Rispettabile. Decorosa. Sul vialetto c'è un SUV nero. Le finestre del piano terra sono piene di luce, sfidano il cupo pomeriggio d'ottobre scozzese.

Tom sta andando dritto verso la casa, lo prendo per una manica.

«E se non fosse lei?»

Mi guarda.

«Dobbiamo farle fare delle analisi, verificare il DNA... ti è chiaro, spero.»

«Tanto per cominciare entriamo e vediamo com'è la situazione, okay?»

La porta si spalanca ancora prima di aver suonato il campanello. Compare una donna più grande di me di pochi anni, ma sembra di un'altra generazione. Aria piccolo borghese, invecchiata anzitempo. I suoi occhi grigi però luccicano. Si è spostata i capelli castani di media lunghezza dietro le orecchie e accoglie Tom con un abbraccio.

Lui si stacca imbarazzato. «Questa è la mia collega, la detective Kate Fincher.»

«Salve Mrs. McFarland. Piacere di conoscerla.»

Entriamo nella casa, che Tom sembra conoscere bene. Quando Susan gli dice che le figlie sono in salotto, si dirige spedito verso una porta.

Figlie? Mi giro verso Susan. «Ha un'altra figlia?» Sono certa che nel resoconto non sia mai stata nominata una sorella.

«Harper ha otto anni» spiega Susan. «È nata quando Madelin era già scomparsa.»

Annuisco, raggiungo Tom in salotto.

È una stanza enorme. Parquet sul pavimento. Finestre con inferriate. Porte a battenti affacciate sul giardino. Divani color crema. Le due ragazzine quasi affondano nell'imbottitura. Entrambe guardano rapite un televisore che trasmette cartoni animati. La grande, Madelin, abbraccia un cuscino e si mordicchia un pollice. La piccola, Harper, ha una bambola in braccio e mangiucchia un biscotto.

Più dietro, nella stanza, c'è un'altra giovane donna seduta sull'orlo di una poltrona, evidentemente a disagio.

Appena ci vede, salta in piedi. «Io adesso devo proprio andare, sono in ritardo.»

«Lei è Rachel, è stata lei a riportare a casa mia figlia» spiega Susan.

Lancio una breve occhiata a Tom, lui annuisce. Vado verso la donna, lui si dedicherà a Madelin.

«Detective Fincher» dico. «E lei si chiama?»

«Rachel Knight.»

«Potrebbe raccontarmi brevemente quello che è successo?»

«Non c'è molto da raccontare. Stavo facendo una passeggiata, abito qui vicino, e l'ho vista ferma a un incrocio, quello della Reid Memorial Church. Piangeva, così le ho chiesto cosa avesse. Lei ha detto che doveva andare a casa ma non riusciva a trovare Lauder Road. Mi sono stupita, perché non era più una bambina piccola, poi ho pensato che fosse malata, si reggeva in piedi per miracolo. Così l'ho aiutata.»

«Ha detto qualcosa? Da dove veniva, com'era arrivata alla chiesa?»

«No. Non abbiamo parlato quasi per niente. Solo quando siamo arrivate qui, ho capito chi fosse.» Rachel guarda la porta. «Adesso però devo proprio andare.»

«Abbiamo bisogno del suo indirizzo, qualora avessimo altre domande.» Tiro fuori il blocchetto.

Mi detta un indirizzo e un numero di telefono.

Le passo il mio biglietto da visita. «Se le venisse in mente ancora qualcosa…»

«Nel caso la chiamo, so come funziona.» Sul suo volto si intravede un sorriso. «Il mio fidanzato è un vostro collega, forse lo conosce. L'ispettore capo McMillan.»

Un pugno in faccia mi avrebbe fatto meno male. Mi manca l'aria. Solo ora guardo meglio la donna. Ha perlomeno dieci anni meno di me. Ed è carina, molto carina. Capelli biondi, lucenti, tirati su morbidi, grandi occhi verdi, corpo magro, un vestito di maglia stretto. Con i miei jeans scoloriti e la mia pratica coda di cavallo mi sento veramente orribile.

«Adesso posso andare?» chiede.

«Sì.» Balbetto un saluto, e Rachel Knight esce di corsa dalla stanza.

Idiota. Sei proprio un'idiota.

Tom si avvicina. «Tutto a posto?»

Oca. Sei proprio un'oca.

Deglutisco. «Sì, sì.»

«Sei pallida.»

«Ho un buco nello stomaco. Forse oggi ho mangiato troppo poco.»

Mi squadra. Non mi crede, ma non insiste. «Qualcosa d'interessante dalla testimone?»

«Ha trovato Madelin per strada. Per il resto non sa niente. E tu?»

«Madelin non parla molto. Dice che la tenevano prigioniera in una specie di stalla. Da qualche parte in mezzo a delle colline verdi. Nessuna casa intorno, nemmeno una strada. Del suo rapitore non ha voluto parlare. Serve una psicologa.»

«E la Scientifica.» Piano piano riprendo il controllo di me stessa. «Dobbiamo imbustare i suoi vestiti e spedirli in laboratorio. E prendere un campione di saliva.»

«Già fatto. I colleghi dovrebbero arrivare a momenti.»

Guardo Susan, che sta entrando nella stanza con il tè su un vassoio, poi le due ragazzine sul divano. Madelin ha sottili capelli biondi e occhi azzurri, Harper invece trecce e occhi castani. Non si assomigliano granché.

«Che ne pensi?» domando a Tom con un filo di voce. «È lei?»

Tom segue il mio sguardo. «Lo spero.»

SUSAN

Ho dimenticato qualcosa? Cioccolata Cadbury, bastoncini di pesce e patatine gusto formaggio e cipolla. Tutte le cose preferite di Madelin. Le sue cose preferite di un tempo, mi correggo. Spero che i suoi gusti non siano cambiati troppo. Voglio che stia bene e che si senta a suo agio. A casa. Protetta. E al sicuro.

Mi sbrigo a caricare i sacchetti nel bagagliaio. Non è stato facile lasciare le ragazze da sole con la psicologa della polizia. Anche se quando sono uscita, Madelin dormiva come un sasso sul divano e Harper era così concentrata sulla TV che quando le ho dato un bacio sulla fronte per salutarla non mi ha nemmeno guardata.

La psicologa, Hanna Mills, mi ha assicurato che avrebbe badato a loro; ha detto che è stata formata proprio per queste situazioni e sa quello che fa. Sì, ma con quante vittime di rapimento tornate a casa all'improvviso dopo più di nove anni ha avuto già a che fare?

Nel frattempo, comunque, Stuart dovrebbe essere tornato

da un pezzo. L'ho chiamato prima di Tom Pine. Non voleva credermi.

«No, non può essere» ha balbettato incredulo. «È impossibile.»

Solo in quel momento ho capito che in tutti questi anni non ha mai creduto che Madelin potesse tornare viva. Anche se quando ne parlavo non mi ha mai contraddetto. Io stessa non lo ritenevo possibile. Non veramente.

Stuart mi ha promesso di mettersi subito in macchina. Però era a Dundee per un appuntamento con un cliente. Ci avrebbe messo del tempo. Gli ho detto di fare con calma, tanto la polizia ci avrebbe tenuti occupati per un bel po'.

Solo quando ero per strada mi è venuto in mente che Madelin, vedendo spuntare in casa un uomo che le è del tutto estraneo, sarebbe potuta andare in panico. Sì, nelle ultime due ore ha visto entrare e uscire un sacco di sconosciuti, ma c'ero anch'io e le ho spiegato che erano poliziotti in cerca del suo rapitore. Ha sopportato tutto con stoicismo, ha aperto la bocca per il campione di saliva, si è tolta la gonna e la felpa e ha guardato gli agenti imbustarle come reperti in sacchetti appositi; poi si è infilata un mio vestito di maglia, perché in casa non avevamo nient'altro che le andasse. Domani per prima cosa dobbiamo andare a fare acquisti.

Va be', con un po' di fortuna Madelin starà ancora dormendo. Le ho dato qualche goccia di Xanax. Una dose minima, non pesa quasi niente ed era giù distrutta di suo. Meno male che lo tengo nell'armadietto del bagno.

Chiudo il bagagliaio e salgo in macchina. È strano, non sono ubriaca di felicità come avevo sempre immaginato, ma solo in balìa di una specie di tremolio interiore, come se fossi di nuovo tredicenne e stessi per salire sul palco per la recita di fine anno. Lo schock, credo.

Dal parcheggio m'immetto nella strada e m'infilo nel traffico. I miei pensieri sono continuamente rivolti a Madelin. Quando le ho presentato Harper, ha reagito con un'incredibile calma. Niente spavento, niente dolore o rabbia, perché un'altra bambina aveva preso il suo posto. In generale, è molto silenziosa. Dev'essere la stanchezza.

E poi chissà che ricordi si porta dietro. È stata via per quasi dieci anni. Cosa le hanno fatto in tutto questo tempo? Che cose terribili ha sopportato? Serro le labbra, non ci voglio pensare. Nemmeno Madelin deve pensarci. Deve dimenticare il più in fretta possibile ed essere di nuovo la mia bambina. La mia bambina grande.

Madelin sembra essere d'accordo con me. Alle domande di Tom e della sua collega ha risposto a monosillabi e con lunghe pause. Spesso solo con un'alzata di spalle. Sono procedure necessarie perché la polizia prenda il criminale che ha fatto questo alla mia bambina, lo so. Ma vederla soffrire così mi fa male.

Appena imbocco il vialetto vedo la macchina di Stuart. Mi sento allo stesso tempo sollevata e nervosa. Perché prima di andare a fare la spesa non ho aspettato che lui arrivasse? Del resto non avrebbe avuto senso aspettare con le mani in mano mentre Madelin dormiva. Magari sta ancora dormendo. Non sono stata via molto. E poi c'è anche Hanna Mills. Lei se la caverà, è il suo lavoro.

Tuttavia, avrei potuto chiedere a Stuart di passare al supermercato. E in questo caso sarei potuta restare con Madelin. Lui però non sa qual è la sua cioccolata preferita. Volevo che fosse tutto perfetto, ci tenevo.

Apro la porta e la prima cosa che mi salta all'occhio è la TV ancora accesa. Strano che Stuart non l'abbia spenta. Non gli piace che Harper la guardi troppo a lungo.

Senza posare i sacchetti, vado dritta in salotto passando per l'ingresso. Davanti alla TV non c'è nessuno. Sul divano vedo la coperta appallottolata con cui la poliziotta ha coperto Madelin quando dormiva.

Mi giro e vado in cucina. Forse sono lì. Apro la porta con la spalla. All'inizio percepisco l'odore, dolciastro e pesante. Poi vedo il sangue sul piano di lavoro e sulle ante dell'armadietto basso e poi la figura di Stuart accasciato per terra.

Lo stomaco mi schizza in gola. Mi cadono i sacchetti. Un grido mi sale su per la gola, ma dalla bocca esce solo una specie di singhiozzo attonito.

Cado sulle ginocchia. Giro mio marito sulla schiena. È pieno di sangue, la faccia, la camicia, i pantaloni. Sento una stretta al petto. Cerco di sentirgli il polso con la mano tremante. Percepisco un ritmo debole e veloce sulle punte delle dita, ma non sono sicura che non sia il mio cuore a battere così rapido da sentirlo perfino sulla lingua.

Ambulanza. Polizia. Telefono. Prendo la borsetta che ho ancora in spalla e tiro fuori il cellulare. Digito il numero di emergenza e il sangue resta appiccicato allo schermo.

Solo quando lo sento squillare, mi vengono in mente le ragazze.

Santo cielo! Dove sono?

Salto in piedi. «Madelin! Harper!»

Nessuna risposta.

«Polizia, pronto intervento, come posso aiutarla?»

«Mio marito è stato aggredito... è ferito! Qualcuno ha fatto irruzione in casa.» Salgo le scale di corsa, magari le ragazze hanno fatto in tempo a nascondersi.

«Per favore, mi dica nome e indirizzo.»

«Susan McFarland. Hillview House, Lauder Road. Vi prego sbrigatevi, altrimenti morirà dissanguato!»

«Una macchina è già per strada. Può dirmi cosa è successo di preciso? Ci sono altri feriti? L'assalitore è ancora in casa?»

A saperlo!

Apro la porta della camera di Harper. Vuota. «Non ne ho idea» grido nel telefono. «Sono tornata dal supermercato e l'ho trovato sul pavimento della cucina. È tutto coperto di sangue, vi prego, sbrigatevi!» Corro in camera da letto. Niente. Bagno. Stessa cosa.

Santissimo Iddio, ma dove sono le mie figlie? E la psicologa?

«Mrs. McFarland, si calmi. Stiamo arrivando.»

Scendo di nuovo le scale di corsa con il telefono premuto contro l'orecchio. Questa voce sconosciuta mi dà sicurezza, mi impedisce di impazzire del tutto.

«Madelin! Harper!»

«In casa ci sono altre persone?»

«Le mie figlie, ma non so dove sono. E una psicologa. Che avrebbe dovuto badare a loro…»

Mio Dio, mio Dio, fa' che alle ragazze non sia successo nulla!

Sento una sirena in lontananza. Finalmente.

«Mrs. McFarland, quanti anni hanno le sue figlie?» domanda la stoica voce al telefono.

Che importanza ha? «Otto e diciannove.» Ricontrollo in salotto. Stavolta però guardo meglio. Sotto al tavolino, nella nicchia tra il camino e la libreria.

«E non sa dove sono loro due?»

«No!»

Solo in quel momento mi accorgo che uno spiraglio della portafinestra che dà sul giardino è aperto. In fondo al prato vedo Hanna Mills che cammina avanti e indietro, parla al telefono, fa gesti agitati. Di Madelin e Harper nessuna traccia.

La sirena adesso è fortissima. Di colpo si zittisce. Devo aprire, far entrare il medico. Corro alla porta, la spalanco. Entrano due uomini di corsa, uno ha una valigetta nera.

Indico la cucina senza parlare. Dovrei andare con loro, far forza a mio marito, ma come posso farlo fin quando non so cosa è successo alle mie bambine?

Sento confusione e mormorii in cucina. Poi un altro rumore. Viene dall'armadio a muro sotto le scale.

Mi cade il cellulare. Con il batticuore mi precipito all'armadio e spalanco l'anta.

Harper è accucciata al buio, gli occhi sgranati, la bambola stretta a sé. Sembra incolume. Gli occhi mi si riempiono di lacrime. Mi abbasso, la prendo in braccio.

«Dov'è Madelin?» le chiedo. «Dov'è tua sorella?»

KATE

Per la seconda volta in questa giornata Tom parcheggia davanti alla casa di Lauder Road. Da quando è arrivata la notizia non ha più detto una parola. Anch'io non ho voglia di parlare. Non avremmo dovuto lasciare la famiglia da sola con la psicologa. Avremmo dovuto insistere che rimanesse in casa almeno un collega. La verità è che avremmo dovuto portare via con noi Madelin subito, interrogarla scrupolosamente e sottoporla a una visita medica. Susan McFarland però si è opposta con tutte le sue forze, ci ha pregato di concedere un po' di tempo alla figlia per evitarle ulteriori traumi, e Tom ha ceduto.

Scendiamo. La Scientifica è già sul posto. Stuart McFarland è stato portato in ospedale, le sue condizioni sono critiche.

Hanna Mills è davanti a casa e fuma. È bianca come un lenzuolo. Il suo bel viso incorniciato da capelli corti rosso-castani sembra spettrale.

«Che è successo?» le chiede Tom in tono aggressivo.

«Sono uscita un attimo in giardino» dice, e fa un tiro di sigaretta. Le tremano le dita. «Non più di cinque minuti, giuro.»

«E cosa diavolo ci è andata a fare in giardino?» Tom guarda la sigaretta. «Doveva fumare?»

«Aveva chiamato il mio fidanzato. Io... noi... ecco, negli ultimi tempi abbiamo avuto dei problemi. Le ragazze non dovevano ascoltare la nostra conversazione. Quando sono uscita Madelin dormiva e Harper era davanti al televisore tranquilla.»

«E Stuart?»

«Non era ancora arrivato.»

«E poi nel giro di cinque minuti è tornato a casa ed è stato aggredito da uno sconosciuto, che dopo è riuscito a svanire nel nulla con la figlia maggiore.»

Tom serra gli occhi.

«È andata proprio così!»

«E lei non ha sentito nulla di nulla?» chiedo.

«Solo il televisore.»

«Lo sa, vero, che ha combinato un bel casino?» sbotta Tom. «Un uomo è in fin di vita, una ragazza è scomparsa. E la responsabilità è sua!» Le punta un dito sul petto.

Lo prendo per un braccio. «Dài, entriamo.»

Tom mormora qualcosa che non capisco e mi segue dentro casa.

Susan è seduta, annichilita sul divano color crema e gioca con un fazzoletto. Harper è distesa di fianco a lei, la bambola in braccio, il pollice in bocca come una bambina piccola.

Un collega in uniforme entra nel salotto dalla portafinestra aperta. «Abbiamo guardato dappertutto. Della ragazza, nessuna traccia.»

Tom si avvicina a Susan, s'inginocchia davanti a lei e le stringe le mani.

Prendo da parte il collega. «Qualche indizio? Sangue? Impronte?»

«Fuori? No, niente. Nel giardino non c'è neanche un cancello. Solo questo accesso al salotto e uno al garage che è chiuso.»

«Capisco. E in casa?»

«Chieda ai colleghi, è meglio.»

Ringrazio e vado in cucina. Sulla soglia mi fermo e faccio un respiro profondo. Ho già visto varie scene del crimine, alcune anche molto raccapriccianti, ma mai una che poco prima avevo visto perfettamente intatta. Meno di un'ora fa in questa cucina ho preparato un tè insieme ad Hanna Mills. Il piano di lavoro in marmo, gli armadietti bianchi, il pavimento di piastrelle: tutto era pulitissimo. Adesso la stanza sembra un mattatoio.

Dylan, il capo della Scientifica, si abbassa la mascherina.

«Allora?» chiedo.

«Stuart McFarland è stato accoltellato, molto probabilmente nello stesso posto in cui è stato trovato. Lì, davanti al lavello.» Indica il punto dove c'è più sangue. «Dev'essere collassato subito, non ci sono segni di lotta. Un attacco a sorpresa, credo, nel ceppo manca un coltello.»

«Quindi non è stata un'azione pianificata» dico pensierosa.

Fino a quel momento avevo dato per scontato che il rapitore fosse tornato a riprendersi Madelin e che il patrigno si fosse messo in mezzo. Ma l'uomo come può essere entrato in casa disarmato? Doveva immaginare che la ragazza non fosse sola.

«L'arma del delitto è stata portata via?» domando.

«Per ora non l'abbiamo trovata.»

«E anche la ragazza è svanita nel nulla.» Mi strofino la fronte. Perlomeno l'assalitore non l'ha uccisa subito. Potrebbe significare che non gli interessava metterla a tacere come testimone, ma voleva riprendersela. Ci dà qualche speranza in più di ritrovarla viva.

Che stupidi siamo stati a non aver chiesto a Madelin più informazioni sul suo rapitore e sulla sua prigione quando ne abbiamo avuto la possibilità! Eravamo convinti di avere tutto il tempo del mondo. Che errore.

«Sul portone ci sono tracce di sangue» dice Dylan rompendo il mio silenzio.

«Impronte?»

«Qualcuna, ma non completa. Ci vorrà un bel po' per controllarle. Potrebbero anche essere soltanto quelle della moglie. Lo ha girato. Quando siamo arrivati aveva le mani insanguinate.

«Merda.»

Fuori arriva un'Audi argentata. L'ispettore capo McMillan scende e il mio cuore aumenta i battiti.

Gli vado incontro. «Capo.»

«Detective Fincher. Che cosa è successo?»

«Madelin McFarland. La ragazza scomparsa nove anni fa senza lasciare tracce. Oggi pomeriggio è tornata a casa di punto in bianco. Io e l'ispettore Pine siamo venuti e le abbiamo parlato. Non è stata in grado di dirci molto, solo che a un certo punto di notte si è accorta che la porta della sua prigione non era chiusa; era una specie di rimessa o una stalla, da qualche parte in campagna, senza nessuna casa intorno. È scappata, è arrivata a Edimburgo stamattina, fino alla Reid Memorial Church. Poi non è più stata in grado di proseguire. Una ragazza l'ha trovata e l'ha portata qui. Rachel Knight.» Mi schiarisco la voce.

«Tutte queste cose le so già» dice impaziente. «E poi?»

Mi tocco la coda di cavallo, nervosa. «Verso le diciassette abbiamo lasciato la famiglia nelle mani di Hanna Mills. La madre non voleva avere in casa altri poliziotti e la ragazza era così stremata che l'interrogatorio non portava a niente. Così abbiamo pensato di concederle una piccola pausa e di continuare dopo. La madre è andata a fare la spesa. Quando è tornata, ha trovato il marito gravemente ferito in cucina, la figlia piccola nell'armadio sotto le scale e Hanna Mills nel giardino sul retro. Stava telefonando e non si è accorta di nulla. Di Madelin McFarland, nessuna traccia.»

«Fincher, ha parlato anche con il padre oggi pomeriggio?»

«Patrigno» lo correggo. «Mrs. McFarland lo ha conosciuto solo dopo la scomparsa di Madelin. Dopo le nozze lui ha preso il nome di lei.»

«Capisco.»

«Comunque, oggi pomeriggio non lo abbiamo incontrato. Era in giro per lavoro, la moglie non sapeva quando sarebbe tornato. Avevamo intenzione di venire a prendere Madelin in prima serata per un interrogatorio più approfondito e la visita medica. Non aveva ferite evidenti.» Mi mordo il labbro. «Naturalmente avremmo dovuto portarla via subito, ma era così stanca che abbiamo pensato fosse meglio farla dormire un po'.»

«Capisco.» McMillan si strofina il mento e io cerco di non immaginarmelo mentre bacia Rachel Knight, le sue labbra che percorrono quel viso d'angelo, le dita di lei che si aggrappano ai capelli castani ondulati.

«Detective, c'è altro?»

«No, capo.» *Diavolo, Kate, controllati!*

«Bene. Dov'è l'ispettore Pine?»

«In salotto.» Indico il corridoio.

Quando se ne va mi appoggio alla parete perché non mi reggono più le gambe, sperando che Dylan non mi becchi. Quando qualcuno distrugge intenzionalmente tracce della sua scena del crimine, può diventare molto antipatico.

AMY

Da oggi mi chiamo Amy. Amy Andrew era una ragazza che conoscevo da piccola. Abitava vicino a casa nostra, e un giorno è morta. Mia madre non mi ha mai raccontato cosa le fosse successo, ma io ho visto gli adulti bisbigliare.

A Ben non ho mai raccontato di Amy, era il mio segreto. Per questo Amy è al sicuro da lui. Per questo io sono al sicuro da lui. Il mio vecchio nome, il nome di una ragazza che è stata prigioniera, non voglio usarlo mai più.

Amy non è prigioniera. Amy è libera.

Vago per strada senza meta, con una sola certezza: devo

andarmene. Via da Edimburgo, via dal Lothian. Se possibile in direzione sud, verso l'Inghilterra. O a nord, nelle Highlands. Tornare è escluso.

Tengo gli occhi bassi, non guardo nessuno. La giacca che ho preso dal gancio in corridoio nasconde il sangue che ho sul vestito, ma non quello sulle mani. Sì, me le sono pulite sull'erba umida meglio che potevo, ma proprio pulite non sono diventate.

Il vestito mi si appiccica alla pancia. L'odore di sangue mi sale nelle narici. È così dolciastro che mi dà il voltastomaco.

Se ripenso a quello che è successo in cucina mi prende il panico. Il coltello, tutto quel sangue... è stato terribile. Non sarei mai dovuta tornare in quella casa.

Il sole sta calando, a poco a poco le case si diradano. Sono arrivata in periferia. Non ho idea di dove andare, quindi mi lascio trasportare dalle gambe. A piedi non arriverò lontano, ma al momento non mi vengono idee migliori.

Adesso cammino lungo una strada statale. Le macchine mi sfrecciano di fianco. Troppo vicine, troppo rumorose. Imbocco una stradina di campagna. Davanti a me compaiono alcune case. In un giardino c'è uno stendibiancheria. Nonostante il tempo umido, ci sono dei panni appesi. Pantaloni, magliette, un pullover. Mi fermo, rifletto. Potrebbero essere della mia misura.

Guardo circospetta in tutte le direzioni. La cosa peggiore che potrebbe succedermi adesso è che mi becchino a rubare. La polizia non deve assolutamente trovarmi. Se mi scovano, anche Ben scoprirà dove sono e mi ucciderà.

Ho cercato di scappare già una volta e sono sopravvissuta per miracolo. Stavolta non me la farà passare liscia.

La casa sembra abbandonata. Decido di rischiare. Spingo il cancello, avanzo verso il portone. Se mi dovessero sorprendere ora posso ancora dire che volevo chiedere informazioni sulla strada.

In casa è tutto calmo, nessun movimento alla finestra, nessun rumore oltre la porta. Poco prima dei gradini dell'ingresso cambio rotta e mi precipito verso lo stendibiancheria. Senza guardare tiro via un paio di jeans, una maglietta e una felpa nera con il cappuccio e corro via, fuori dalla proprietà, ripercorro la stradina e torno alla statale.

Cammino sullo spartitraffico con il mio fagotto di vestiti in mano. In lontananza vedo una stazione di servizio illuminata. Quando finalmente la raggiungo, mi fanno male i piedi. In vita mia non ho mai camminato tanto come nelle ultime ore.

La stazione di servizio ha un negozio e delle toilette sul retro. Mi chiudo nel bagno delle donne, mi tolgo il vestito insanguinato e lo ficco in un cestino insieme alla giacca. Poi mi lavo le mani a fondo. Vedere il sangue che scende nello scarico mi fa rabbrividire.

Lo specchio è appannato, vedo solo un'immagine sfocata del mio viso. Di sicuro domani la mia foto sarà su tutti i giornali. Devo tagliarmi i capelli, corti, cambiare pettinatura, altrimenti mi riconosceranno subito. Ma non ho con me delle forbici, per cui mi toccherà aspettare. Mi metto i vestiti rubati dallo stendibiancheria. Mi si appiccicano un po' alla pelle, ma sanno di fresco e di pulito.

Prima di uscire dal bagno, per prudenza guardo fuori. Ormai è completamente buio. Bene.

Alla pompa c'è un camioncino con un telone blu scuro. L'angolo di destra non è fissato bene e sventola.

Qui ci saranno telecamere ovunque, così mi tiro su il cappuccio e mi muovo verso il veicolo a capo chino. Controllo che nessuno mi veda senza alzare lo sguardo. Poi afferro il telone.

Il fatto che Ben mi abbia costretta ad arrampicarmi così spesso dove voleva lui, mi torna comodo. Infatti anche se la superficie di carico è quasi all'altezza della mia spalla, riesco a salire al primo tentativo.

Se non avessi una paura matta, sorriderei. Di certo Ben non immaginava che i suoi stupidi giochi mi avrebbero aiutata un giorno a scappare da lui.

Riesco a infilarmi nel piccolo spiraglio. Dentro è buio pesto. Ci sono scatoloni ovunque. Non c'è spazio, devo restare accucciata in fondo e sperare che l'autista non si accorga del telone sventolante e lo leghi. Altrimenti sarei in trappola.

Sbatte una portiera, il motore si accende, il camioncino si muove. Non ho idea di dove sia diretto: prego che non faccia inversione per tornare verso Edimburgo.

Un attimo dopo entro nel panico. Per la prima volta in vita mia posso contare solo su me stessa. Quando ero piccola si occupava di tutto mia madre, poi è stato Ben a decidere per me.

Non ho mai preso decisioni da sola. Non ho soldi, né la più pallida idea di come procurarmeli. Non ho documenti, nessun conto, non ho nemmeno un cellulare.

Mi piacerebbe tanto tornare a casa, gettarmi tra le braccia di mia madre e far sistemare tutto a lei. Mi preparerebbe una cioccolata calda, mi avvolgerebbe in una coperta sul divano e mi direbbe che tutto si sistemerà. Come un tempo. Ma non è più come un tempo. Non posso tornare a casa. Sarà il primo posto in cui mi cercherà Ben, e con Ben non può farcela nemmeno mia madre.

Gli occhi mi bruciano per le lacrime. Mi mordo una mano per non gridare dal panico, anche se il motore è così rumoroso che l'autista probabilmente non mi sentirebbe comunque.

All'improvviso ho più paura di quello che mi aspetta che di quello che mi lascio alle spalle. Perché non sono rimasta da Ben? Era terribile, sì, ma perlomeno ero al sicuro. Come posso essere stata così stupida da credere di avere qualche chance da sola, di potermela cavare senza Ben fuori nel mondo?

Sabato 20 ottobre

KATE

Il capo è molto sotto tensione. Me ne accorgo da come si muove e dalla ruga profonda sulla fronte. Probabilmente la notte scorsa non ha chiuso occhio, come tutti noi. A casa poco prima di mezzanotte e alle sette di nuovo qui. Chissà se avrà parlato delle indagini con Rachel?

Scaccio questo pensiero e mi concentro sulle sue parole. Riassume il caso per gli investigatori che si sono aggiunti alla squadra. Più di venti poliziotti si stiracchiano sulle sedie e sui tavoli del grande ufficio della Omicidi di St. Leonard's Street. È un caso spettacolare, non appena scopriranno i succosi dettagli i giornalisti ci si avventeranno sopra.

Già immagino i titoloni.

Ragazza scomparsa per la seconda volta! Rapimento o omicidio? Cosa è successo a Madelin?

Sono le domande che ci poniamo anche noi. Considerata la drammaticità della situazione, l'ispettore capo McMillan ha fatto partire le ricerche già ieri sera. Pacchetto completo, con tanto di foto nei telegiornali serali. Tuttavia, non ha portato informazioni più dettagliate sulle circostanze della scomparsa di Madelin McFarland. Stanotte sono arrivate più di cento segnalazioni, ma nessuna davvero utile.

Purtroppo non abbiamo foto di Madelin adulta, solo quella da bambina, invecchiata al computer e aggiornata per l'ultima volta un anno fa. Sì, a Madelin le assomiglia parecchio, ma sembra un po' artificiosa e in un certo senso intercambiabile, come una delle innumerevoli candidate-clone per un casting da top model. Di meglio però non abbiamo, così l'abbiamo passata alla stampa.

Il capo ha finito il riassunto. «Dobbiamo concentrarci sul ritrovamento della ragazza» sottolinea ancora una volta. «Ha massima priorità. Harris, voglio che lei coordini un nuovo giro di interrogatori ai vicini.» Guarda un collega di colore, alto e muscoloso, che conosco solo di sfuggita. «Bisogna riparlare con calma con tutti gli abitanti di Lauder Road e delle strade limitrofe. Adesso sappiamo che Madelin probabilmente porta una giacca blu scuro. Stamattina la madre si è accorta che nel guardaroba manca. Quindi dobbiamo correggere la descrizione. E risentire tutti. Chi non è in casa, va raggiunto sul posto di lavoro. Qualcuno deve averla vista. Non può essere svanita nel nulla.»

Peterson, un giovane agente con i capelli rosso fuoco e una ragazza che un tempo posava nuda, alza la mano. «Poco fa ha chiamato un tipo da una stazione di servizio. Dice di aver visto una persona che si arrampicava sulla superficie di carico di un camion, ieri sera, mentre l'autista lo stava pagando.»

«E poi?»

«Non ha detto nulla perché in passato anche lui ha fatto l'autostop e sa quanto sia difficile al giorno d'oggi trovare qualcuno che ti dà un passaggio.»

«La stazione di servizio dov'è?»

«Su Glasgow Road.»

«È stato in grado di descrivere l'autostoppista?»

Peterson guarda il suo blocchetto. «Giovane, magro, sportivo. Ha pensato che fosse un ragazzo, ma a ripensarci dice che potrebbe essere stata anche una donna.»

«Ci sono telecamere di sorveglianza?»

«Non lo so.»

«Allora lo scopra!»

L'ispettore capo non ha guardato nemmeno una volta verso Tom e me. Mi piacerebbe sapere se è un buono o un cattivo segno. Non ho problemi ad ammettere gli errori. E ieri ne ho fatto uno madornale, uno che potrebbe costare la vita a ben due persone. Stuart McFarand ancora lotta contro la morte e cosa sia successo a Madelin lo sa solo il cielo. Però odio essere fatta a pezzi davanti a tutta la squadra.

Hanna Mills è stata sospesa a tempo indeterminato. Sono felice di non essere nei suoi panni. Mi fa pena. D'altro canto, forse la sua negligenza le ha salvato la vita. Se avesse cercato di mettersi in mezzo, magari il rapinatore se la sarebbe presa anche con lei.

«Nel frattempo è stato scoperto se si tratta davvero di Madelin McFarland?» domanda Lucy Highgate, guardandosi le unghie.

L'ispettore capo McMillan finalmente punta gli occhi nella nostra direzione. È la parola d'ordine, ci siamo.

«Dal laboratorio ancora niente» interviene Tom.

«Allora li solleciti a darsi una mossa!»

«Certo, capo.»

«Quindi potrebbe anche trattarsi di un'imbrogliona che ha

cercato di introdursi nella famiglia McFarland» dice Harris. «Sono pur sempre persone abbienti. Stuart McFarland è un agente immobiliare. Tratta immobili di lusso.»

«Sono solo speculazioni» intervengo io stupita dalla mia agitazione, forse dovuta all'accusa latente che io e Tom ieri non abbiamo preso in considerazione questa ipotesi.

«Era solo un parere» si difende Harris. «Spiegherebbe l'attacco a Stuart. Forse ha scoperto la ragazza, notato qualcosa, capito che non poteva essere Madelin, e lei lo ha aggredito. Allora non dovremmo cercare nessun assalitore sconosciuto, solo la ragazza.»

«E come ha fatto proprio Stuart a capire che non era Madelin?» gli sbraita contro Tom. «Stuart e Susan si sono conosciuti mesi dopo la scomparsa di Madelin. Lui non l'aveva mai incontrata.»

Harris ammutolisce.

«Aspettiamo il referto del laboratorio» dice McMillan. «Fino ad allora diamo per scontato che la ragazza sia Madelin McFarland. Restando aperti ad altre ipotesi, chiaro.» Scruta Tom. «Ieri non ha detto granché.»

«Era esausta. Abbiamo pensato che concederle qualche ora di riposo fosse la cosa migliore.»

«Anche lasciare la famiglia da sola era la cosa migliore?»

Ecco, ci siamo. Con le braccia conserte mi preparo alla sfuriata.

«Abbiamo valutato male la situazione» ammette Tom. «Ma sarebbe potuto capitare a chiunque. Non conosco nessun caso in cui un rapitore abbia cercato di riprendersi la vittima a casa della famiglia dopo che gli è scappata. Nessuno poteva prevedere una cosa del genere.»

«Non sappiamo se sia stato il rapitore» obietta Harris.

«Ma sappiamo che una famiglia in una simile situazione non va lasciata sola» dice McMillan.

«Abbiamo chiamato Hanna Mills perché li aiutasse. E poi Susan McFarland è infermiera, e io ho pensato che...»

«Lei ha pensato cosa, ispettore Pine?» La voce di McMillan è affilata come la lama di un rasoio.

Devo intervenire. Non è giusto che Tom si prenda tutta la colpa, è stata una decisione comune. Ma non mi viene in mente nulla che non peggiori ulteriormente le cose. E poi Tom è il mio diretto superiore. Dare l'impressione che si stia nascondendo dietro la sua partner sarebbe tutt'altro che d'aiuto. Così taccio e me ne vergogno.

«Niente, Sir» mormora Tom.

«Bene. Voglio che lei e la detective Fincher riflettiate su ogni dettaglio della testimonianza della ragazza. Ha parlato di una stalla, dico bene?»

«Giusto» rispondo veloce per non fare scena muta. «Un vecchio edificio in pietra che un tempo era una stalla. Buio. Niente finestre. Forse murate. Ogni tanto il rapitore la lasciava uscire, ma lei non è stata capace di riconoscere granché. Intorno c'era solo terreno incolto, nessun edificio o altri punti di riferimento. Eppure è riuscita ad arrivare fino a Edimburgo a piedi, quindi la stalla non può essere troppo lontana. Mi sono informata, più di una trentina di chilometri è improbabile. Quindi potrebbero essere i Pentland Hills. O i Moorfoot Hills.»

«Oppure i Lammermuir Hills» completa Peterson. «Sono centinaia di ettari di terra. Come facciamo a trovare una stalla abbandonata?»

Gli rifilo un'occhiataccia. In realtà è simpatico, ma ha il vizio di non riflettere prima di parlare. «Controlleremo i registri del catasto. Iniziamo dai Pentland Hills, i più vicini. Non credo che Madelin abbia camminato tanto. È rimasta prigioniera per nove anni, non si muoveva mai, non può essere allenata.»

«Va bene, Fincher, controlli» conferma McMillan. «Verifichi tutti gli indizi, anche i più insignificanti.»

«Qualcuno dovrebbe riparlare con la testimone,» riprende la parola Tom «cioè con la ragazza che ha trovato Madelin per strada. Forse le è venuto in mente qualcosa di utile. Di qualcosa devono aver parlato.» Si gira verso di me. «Come si chiama?»

«Rachel Knight.» Non guardo McMillan e mi osservo la punta delle dita.

«Peterson, se ne occupi lei» ordina McMillan. «Dopo la stazione di servizio. Fincher le darà il contatto.»

A questo punto alzo lo sguardo. McMillan mi osserva. Capisco. Vuole che tenga la bocca chiusa. Nessuno deve sapere che la testimone è la sua fidanzata. Non devono esserci intrecci privati che possano sabotare le indagini. Ogni piccolissimo dettaglio non del tutto trasparente davanti ai giudici potrebbe diventare un boomerang. Annuisco in maniera quasi impercettibile.

McMillan non fa una piega.

Mentre distribuisce gli altri incarichi ascolto distratta. I miei pensieri partono per la tangente. Vedo Rachel davanti a me, bionda, bella, impeccabile; vedo le mani di McMillan sul suo corpo nudo.

All'improvviso mi viene in mente una cosa. «E Harper, la sorella piccola?»

«Pensavo non parlasse...» replica McMillan.

«Magari adesso ha ricominciato. È la nostra testimone più importante.»

«Va bene. Ci provi. E poi cerchi quella maledetta stalla.»

SUSAN

L'infermiera cambia la flebo e si allontana superando la tenda. Guardo mio marito immobile nel letto, tenuto in vita solo da macchine che emettono suoni e proiettano curve su piccoli monitor. A ogni oscillazione dei valori mi spavento, ho paura che le macchine inizino a lanciare forti segnali acustici. Vorrei tanto regolare di persona l'afflusso delle medicine, ma non ho mai lavorato in terapia intensiva e so che anche un minimo errore può essere fatale.

Il mio sguardo si sposta sulla mia piccola Harper, che se ne sta rannicchiata sulla seconda sedia per i visitatori e dorme tranquilla. Finalmente.

Per metà nottata è rimasta seduta con gli occhi sgranati. Appena si appisolava, si svegliava di soprassalto al minimo rumore e si guardava intorno nel panico. Dovrei portarla a casa e metterla a letto. Ma voglio essere qui con Stuart, quando si sveglia. Non solo per stargli vicino, soprattutto perché spero che possa raccontarmi cosa è successo a Madelin.

Da Harper non otterrò molto, e di sicuro non ora. La psicologa della polizia ha detto che prima che riparli possono volerci giorni, forse addirittura settimane. E che non è certo che parlerà di quello che è successo nella nostra cucina.

Ma io devo sapere cosa è successo a Madelin! È viva? È ferita? È stata rapita? È scappata?

È scomparsa senza lasciare tracce perché non ho badato bene a lei, come allora. Il passato si ripete, sono prigioniera di un vortice di orrore infinito. È come in un incubo in cui corro dietro a mia figlia e non riesco a raggiungerla, non importa quanto io sia veloce.

Dio, Madelin, cosa ti ho fatto?

Serro le labbra, impedisco ai miei pensieri di girare a vuoto e mi concentro su Harper. Le accarezzo i capelli castani. Nella sua breve vita ne ha già passate così tante... Quando questa storia finirà, dovrò cercare una brava psicologa per lei.

Quando Stuart sarà fuori pericolo. Quando Madelin sarà di nuovo a casa. Quando finalmente arresteranno il bastardo che ci ha fatto tutto questo.

Sento frusciare la tendina. «Mrs. McFarland? Ha visite.»

Mi giro verso l'infermiera. «Visite?»

«La polizia desidera parlarle.»

«Oh, sì.» Guardo Harper.

«Non si preoccupi» dice l'infermiera, «la tengo d'occhio io.»

Esito, penso ad Hanna Mills. Non voglio lasciare sola Harper nemmeno un secondo. E se scomparisse anche lei?

«Mrs. McFarland, non mi muoverò di qui» mi assicura l'infermiera.

Mi faccio coraggio e mi alzo. «Grazie.»

Percorro il corridoio un po' incerta, i miei arti sono irrigiditi dalle ore passate seduta. Speriamo sia Tom, penso. Ieri ho parlato con talmente tante facce sconosciute che ho bisogno di un viso familiare.

Un'altra infermiera mi accompagna in una specie di sala d'attesa. Tom è seduto a un tavolo bianco, c'è anche la sua partner, la detective Kate Fincher.

Appena mi vede si alza. «Susan, come sta Stuart?» Mi conduce a una sedia.

«Ancora non sanno se ce la farà» rispondo. «Il coltello ha ferito il fegato e il pancreas. Per fortuna non ha preso né l'arteria epatica né altri grossi vasi della zona addominale, altrimenti sarebbe morto dissanguato nel giro di pochi minuti. Al momento è stabile.» Mi siedo e guardo Tom. «Novità su Madelin?»

«Purtroppo no. Susan, stiamo facendo tutto ciò che è in nostro potere. La troveremo.»

Si becca un'occhiataccia da parte della collega. So cosa vuole dire. Una volta mi ha detto che i poliziotti non devono mai fare promesse ai parenti delle vittime. Per non alimentare false speranze. Perché anche se fanno tutto ciò che è in loro potere, alcuni crimini restano irrisolti.

«E Harper?» domanda la detective Fincher. «Ha detto qualcosa?»

«No.»

«Possiamo parlarle? Basterebbe che facesse sì o no con la testa.»

«No, ci ho già provato io. Appena si fa un minimo riferimento a quello che è successo ieri inizia a gridare.»

Fincher si piega in avanti. Mi accorgo che è più anziana di quanto non sembri a un primo sguardo. I capelli tirati indietro in una coda di cavallo danno al suo viso un'aria da ragazzina. Ma osservandola meglio, si notano delle fini rughe sulla fronte. Dev'essere più giovane di me solo di qualche anno.

«Vorremmo provare insieme alla psicologa» insiste. «Sua figlia è l'unica persona in grado di dirci cosa è successo. La prego!»

Proprio in quel momento scoppia il finimondo. Un grido stridulo, seguito da voci agitate.

«Harper!» Salto in piedi, la sedia si rovescia all'indietro e cade rumorosamente.

Mia figlia mi corre incontro nel corridoio, le braccia alzate, gli occhi sgranati. L'infermiera dietro.

Ma io la raggiungo prima di lei. La abbraccio. «Shhh» le sussurro nell'orecchio. «Piccola mia, andrà tutto bene. Sono qui con te, andrà tutto bene.»

Il suo grido diventa un singhiozzo rauco.

«Ma che diavolo succede qui?» Compare un medico. «Porti via la bambina! Questo è un ospedale, non un parco giochi!»

Prendo in braccio Harper e mi giro senza degnarlo di uno sguardo. I due poliziotti mi aspettano in fondo al corridoio. La detective Fincher sta per dire qalcosa, ma Tom è più veloce.

«La porteremo a casa, Susan» dice.

AMY

Una voce mi strappa dal sonno. Mi tiro subito su, per un attimo non so dove sono. Fa veramente freddo, sento a malapena le dita, la pioggia batte sul tetto.

Che tetto?

Il mio sguardo punta verso l'alto. Una fermata degli autobus nel bel mezzo del nulla. Cosa diavolo ci faccio qui? Dov'è Ben? È uno dei suoi giochetti? Ma quale? Non mi ricordo le regole.

Poi mi torna tutto in mente. La mia fuga. Il bagno di sangue in cucina. Il camion.

Mi sono addormentata dopo pochi chilometri. Nonostante

il poco spazio e la posizione scomoda. Non ho idea di quanto sia durato il viaggio. Né della direzione in cui ci siamo mossi.

Mi sono svegliata perché qualcuno mi ha puntato una torcia in pieno viso.

«Ehi, lurida mocciosetta, che ci fai tu qui?»

Ero immobilizzata dalla paura, avevo la bocca come incollata.

Una mano ruvida mi ha preso e mi ha tirato giù dal pianale. Sono caduta sulle ginocchia, ma il tipo mi ha rialzato per i capelli.

«Chi diavolo sei, piccoletta? Cosa ci fai nel mio camion?»

«Io… io…»

«Sai una cosa? Adesso chiamo gli sbirri.» Ha tirato fuori il cellulare dalla tasca della giacca.

Intorno a noi era tutto buio, tranne una luce opaca che brillava a una certa distanza. Non riuscivo a capire dove fossimo. Sapevo solo che dovevo tagliare la corda il più in fretta possibile. Così mi sono fatta coraggio e gli ho tirato un calcio in uno stinco.

«Ahia! Troia maledetta!» Mi ha mollato per massaggiarsi la gamba.

Io ho fatto subito un passo indietro e mi sono girata, pronta alla fuga. Il tizio ha allungato una mano per riacchiapparmi, ma io mi sono abbassata e sono corsa via più veloce che potevo.

«Brutta bastarda!» Mi è venuto dietro. Prima ho sentito dei passi alle mie spalle, poi solo imprecazioni, che piano piano si sono affievolite. Ho puntato alla luce e dopo un po' sono arrivata a un grande cancello, per fortuna era aperto. Due uomini erano chini su degli appunti e non mi hanno notata.

Sono riuscita a uscire senza essere vista. Ma fuori dall'aerea recintata era buio pesto. Ho dovuto camminare molto lentamente, allungare le braccia per non andare a sbattere contro qualcosa. Sono inciampata un po' di volte, poi i miei occhi si sono abituati all'oscurità ed è diventato più facile.

La stradina non asfaltata è sfociata in una strada un po' più grande. Sono andata verso destra perché lì non si vedevano case. Ho avuto la sensazione di camminare all'infinito, ma probabilmente ho percorso solo tre, quattro chilometri. Non è passata nemmeno una macchina. A un certo punto sono arrivata a una fermata dell'autobus. Mi sono seduta sulla panca. Solo un po' di riposo, mi sono detta. Ma devo essere crollata di nuovo.

Mi strofino gli occhi. Ho sete, mi brontola lo stomaco e tremo dal freddo. Il cielo è grigio scuro, impossibile dire se sia mattino presto o pomeriggio.

Sento di nuovo qualcuno chiamare. Giro la testa. Una macchina si ferma sulla strada, un po' più avanti, a un incrocio. Un uomo e una donna sono vicini sotto un ombrello e parlano. Mi fanno un cenno. Prima non capisco come mai, poi vedo avvicinarsi un'altra macchina.

È una macchina della polizia. *Merda!*

Mi mordo un labbro, guardo in tutte le direzioni. Qui intorno non c'è nulla a parte colline brulle. Nessuna casa, nessun albero, nessun arbusto. Nessun tipo di riparo. Di fianco alla fermata c'è un recinto arrugginito, dietro al recinto un sentiero che sale su per una collina. Potrei provarci. Però se mi metto a correre adesso attirerò la loro attenzione.

La macchina della polizia si ferma, scendono due agenti in uniforme. Uno di loro parla con la coppia. La donna indica nella mia direzione.

Smetto di aspettare. Inizio a correre, mi arrampico sul recinto e corro su per il sentiero. Non guardo indietro, nemmeno quando parte la sirena.

KATE

Tira un vento gelido. Fischia ululando sulle cime prive di alberi, il rumore si confonde con le grida di Harper che ancora riecheggiano nelle mie orecchie. Povera bambina! Vedere con i propri occhi il padre che viene pugnalato. Che orrore. Deve avere avuto una paura tremenda. Non stupisce che sia completamente turbata.

Mi sfrego le mani, non sento più la punta delle dita. Vorrei essermi portata i guanti. E la giacca invernale pesante. Nuvole grigie si ammassano nel cielo, presto al freddo si aggiungerà la pioggia, è questione di minuti. E tutto questo a causa di un altro presunto avvistamento di Madelin. Perlomeno sembra più attendibile degli altri, sia per quanto riguarda il luogo che per quanto riguarda l'orario: io e Tom abbiamo appuntamento con un uomo che dice di aver visto una ragazza ieri mattina presto sui Pentland Hills.

Abbiamo lasciato la macchina in un parcheggio vicino alla A702 e stiamo aspettando il testimone. Intorno a noi si estendono colline brulle che rispecchiano la desolazione del cielo in diverse sfumature di verde e marrone. Il pensiero di girare qui da sola mi mette i brividi, per non parlare di quasi un decennio di prigionia in una stalla.

L'ultima volta che sono stata su queste colline ero una bambina. Ci venivo con mio padre. So che qui ci sono un paio di laghetti artificiali, fortini dell'Età del ferro e rovine medievali. Mio padre ha cercato di farmi appassionare alla storia, ma i posti vecchi non mi hanno mai interessato granché.

«Eccolo, credo» dice Tom.

Mi giro. Un uomo sta venendo verso di noi. Alto, impermeabile verde, cappello a visiera, un cane al guinzaglio. Un meticcio arruffato che scodinzola amichevolmente.

«Roger Bacon» si presenta. «Siete i poliziotti?»

«Detective Fincher e ispettore Pine» dice Tom. «Ieri mattina ha visto una ragazza da queste parti?»

Mi accorgo di quanto sia teso il mio partner. Di solito ha sempre qualche parola gentile da rivolgere al testimone, non parte subito all'attacco.

Mr. Bacon non ci fa caso. «Io e Rascal ci svegliamo sempre molto presto. E amiamo uscire. Di solito non incontriamo anima viva.»

«Ieri invece...»

«Sì. All'inizio l'ho presa per una che faceva jogging. Ma non indossava vestiti sportivi. E poi era ancora buio. Quale donna andrebbe a correre al buio pesto in una zona isolata? Non aveva nemmeno l'aspetto di una che fa jogging.»

«In che senso?» insisto.

Roger Bacon si tira indietro il cappello e si gratta la fronte. «Come posso dirvi... forse per il modo in cui correva. Era... scoordinata, ecco.»

«Fisicamente com'era?»

«Bionda, di questo sono sicuro. Molto altro non ho visto, come ho detto era buio. Portava una gonna corta. Non proprio l'ideale con questo freddo. Era giovane e molto magra.»

Non è granché. La gonna però potrebbe starci. Quando è

tornata a casa, Madelin indossava una gonna che in realtà era della misura di una tredicenne. Molte donne però portano gonne corte, anche con il freddo. Io e Tom ci guardiamo. Forse stiamo solo perdendo tempo. Ma non possiamo lasciare nulla di intentato, su questo siamo d'accordo senza bisogno di parole. Soprattutto dopo il fallimento di ieri. Dobbiamo rimediare a un errore, dobbiamo sforzarci il doppio.

«Può indicarci il punto preciso?» domanda Tom al testimone.

«Certo, dobbiamo andare lassù.» Indica una collina a circa tre chilometri di distanza e ci guarda con fare interrogativo.

«Va bene» dico. «Vada avanti lei.»

«È sicura?» Lo sguardo dell'uomo si sposta sulle mie scarpe.

Porto delle scarpe da ginnastica bianche, le scarpe più comode che ho trovato nell'armadio. Non sono una grande sportiva, ma non ho problemi a sporcarmi. Quindi m'incammino.

Mezz'ora dopo arriviamo in cima alla collina ansimanti. Tom è in affanno più di me, la cosa un po' mi solleva. Il respiro di Bacon invece è perfettamente calmo. Ci conduce a un cespuglio di ginestra.

«Ero più o meno qui quando Rascal all'improvviso ha drizzato le orecchie. Ho pensato che avesse fiutato un coniglio, ma poi ho visto la ragazza, laggiù nella valle. Indica di sotto. «Stava camminando lungo il sentiero.»

Scruto la valle, vedo una stradina che corre parallela al torrente.

«Da che direzione veniva?» domanda Tom ancora senza fiato.

«Da sud, dal Loganlea Reservoir.»

«Quindi andava verso Edimburgo.» Tom serra gli occhi e osserva la stradina sotto di noi.

È così lontana che anche alla luce del giorno riconoscere un volto sarebbe impossibile. È già un miracolo che Bacon l'abbia vista.

«Sì, in teoria è così» dice Bacon. «Ma da qui alla città c'è ancora un bel pezzo. Almeno una ventina di chilometri.»

«Sa se nella direzione da cui veniva ci sono degli edifici abbandonati?»

«Mmm. Sì, ci sono un paio di case, i cui vialetti d'accesso danno su questa strada, ma sono abitate. Poi proprio sul lago artificiale c'è una vecchia fattoria. E un po' più su, sull'East Kip, c'è una vecchia stalla, e ancora oltre i resti di un fortino. E verso Cap Law ci sono altre costruzioni.»

Tom mi guarda. Annuisco.

«Okay. Chiedo a un'unità di passare al setaccio questa zona dei Pentlands. Nel frattempo, Mr. Bacon, ci mostri questa stalla sull'East Kip.»

AMY

Distesa sul terreno freddo e bagnato, non oso muovermi. Rami duri, ispidi mi pungono la pelle, uno mi solletica il naso. Le colline qui sono piene di erica. D'estate, quando fiorisce, dev'essere bellissimo. Adesso è orribilmente marrone e offre poco riparo dagli sguardi curiosi.

Dall'aspetto del paesaggio direi che sono da qualche parte nelle Highlands. Ma non ne sono sicura.

Cerco di sentire se sono passi di qualcuno che si avvicina.

Ma nell'aria ci sono troppi altri rumori. Gli uccelli cinguettano, la brughiera fruscia e sopra di me proprio adesso rimbomba il motore di un aereo. La sirena per fortuna non è ripartita. Forse non era per me.

Sono qui distesa già da un'eternità. L'umido mi ha trapassato i vestiti ed è arrivato alla pelle. Ho camminato e camminato e a un certo punto sono crollata. Non ce la facevo più. Mi tremano le gambe, ho la lingua gonfia, i crampi allo stomaco per la fame.

Però devo muovermi. Proseguire, trovare qualcosa da mangiare. E se proprio nel momento in cui mi alzo rispuntassero i poliziotti? Fin quando resto distesa ho qualche possibilità che non mi vedano. Ma è anche possibile che non mi abbiano seguita, e che abbiano chiamato delle pattuglie che mi accerchieranno da tutte le direzioni. So come funziona, me ne intendo. Quanto tempo ci vuole prima che una pattuglia del genere arrivi sul posto?

All'improvviso sento un fruscio, è vicinissimo. Mi tiro subito su e vedo una cosa marrone scomparire tra le sterpaglie. Un topo, un coniglio, non ho visto bene.

Resto sulle ginocchia e mi sorprendo ad aver nostalgia di Ben. Lui saprebbe cosa fare. Me lo direbbe e io ubbidirei, subito, senza pensarci un secondo. Molte cose erano più semplici con Ben. Lui sapeva sempre cos'era giusto e cosa sbagliato. Mi ha protetta. Se fossi rimasta con lui, adesso non dovrei accucciarmi nella brughiera umida, congelata, affamata, assetata. E senza uno straccio di piano.

Potrei tornare indietro, da lui. Ma non sarebbe più come prima. Non lo sarebbe nemmeno se tornassi subito a casa e implorassi Ben di perdonarmi. Ogni volta che non ho rispettato le regole ha sempre dato di matto, anche quando non lo facevo di proposito, quando semplicemente non riuscivo a fare quello che pretendeva. E stavolta non è stata una svista, uno stupido contrattempo.

Ricordo bene l'altra volta che ho cercato di liberarmi di Ben. Mi ha detto chiaro e tondo che con lui ho zero chance. E mi ha punita con un gioco particolarmente perfido. Poi ho dovuto giurare di non fare mai più una cosa tanto stupida. Invece ho osato farla. Sarà arrabbiato nero. Penso alla cintura e inizio a tremare. No, non posso più tornare indietro. Mai più.

Piano piano mi alzo e guardo di sotto. Non ho fatto molta strada. Riesco addirittura a vedere la donna che digita qualcosa al cellulare. I tre uomini, i due poliziotti e l'accompagnatore della donna, sono risaliti fino quasi alla fermata. Sono vicini al fossato e scrutano i cespugli.

Quindi non posso esser rimasta distesa a lungo nella brughiera. Al massimo qualche minuto.

Non capisco cosa stiano esaminando con tanta attenzione fin quando uno di loro si sposta di lato e compare una cosa bianca. Continuo a non capire, poi finalmente ci arrivo. È una pecora morta. L'uomo e la donna hanno investito una pecora e hanno chiamato la polizia. La volante non è qui per me. Probabilmente non mi hanno neanche vista.

Ricomincio a tremare, ma stavolta per il sollievo. Tutto il mio corpo trema, forse anche per il freddo. Adesso che la tensione si è allentata, mi rendo davvero conto di quanto sia congelata. Devo muovermi. Ripenso a quello che diceva sempre la mamma quando uscivo dalla piscina con le labbra blu: "Tesoro, muoviti, fai un giro di corsa intorno alla piscina, così ti scalderai".

Mi bruciano gli occhi per le lacrime. Ho così tanta nostalgia di casa. Della vecchia casa, di quando ero piccola e la mamma si occupava di me. Sapeva sempre cosa fare, mi proteggeva. Proprio come Ben. Ma senza paura, senza buio e senza sofferenze.

Mi scrollo di dosso i ricordi e mi volto. Anche se non sono qui per me, non voglio che i poliziotti mi notino. Quindi devo prendere il sentiero che sembra passare in mezzo alle colline. Prima o poi arriverò a una fattoria o a un paesino. E lì ci sarà qualcosa da mangiare e da bere, forse addirittura anche una rimessa asciutta in cui potrò riposarmi.

KATE

Perlomeno non dobbiamo camminare fino alla stalla; torniamo al parcheggio e andiamo in macchina. Purtroppo dopo un po' la strada finisce e c'è un'altra salita da fare a piedi. A volte mi lamento di passare troppo tempo seduta alla scrivania, adesso vorrei sedere sulla mia sedia scomoda con una bella tazza di caffè. Soprattutto perché è il fine settimana e a quest'ora me ne starei distesa sul divano a leggere.

Mi chiedo come mai io e Tom siamo qui ad arrampicarci, invece di lasciare questo lavoro a degli agenti. La risposta è abbastanza ovvia: basta errori. Una scoperta, inoltre, potrebbe far risalire le nostre quotazioni presso l'ispettore capo McMillan.

Pensando al capo mi torna in mente quasi in automatico l'immagine della bella e bionda Rachel. Aveva un che di fragile che probabilmente susciterebbe l'istinto di protezione in qualunque uomo. Una donna simile a una preziosa statuetta di porcellana. Non una compagna con i piedi per terra, la coda di cavallo e le scarpe da ginnastica piene di fango come me.

Davanti a noi compare la stalla. Mi accorgo subito che non può essere il posto in cui è stata tenuta prigioniera Madelin. Il tetto è mezzo distrutto e c'è una finestra. Troppo piccola perché una persona possa usarla per scappare, ma abbastanza grande per fare entrare un po' di luce. Madelin invece ha detto che la sua prigione era buia.

Tom parla al telefono con il capo dell'unità di ricerca e gli spiega quale parte dei Pentlands deve perlustrare. Quando riattacca, siamo arrivati alla stalla. Si trova su un fazzoletto di prato circondato su tre lati da un muro di pietra. Coperte da una sorta di siepe spinosa, le pietre quasi non si vedono. Sul quarto lato c'è una recinzione di ferro spinato arrugginita e uno steccato inclinato dal vento.

«Non è questa.» Tom scuote la testa deluso.

«Dovremmo dare un'occhiata comunque.»

«Secondo voi la ragazza era tenuta prigioniera lì dentro?» domanda Bacon.

«Lei aspetti qui» gli ordina Tom senza rispondere alla sua domanda e aprendo il catenaccio dello steccato.

Ci addentriamo. Rascal abbaia, non capisce perché non può venire con noi. Contrariamente alle nostre aspettative la porta della stalla sembra piuttosto robusta, nonostante il legno scrostato. C'è appeso un lucchetto aperto. Tom mi fa un cenno e apro con un gomito.

La stalla è vuota, c'è solo un po' di paglia per terra.

Sbuffo delusa. Contro ogni spiegazione razionale avevo sperato di essere nel posto giusto. Un terreno recintato, un lucchetto… ci stava. Per il buio poteva esserci un'altra spiegazione. Per esempio una tavola davanti alla finestra.

Ma qui non c'è niente.

Tom entra comunque e fa un giro su se stesso. Quando sta per uscire, sotto i suoi piedi si sente un rumore metallico. Si blocca. Batte un piede per terra. Di nuovo il rumore.

«Merda, qui sotto ci dev'essere uno spazio vuoto.» Si china, scosta nervosamente la paglia.

Lo aiuto. D'un tratto ho il batticuore.

Insieme scopriamo una lastra di metallo quadrata di circa settanta centimetri per lato. Un pesante catenaccio sporgente vi poggia sopra e la tiene aperta. Strisce chiare nel metallo arrugginito mostrano che è stato fatto scorrere spesso avanti e indietro.

Tom solleva la lastra e io trattengo il fiato. Sotto è buio pesto.

«Maledizione, serve una torcia!» esclama Tom.

Tiro fuori il cellulare dalla tasca e attivo la torcia.

Dei gradini in ferro scendono a circa due metri di profondità. Il pavimento è fatto di terriccio compresso, le pareti sono di pietra.

«Accidenti, che diavolo è?» esclamo.

«Una cantina interrata. Qui intorno ce ne sono diverse. Gli antichi romani le usavano per conservare il grano.»

Se durante le gite con mio padre avessi ascoltato quello che diceva, adesso non avrei fatto la figura della stupida.

«Andiamo?»

«Vai avanti tu che hai la torcia.»

Scendo un gradino per volta, ho un groppo alla gola. È come se stessi entrando nella pancia di una montagna e la montagna m'inghiottisse come aveva fatto la balena con Giona. Non ho problemi di claustrofobia, ma non riesco a scacciare via del tutto dalla mia testa il pensiero che sopra di me c'è una lastra che può chiudere l'uscita.

Arrivata di sotto, illumino intorno a me.

Su tre lati mura solide, a sinistra un corridoio lungo tre o quattro metri che sembra finire con un massiccio muro in pietra naturale. Per il resto niente.

Aspetto che scenda anche Tom, poi continuo. Alla mia destra come dal nulla compare un'apertura. È così bassa che per far luce con il cellulare all'interno devo chinarmi. La luce tremola sulle nude pareti prima di illuminare il pavimento.

«Merda!» esclamo sgomenta. «Merda, merda!»

Sabato 21 ottobre

SUSAN

Due ore, non di più. Continuo a ripetermelo. Due ore in ospedale da Stuart, poi vado a riprendere Harper. Gliel'ho promesso. Non è stato facile convincerla a restare dalla nonna. Si è messa a piagnucolare e si è attaccata a me così forte da spezzarmi il cuore.

In ospedale però non ci è voluta venire. Non dovrei lasciarla sola, lo so, dovrei occuparmi di lei, chiedere un supporto psicologico. Ma santo cielo, non ho mica il dono dell'ubiquità! Anche Stuart ha bisogno di me, voglio che quando si sveglia veda un viso conosciuto. In ospedale lo curano bene ed è un adulto, ma anche lui ha subito un trauma. Uno sconosciuto lo ha pugnalato, lo ha quasi ucciso. Non è una cosa che si supera dalla sera alla mattina.

E poi c'è Madelin. La mia meravigliosa, dolce, piccola Madelin, che ho potuto riabbracciare dopo tanti anni per poi perderla di nuovo. Perché ho voluto andare a far la spesa a tutti i costi? Che idea del cavolo! Perché ho preferito comprare a mia figlia delle stupidaggini invece di restare con lei, stringerla tra le braccia e non mollarla più?

Scendo dalla macchina e metto via la chiave nella borsa con dita tremanti. La macchina è parcheggiata male, occupa due posti. Di solito rifarei il parcheggio, ma oggi non ce la faccio ad avere riguardo per gli altri. Quando entro nell'ospedale e mi dirigo verso l'ascensore sono stranamente nervosa. Come prima di un esame.

È il bisogno di fare tutto nel modo giusto, unito alla consapevolezza di fallire su tutta la linea. Voglio esserci per tutti i miei cari, ma non posso dividermi in tre. Così alla fine non ci sono per nessuno.

L'ascensore si muove. Lascio ciondolare la testa. Vorrei tanto accovacciarmi in un angolo, stringere gli occhi e non alzarmi mai più. Restare lì al buio e aspettare che passi la tempesta. La responsabilità mi opprime come innumerevoli piccoli pesi che contro la legge della forza di gravità mi tirano in direzioni diverse.

La porta dell'ascensore si apre, raddrizzo le spalle. Quando esco nel corridoio un'infermiera mi corre incontro. «Mrs. McFarland, Susan, arriva proprio al momento giusto! Suo marito si è appena svegliato.»

Il mio cuore salta un battito. Sono sollevata e felice che Stuart stia meglio. Ma allo stesso tempo mi rendo conto di aver paura. Sto per scoprire cosa è successo a Madelin.

Fino a pochi minuti fa avrei dato qualunque cosa per essere liberata dall'incertezza. Adesso invece realizzo che tra qualche momento saprò che mia figlia è morta. O gravemente ferita. O...

«Susan? Si sente bene?»

L'infermiera mi afferra. Mi ci vuole un attimo per riprendermi.

«È veramente tanto, per lei, me ne rendo conto.» Mi accarezza un braccio. «Venga, la porto da suo marito.»

Incredibilmente Stuart ha un bell'aspetto. Un po' pallido intono al naso, ma sveglio e riposato. Vicino al letto ormai c'è solo un'unica flebo con una soluzione per alimentarlo.

«Mr. McFarland, c'è qui sua moglie. Vuole fare colazione? Le porto quello che desidera»

«Forse più tardi, grazie.» Ha la voce un po' rauca.

«Va bene. Fra poco viene il medico. Fino ad allora vi lascio soli» dice, chiudendosi la tendina alle spalle.

«Oh, Stuart.» Mi siedo sul bordo del letto e gli prendo le mani. Vorrei tanto aggrapparmi a lui, ma è stato operato da poco e non voglio fargli male.

«Susan.» Si preme le mie dita contro le labbra. «Cos'è successo? Perché...?»

Lo fisso. «Non sai perché sei qui?»

«In testa ho una gran confusione.» La sua voce è ancora rauca, ma migliora a ogni parola. È già quasi il suo tono normale.

«Ma non puoi non...» Mi fermo, sembra che lo stia rimproverando.

Si tocca la fronte. «Ho avuto un incidente? Ricordo l'incontro con il cliente. Poi ho un vuoto.»

Mi porto le mani alla bocca.

«Susan, che succede? Ti prego, parlami!»

«Madelin...» inizio. Poi mi si chiude la gola.

«Santo cielo, l'hanno trovata? Oh, mio Dio, Susan, che cosa tremenda!»

«È tornata a casa. Due giorni fa.»

Sgrana gli occhi. «È viva?»

I miei occhi invece si riempiono di lacrime. «Non lo so, credevo potessi dirmelo tu. Oh, Stuart, è così terribile!» Mi metto a singhiozzare.

Mi accarezza il viso fino a quando non mi sono calmata. Poi gli racconto cos'è successo l'altro ieri. Madelin all'improvviso davanti alla porta di casa. Io che vado a fare la spesa e al ritorno lo trovo in cucina in un bagno di sangue.

«E Harper?» chiede Stuart appena ho finito.

Il mio caro e dolce marito. Ovvio che si preoccupi per la sua piccola. «Sta bene, ma è sotto shock. Da quando è successo non ha detto una parola.»

«La mia povera bambina. Dov'è? Perché non hai portato anche lei?»

«Ecco, lei... lei non è voluta venire. Credo che non sopporti di vederti così. Avendo visto con i suoi propri occhi il bastardo che ti ha conciato in questo modo, sarà strafelice di sapere che il suo papino sta meglio.»

«È vero. Ti prego, appena possibile portamela. Forse se vede che sono tornato quello di un tempo, o quasi, ricomincerà a parlare.»

«Lo spero.» Abbasso lo sguardo.

«Cos'hai?»

«Credevo potessi dirmi cos'è successo a Madelin.»

«Tesoro, mi dispiace.» Mi accarezza la mano. «Forse presto i ricordi torneranno.»

Sì, sempre che non sia già troppo tardi.

Questo pensiero lo tengo per me. Non voglio rinfacciare niente a Stuart. L'amnesia non è certo colpa sua. E pochi minuti fa non speravo proprio di non scoprire la verità? Ecco, ben mi sta.

Soffoco un sospiro. È tutto come prima. Ho Harper, ho Stuart. Ma la mia amatissima Madelin è lì fuori, da qualche parte. Sola. Disperata. In pericolo di vita.

Ho fallito come madre per la seconda volta. Ho permesso che la rapissero di nuovo. E dire che stavolta mi ero ripromessa di fare tutto nel modo giusto.

Sono una cattiva madre. Madelin non me la merito.

KATE

L'ispettore capo sembra aver passato la notte in bianco, ha le occhiaie. Non c'è da stupirsi. Siamo stati io e Tom a farci sfuggire la ragazza, ma l'investigatore di grado più alto è lui, se la sua squadra combina casini la responsabilità è sua.

«Okay» attacca. «Ci eravamo immaginati tutti un weekend diverso. Ma in fondo questo lavoro ce lo siamo scelto. Allora a che punto siamo? Ispettore Pine?» Fa un cenno in direzione di Tom.

«Dieci minuti fa ha chiamato il laboratorio. La ragazza rispuntata l'altro ieri a casa McFarland era di fatto la figlia Madelin.»

La sala per un breve attimo si agita, dei colleghi sbattono la mano sul tavolo, altri imprecano. A quanto pare l'identità non chiara è stata oggetto di qualche scommessa.

«E poi abbiamo i primi risultati della Scientifica. La cantina interrata nei Pentland Hills è quasi sicuramente il posto in cui è stata tenuta prigioniera Madelin negli ultimi anni.» Tom mi guarda.

Spingo un pulsante sul telecomando e il proiettore fa comparire un'immagine della cantina sulla parete. Il nascondiglio è illuminato da faretti, ma si capisce benissimo quanto sia claustrofobicamente stretto e buio. C'è un materassino buttato sul pavimento umido con sopra una vecchia coperta di lana e inoltre una bambola quasi calva e un orsetto sporco. In un angolo c'è un secchio con coperchio, vicino una bottiglia d'acqua piena per metà. È un posto così terribile che rabbrividisco di nuovo come ieri quando ho visto il minuscolo varco. I colleghi sembrano avere la stessa reazione, il mormorio si è spento.

«Sono stati trovati capelli e frammenti di pelle, devono essere ancora esaminati» continua Tom apparentemente impassibile. «Con un po' di fortuna ci sarà anche qualcosa del rapitore.»

«Se non è già nel nostro database, non servirà a molto.» Harris. Naturalmente. Il pessimista cronico.

Tom non lo considera nemmeno. È nel suo elemento. Ha trovato la prigione di Madelin McFarland e ne è giustamente orgoglioso. Anche se questo non compensa il senso di colpa nei confronti di Susan. «Abbiamo trovato dei vestiti» continua. «Un pigiama, una camicia e una gonna. E poi della biancheria e dei calzini. È tutto in laboratorio, anche la coperta e i giocattoli. I tecnici sono ancora sul posto in cerca di altre tracce.»

«Si sa già a chi appartiene la stalla?» domanda Lucy Highgate.

«Abbiamo già inoltrato la domanda agli uffici del catasto. Hanno detto che si sbrigheranno, ma oggi è domenica...» Tom fa una smorfia. «Secondo me al più tardi domattina presto avremo una risposta.»

«Non è detto che il rapitore sia il proprietario» osserva Lucy.

«Sì, è chiaro anche a noi» dico. «Ma è possibile che abbia

affittato la stalla. È improbabile che il rapitore l'abbia usata per tutti questi anni senza la certezza di non essere colto di sorpresa dal proprietario.»

«E la testimone?» domanda McMillan.

Lo guardo, ma lui tiene gli occhi puntati su Peterson. Ciononostante so che i suoi pensieri sono focalizzati su di me. Rachel Knight è il nostro piccolo segreto. Solo io e lui sappiamo in che rapporti sono. E lui sa di poter contare su di me.

«Sono riuscito a contattarla solo telefonicamente» dice Peterson. «Nel Devon, a casa dei genitori. Evidentemente era piuttosto scioccata e ha avuto bisogno di una pausa.»

La mia supposizione è che sia stato l'ispettore capo a mandarla via per non far scoprire il loro rapporto. Un'idea furba da parte sua.

«E?» domanda.

«Non è stata in grado di dirmi niente di più di ciò che aveva verbalizzato Fincher l'altro ieri. A quanto pare le due donne hanno parlato pochissimo.»

«Serve una sua deposizione» dice McMillan. «Ma possiamo aspettare il suo ritorno. Che mi dice invece della storia della stazione di servizio?»

«Un vicolo cieco, purtroppo. Sì, c'è una telecamera, ma della persona che si arrampica sul camion nel video si vede solo il braccio. Aidan Campell, dell'Informatica, rianalizzerà il file, ma dubita che ne esca fuori molto.»

«E la targa?»

«Leggibile solo in parte. Polacca. Abbiamo inoltrato la domanda, ma senza la targa completa non andremo molto lontano.» Peterson picchietta sui fogli. «Francamente non credo che sia Madelin. Quando è uscita dalla casa indossava un vestito. Il tizio della stazione di servizio invece è sicuro che il passeggero clandestino portasse jeans e felpa con il cappuccio.»

«Davvero credete che la ragazzina sia in giro da sola?» domanda un collega di cui non conosco il nome. «Credevo dessimo per scontato che fosse di nuovo nelle mani del suo rapitore...»

«C'è anche la possibilità che sia riuscita a fuggire mentre il rapitore era impegnato con il patrigno» osservo io. «Probabilmente Stuart le ha salvato la vita.»

«Ma in questo caso non si sarebbe già fatta viva da un pezzo?» obietta Harris.

«Quando è stata rapita aveva dieci anni. Ha passato metà della sua vita in questo buco.» Indico la foto ancora proiettata sulla parete. «Non ha soldi, ha zero esperienza del mondo, non ha la più pallida idea di dove trovare la polizia o in generale di come chiedere aiuto. Forse non sa nemmeno come si usa un telefono. E, la cosa più importante, non sa di chi può fidarsi. Era a casa, un posto in cui avrebbe dovuto sentirsi al sicuro. E poi, proprio lì, è rispuntato il suo rapitore. Se è riuscita a sfuggirgli, sarà scappata in preda al panico e adesso si nasconderà chissà dove senza sapere cosa fare.»

Il lungo intervento mi ha quasi tolto il fiato. Rivolgo un'occhiata insicura in direzione dell'ispettore capo, che annuisce. Cosa che mi mette ancora più in imbarazzo.

«Forse Stuart potrà aiutarci. Ha appena chiamato l'ospedale. Si è svegliato.»

«Davvero?» replica subito Tom.

«Sì. Ma a quanto pare non ricorda nulla. Speriamo che la memoria gli torni presto. Dopo la riunione vada in ospedale.

Lei conosce la famiglia. Si porti Fincher. Tutti sanno cosa fare?» Guarda la platea.

I colleghi annuiscono.

«Bene, allora al lavoro! Ah, un'ultima cosa: gli indizi, i possibili avvistamenti di Madelin, con o senza rapitore, i testimoni che si fanno vivi, anche se discutibili… vanno tutti segnati nel fascicolo digitale. Lo guardo con regolarità e controllo che i dati siano completi. Non voglio che tralasciamo qualcosa, che non vediamo una traccia perché non abbiamo una visione d'insieme. Evitiamo un altro scandalo come quello dello Squartatore dello Yorkshire, d'accordo?»

AMY

Mi sveglio con il naso che mi prude. La paglia mi punge il viso. Scatto su seduta, nello stesso istante tiro un sospiro di sollievo.

Tutto okay. Sono al sicuro. Almeno per ora.

Ieri mi sono trascinata fino a un ruscello che scendeva giù per un pendio. L'acqua era fredda e deliziosa, ne ho bevuta così tanta che mi si è gonfiato lo stomaco. Poi sulla riva ho trovato un arbusto con dei piccoli frutti blu-neri. All'inizio non ho avuto il coraggio di assaggiarli, ma alla fine ha vinto la fame. Avevano un sapore amaro, ma ne ho mangiate comunque diverse manciate.

Poi ho continuato a camminare. Ha iniziato a farmi male la pancia e ho avuto paura che i frutti fossero velenosi. La mamma mi ha sempre detto di non mangiare bacche che non conosco. Per fortuna il mal di pancia non è peggiorato. Niente vertigini, mal di testa, o crampi. Anche lo stomaco dopo un po' si è calmato.

Poi sono passata davanti a una fattoria. Per non essere vista ho camminato dietro una siepe. Lì ho trovato un albero di piccole mele asprigne, ne ho mangiate due e mi ci sono riempita le tasche della felpa. Poco dopo la fattoria c'era un fienile. Mi è sembrato abbastanza asciutto e sicuro per riposarmi un po'. Così mi sono distesa sulla paglia nell'angolo più nascosto.

Ho dormito più a lungo del previsto; quando mi sono svegliata la prima volta fuori era buio pesto. Incespicare per le Highlands nell'oscurità non ha senso, così sono rimasta distesa e ho ascoltato i rumori della notte. I fruscii e crepitii nella paglia vicino a me e gli ululati del vento fuori dal fienile. A volte si sentiva il rumore di un motore. Non lontano da qui dev'esserci una strada.

Mentre ero distesa, ho cercato di escogitare un piano. Non posso continuare a scappare per sempre. Nella natura selvaggia non c'è abbastanza da mangiare e presto sarà inverno, all'aperto farà troppo freddo, in montagna ci sarà la neve e morirei congelata.

Devo iniziare una nuova vita come Amy Andrew e sperare che Ben non mi trovi; e che un giorno smetta di cercarmi. Ho già pensato a una storia da raccontare sul mio conto. Vicina alla verità, ma non troppo, di modo che nessuno sospetti chi sia veramente.

Per guadagnarmi da vivere posso fare qualche lavoretto, pulire o dare una mano in cucina.

Sembra folle ma io non ho mai vissuto da sola, né lavorato o guadagnato soldi. Non ho mai deciso in maniera autonoma nemmeno cosa compare o cosa mangiare a pranzo. La prospettiva di condurre una vita propria per qualche attimo mi ha reso felicissima. Ho immaginato di abitare in un piccolo cottage arredato a modo mio, di andare al lavoro al mattino, tornare a casa il pomeriggio e prepararmi una bella tazza di tè seduta alla finestra e assaporare poi la mia bevanda calda a piccoli sorsi contemplando il giardino pieno di delphinium e malvarose fiorite.

Poi, però, è tornata la paura. Come faccio a trovare un lavoro? E un tetto sopra la testa? Soprattutto, un posto in cui poter vivere in pace senza che Ben mi scovi?

Su queste domande, a un certo punto mi sono riaddormentata.

Adesso fuori è chiaro e dovrei mettermi in cammino. Quanto mi piacerebbe fermarmi in questo fienile. Ho le dita dei piedi e delle mani ancora rigide per il freddo, ma qui mi sento al sicuro.

Però devo proseguire. Ho fame. Fame e bisogno di un posto in cui sentirmi al sicuro in maniera duratura. Tiro fuori dalla tasca le ultime due piccole mele e le mangio il più lentamente possibile. Poi mi alzo e stiro braccia e gambe. Ogni muscolo del corpo sembra farmi male, ma muovermi mi fa bene.

Piano piano apro la porta del fienile di uno spiraglio. La fattoria è a circa duecento metri. Non si vede anima viva. Esco, guardo un attimo verso la collina da cui sono arrivata ieri. Poi mi giro nella direzione opposta e inizio a camminare.

Dopo pochi passi, però, sento un grido. «Ehi, tu, fermati! Cosa diavolo stavi combinando lì dentro?»

Ovviamente non mi fermo. Comincio a correre come una forsennata, come ieri. Fino a quando non scivolo dentro a un fossato. Drizzo le orecchie tremante di paura, ma non sento nulla. Così mi tiro su e con prudenza do una sbirciata. La fattoria è così silenziosa che mi viene il dubbio di essermi immaginata la voce.

Cionononostante resto nel fossato, lo percorro piegata fino a quando non si infila in un condotto che mi arriva al ginocchio e passa sotto la strada. Quando piove sarà pieno d'acqua, ma adesso è quasi asciutto, c'è solo un rivolo.

Mi rialzo e mi guardo intorno. Sul terreno della fattoria non si vede nessuno, ma ho paura a uscire fuori, il fossato è l'unico riparo qui intorno. Non ci sono alberi né cespugli, solo un'ampia valle attraversata da un ruscello, una strada stretta, la fattoria solitaria e il fienile.

Forse il fattore è alla finestra con il binocolo e sta solo aspettando che esca. Forse ha un fucile e mi sparerà.

Scivolo di nuovo nel fossato, non so cosa fare. Si avvicina una macchina, il terrore mi fa trattenere il respiro, la macchina prosegue senza rallentare. Passano altre auto, nessuna si ferma.

Piano piano mi calmo. Il fattore penserà che sono già scappata. Poi arriva un'altra macchina, mi supera. Dove sarà finita?

Aspetto e aspetto finché non ce la faccio più. Spio oltre il fossato con la massima prudenza… e resto pietrificata. Davanti alla fattoria c'è un'auto della polizia. Due agenti parlano con il fattore. Adesso si muovono verso il fienile.

Mi mordo il labbro fin quando non sento il sangue. Il fattore mi ha visto scendere nel fossato? Sa che sono qui?

I tre scompaiono nel fienile.

Valuto se approfittare della situazione e scappare via. Ma dove? Non c'è nessun nascondiglio in vista. Mentre ancora considero i pro e i contro, gli uomini escono un'altra volta. Si guardano intorno, fanno qualche passo verso di me.

Mi preparo a entrare nel condotto, ma i poliziotti fanno dietro front e tornano alla macchina. Si congedano dal fattore, salgono e se ne vanno.

Sollevata, sprofondo di nuovo nel fossato. Per non rischiare nulla decido di aspettare o l'inizio dell'imbrunire o di vedere allontanarsi il fattore sulla sua jeep. Solo a quel punto proseguirò. Il fossato è umido e fa freddo, ma perlomeno mi sento un po' protetta.

Non so quanto tempo è passato, quando mi accorgo che c'è qualcosa di diverso. Ho dormicchiato un po' e non ho fatto attenzione alla strada. Con una brutta sensazione sbircio oltre il fossato. Quello che vedo mi terrorizza. Mi porto una mano alla bocca per soffocare il gemito.

Davanti alla fattoria c'è una macchina argentata. Non una qualunque, il modello che ha anche Ben. Inizio a tremare.

Vedo due uomini uscire dalla casa. Uno dev'essere il fattore, l'altro da lontano non riesco a vederlo bene, ma so che è Ben.

Senza esitare entro nel condotto, all'indietro. È lungo abbastanza perché la parte centrale sia completamente buia. Ed è molto stretto. Troppo stretto per un uomo dalla corporatura robusta come Ben. Perlomeno lo spero.

Resto nella parte più buia e cerco di non pensare che proprio sopra di me c'è la strada. Tremo. Per fortuna Ben mi ha rinchiuso diverse volte sottoterra, per cui ci sono abituata. È come avere addosso una cosa pesantissima che ti toglie l'aria. Ma so che è solo immaginazione. Il condotto è grande abbastanza, mi arriva aria a sufficienza e posso uscire quando voglio.

Sopra di me passano delle auto. Qui dentro arriva un rombo sordo. Poi sento un altro rumore. Una portiera che sbatte. Trattengo il respiro.

«Ehi, c'è qualcuno?» Anche la voce risuona sorda, ma sono certa di conoscerla.

Vorrei tanto gridare, ma alla fine mi mordo di nuovo le labbra, già ferite.

«Ehi?»

Un tonfo. È nel fossato.

L'ingresso del condotto è coperto da un'ombra. «C'è qualcuno qui dentro?» La voce rimbomba in modo inquietante attraverso il condotto.

Non ce la faccio quasi più. Il mio grido sta per esplodere.

Un altro tonfo. Stringo gli occhi.

«Ehiii!» fa di nuovo la voce, così forte che mi vibra la testa. «Dài, esci, il gioco è finito. Hai vinto, non vuoi avere la tua ricompensa?»

Poi dice il mio nome. Quello vecchio, a cui non rispondo più. Lo ripete diverse volte e a quel punto sono sicura che è proprio Ben.

SUSAN

Attraverso il vetro dell'ingresso osservo i due poliziotti tornare alla macchina nel parcheggio dell'ospedale. Hanno cercato di carpire a Stuart qualche ricordo di venerdì pomeriggio. Invano. Il mio povero marito si è sforzato di aiutarli. Ma non sa nulla.

Tom mi ha detto che hanno trovato il posto in cui è stata tenuta prigioniera Madelin. Una cantina sotto una stalla abbandonata sulle Pentland Hills. Un buco nella terra, freddo e oscuro. La mia povera, piccola Madelin! Era così vicina, a pochi chilometri da casa, dalla sua famiglia, ma non poteva tornarci.

Il rapitore, quindi, non l'ha riportata lì. Cerco di non pensare a dove l'abbia nascosta stavolta, se è di nuovo in una cantina buia e la stia torturando. Se permetto a questi pensieri di formarsi nella mia mente, creerò delle immagini che mi perseguiteranno all'infinito.

Allora, quando Madelin era appena scomparsa, immaginavo che fosse rinchiusa in un armadio, da qualche parte in una casa normalissima. Anni dopo, ogni volta che pensavo a lei, la vedevo ancora in quell'armadio.

La Mini di mia madre svolta nel vialetto d'accesso dell'ospedale e si ferma davanti all'entrata. La portiera anteriore si apre, Harper scende. Mia madre non si dà cura di aiutarla. Secondo lei tutte queste cose Harper deve farle da sola. Dice che io la proteggo troppo, che faccio troppe cose al posto suo. Che dovrebbe andare a scuola da sola. E anche dalla sua amica che abita a tre strade di distanza da casa nostra.

«Harper non è Madelin» continua a ripetermi. «Tenerla in gabbia non ti riporterà tua figlia.»

Ha ragione, perlomeno in parte. Ciononostante, quando me lo sbatte in faccia in questo modo mi fa male. Del resto, mia madre non è mai andata tanto per il sottile. Nemmeno con me. Io ho sempre cercato di essere meglio di lei, di dare a mia figlia un senso di protezione, e a cosa ha portato?

Vado davanti alla porta e faccio ciao a Harper.

Lei avanza verso di me esitante, a testa bassa. È delusa perché non sono stata di parola. Stamattina, quando l'ho lasciata dalla nonna, le avevo promesso che sarebbero state due ore, non di più. Alla fine è diventata oltre mezza giornata. Non volevo lasciare Stuart subito dopo il suo risveglio e in tutta sincerità sono stata felice di passare un po' di tempo da sola con lui.

Mia madre mi saluta con la mano e se ne va. Odia gli ospedali, ci entra solo quando è proprio inevitabile.

Mi accorgo che Harper ha i capelli sporchi. E le trecce storte. E la giacca macchiata. Mia figlia ha un aspetto sciatto. Quando torniamo a casa la infilo nella vasca. Devo lavarle i capelli, mettere i suoi vestiti in lavatrice e cucinarle un pasto come si deve.

Allargo le braccia.

Harper ci si lascia andare, esitante.

«Facciamo un salto da papà e poi torniamo a casa» dico, dopo averla stretta forte.

Lei scuote la testa.

«Papi è sveglio. Sta bene, tornerà quello di prima.»

Fa un passo indietro, scuote di nuovo la testa.

«Harper, tesoro, solo per un attimo. Non vede l'ora di vederti!»

Non scuote più la testa, ma ha il corpo rigido, bloccato. Mi fa pena. Ma sono sicura che vedere il padre le farà bene. Le farà capire che l'uomo cattivo che è entrato nella nostra casa non è riuscito a fare danni permanenti.

A parte quelli che ha fatto a Madelin.

Prendo per mano Harper e la trascino verso l'ascensore. Lei non si oppone, ma fa passi pesanti come se stesse camminando nell'acqua profonda. Passiamo vicino a un salottino. Su un tavolino ci sono riviste e giornali. Una foto richiama la mia attenzione, di colpo mi fermo.

Nell'immagine ci siamo io, Stuart e Harper, sorridiamo verso l'obiettivo. Le facce abbronzate e radiose, siamo la quintessenza della famiglia felice. Sono scioccata. Dove hanno preso questa foto? Io di certo non gliel'ho data. I miei pensieri si accavallano. Penso a un'irruzione in casa, a sconosciuti che entrano nel mio computer, poi realizzo che si tratta della mia foto profilo di Instagram. Risale all'anno scorso, quando siamo andati una settimana in Grecia. La nostra prima, vera vacanza. A Stuart non piace viaggiare, dice sempre che non c'è posto più bello di casa propria. Così, quando per il mio compleanno mi ha fatto la sorpresa di regalarmi i biglietti aerei, sono stata ancora più felice. E adesso all'improvviso questa foto è parte di una cosa orribile. La stampa ci si è avventata sopra, ovvio. Avrei dovuto immaginarlo.

Vicino a noi tre in vacanza c'è una vecchia foto di Madelin. È la stessa che avevano nove anni fa per cercarla. È carina, dolce e innocente, ma in un certo senso triste. Il contrasto con la famiglia felice è lampante. Trovo sbagliato che Madelin non sia nella foto con noi. È un pensiero stupido, lo so, non c'è nessuna foto di noi quattro. Non siamo mai stati una famiglia, se non nella mia immaginazione. E forse venerdì pomeriggio per circa due ore. Però fa male.

Sopra le immagini spicca il titolone: *Rapita per la seconda volta? La misteriosa scomparsa di Madelin McFarland.*

Ci metto un po' a rendermi conto che Harper è in piedi vicino a me, del tutto apatica, e guarda anche lei il titolone. Giro subito il giornale.

«Dài, vieni, andiamo da papà» dico.

Lei però non si muove.

Sospiro, penso a come convincerla. Allora lo sguardo mi

cade sul pavimento. Tra i piedi di Harper si allarga una pozza, le scarpe sono chiazzate, l'interno della calzamaglia è scuro.

KATE

Il grande ufficio open space è deserto, la maggior parte dei colleghi ha già staccato. Mi sento stanchissima e frustrata. Dopo l'euforia di ieri, il disinganno ha ripreso il sopravvento. A cosa ci serve la cantina se Madelin non è lì e se non ci svela nulla sull'identità del rapitore?

Con questa scoperta siamo in ritardo di nove anni. Allora, poco dopo la scomparsa di Madelin, sarebbe stata sensazionale. Ma adesso?

Lo so, sono ingiusta con me stessa: è perché sono delusa. Ma non riesco a non avere la sensazione di faticare inutilmente. Guardo Tom che sta digitando un rapporto e so che prova le stesse cose. Per lui dev'essere ancora più dura, visto che Madelin l'aveva già cercata allora. Chissà, magari è andato a passeggiare con la sua famiglia nei Pentlands, vicinissimo alla stalla, magari i suoi figli hanno scagliato pietre contro l'edificio cadente o fatto gli equilibristi sul muretto. E adesso Tom si chiede se non avrebbe dovuto intuirlo, se non avrebbe dovuto accorgersi che era la prigione di Madelin.

L'ha piantata in asso. Per ben due volte.

La porta dell'ufficio dell'ispettore capo McMillan si apre, il mio cuore ha un sussulto.

«Pine! Fincher! Potete venire un attimo qui?»

Ci guardiamo. Anche Tom sembra non avere la più pallida

idea di cosa voglia. Quando entriamo, indica le due sedie per gli ospiti.

«Ho appena letto il vostro rapporto. Secondo voi Stuart McFarland dice la verità?» domanda appena ci sediamo.

Rimango perplessa. «Perché dovrebbe mentire?»

«Non ne ho idea. Forse ritiene di essersi comportato da vigliacco e se ne vergogna. Oppure ha sacrificato Madelin per proteggere Harper. Madelin in fondo per lui è un'estranea. Harper è sua figlia. Non lo so, è solo una domanda. Ci avete parlato voi. Che impressione avete avuto? Davvero non ricorda nulla?»

Sto per replicare, voglio dirgli che Stuart McFarland mi è parso sinceramente preoccupato e abbattuto perché non può dare il suo contributo alle indagini. Ma Tom è più veloce.

«Harper non è sua figlia» dice.

Lo guardo sorpresa, con la coda dell'occhio vedo che è un'informazione nuova anche per McMillan.

Tom si schiarisce la voce. «Nel senso, certo che è sua figlia, per la legge lo è. Ma non è la sua figlia naturale. Susan e Stuart l'hanno adottata l'anno scorso. Viene da una famiglia problematica, madre tossicodipendente, padre violento. Circa due anni fa la madre è morta, il padre era già in prigione con diversi reati a carico. Così le autorità hanno cercato una famiglia a cui dare Harper in affidamento. I McFarland si sono candidati e l'hanno avuta. Dopo qualche mese hanno fatto domanda di adozione.»

«E ce lo dice solo ora?» sbotta il capo.

«Non pensavo fosse importante.»

«In un caso del genere tutto è importante.» McMillan mi guarda. «Lei lo sapeva?»

Scuoto la testa.

«Susan ha sofferto moltissimo per la perdita di Madelin. Stuart aveva già cercato da un po' di convincerla ad avere un altro figlio perché non pensasse continuamente a Madelin. Ma lei non ha voluto. Fino a quando non ha scoperto la storia di Harper.»

«Bene.» McMillan incrocia le mani davanti al viso. «Inserisca l'informazione nel fascicolo. Per completezza. Non vorrei che a un collega venisse in mente di confrontare delle tracce con il DNA di Harper dando luogo a errori nelle indagini.»

«Certo, capo. Non ci avevo pensato.» Tom si guarda le scarpe abbattuto.

Mi dispiace. Questo caso per lui è come le montagne russe, e il suo rapporto stretto con la famiglia non rende certo le cose più facili.

McMillan è già un passo avanti. Guarda il suo schermo aggrottando la fronte. «Sono arrivate quasi cinquemila segnalazioni di presunti avvistamenti di Madelin. Ho esonerato dal servizio tre colleghi che adesso non fanno altro se non spedire gli agenti locali dai presunti testimoni e verificare che lo facciano per tempo. Purtroppo non tutte le segnalazioni arrivano a noi. Molti chiamano il commissariato della loro zona e la polizia verifica le testimonianze senza dircelo. Ho mandato un'altra mail a tutti sottolineando che devono informarci riguardo ogni indizio, anche quelli giudicati irrilevanti. Chissà se obbediranno tutti.»

«Negli avvistamenti c'è un dato ricorrente?» domando. «Per esempio un posto citato spesso?»

L'ispettore capo mi guarda. I suoi occhi scuri sembrano penetrarmi, mi vengono le vertigini. «No, purtroppo. Abbiamo molti presunti avvistamenti intorno a Edimburgo, per il resto c'è un po' di tutto, dalle isole Orcadi fin giù al confine con l'Inghilterra e oltre. Ci hanno chiamato persino dalla Cornovaglia.» Sposta da una parte all'altra dei fogli stampati. «Una coppia gallese sostiene di aver visto Madelin insieme a un uomo barbuto con gli occhiali da sole sul traghetto per l'Irlanda, un'insegnante di Fort William ha visto una ragazza bighellonare sul ponte sullo Spean mentre tornava a casa in macchina da Iverness. E un fattore della zona di Ivergarry stamattina ha visto uscire dal suo fienile una persona sospetta che indossava una felpa con il cappuccio.»

«L'autostoppista salito sul camion alla stazione di servizio, non aveva anche lui una felpa con il cappuccio?»

«Sì, come un milione di altre persone in questo paese.» McMillan mette insieme i fogli. «Ovviamente è uscita una volante. Della persona misteriosa, nessuna traccia. E il fattore era piuttosto sicuro che fosse un ragazzo, non una ragazza.» Alza le spalle e prende un altro foglio dalla sua scrivania. «Ma non è per questo che vi ho chiesto di venire.» Mi guarda come se dovessi cogliere un significato nelle sue parole che esiste solo per me e per lui.

Il mio cuore accelera i battiti. Vuole parlare di Rachel Knight? Spiegarci perché vuole tenerla fuori dalle indagini? Ripenso a quanto sembrasse innaturalmente pallida e fragile. Magari è malata e non regge l'agitazione.

«Poco fa è arrivata una mail dal catasto. Abbiamo il nome del proprietario della stalla.»

Tom sferra un pugno contro il tavolo. «Dobbiamo parlarci subito.»

McMillan scuote la testa. «L'uomo ha più di ottant'anni ed

è molto malato. Vive in un ospizio. Ho appena parlato con la direzione. Prende medicinali debilitanti e a quest'ora già dorme. Di sicuro non è il rapitore, basterà che ci parliate domattina presto. Come primissima cosa.»

«Ma potrebbe sapere chi...»

«Lo so. Nemmeno io vorrei aspettare. Ma per come stanno le cose, oggi non gli cavereste comunque fuori niente di sensato.»

«Come crede.» Dal tono di Tom capisco che non è d'accordo.

«Bene. Adesso andate a casa, riposatevi. I poliziotti troppo stanchi commettono errori.»

Ci alziamo. Tom ha la rabbia scritta in faccia, ma non dice nulla.

Quando siamo già sulla porta, McMillan mi chiama: «Detective Fincher, ancora una parola».

Il mio cuore si ferma.

«Allora a domani» borbotta Tom e si chiude la porta alle spalle.

Mi giro verso McMillan. Le pieghe della preoccupazione sulla fronte lo rendono ancora più attraente. Ho un groppo in gola, non riesco a respirare. Mi rendo conto che per quest'uomo farei qualsiasi cosa.

«Detective, poco fa mi è sembrato che volesse dirmi ancora qualcosa.»

Deglutisco. *Il tuo segreto con me è al sicuro. Non racconterò a nessuno di te e Rachel. E poi volevo dirti che sono pazza di te.*

«No, Sir, niente» balbetto.

Inarca un sopracciglio. «Sicuro? Tra lei e l'ispettore Pine è tutto a posto, sì? Mi sembrate una bella squadra. O c'è qualcosa che dovrei sapere?»

«No. Tutto bene. Ecco, sono solo… abbastanza a pezzi.»

«Certo. Buonanotte, Fincher, dorma bene.»

«Anche lei, capo.» Mi trascino fuori dall'ufficio convinta di aver fatto la figura dell'idiota. *Ecco, sono solo… abbastanza a pezzi. Anche te, capo.* Pietoso. Vorrei sprofondare. Invece spengo il computer, con le dita che mi tremano prendo cellulare, portafogli e chiave ed esco dall'ufficio a passo rigido.

AMY

Sono sfinita, non ce la faccio più. Voglio andare a casa. Da Ben. Gli prometterò che non scapperò mai più, che sarò sempre brava e buona; lui di sicuro mi perdonerà.

Prima, quando mi è sembrato di sentire la sua voce, sono quasi morta di paura. Adesso invece vorrei tornare indietro nel tempo. Vorrei avergli risposto, essermi fatta prendere, avvolgere in una coperta e portare a casa in macchina. Così non sarei più qui accucciata al buio affamata e congelata.

Vorrei morire, ma anche per questo sono troppo vigliacca. Non ho la più pallida idea di come fare, di come ci si possa togliere la vita qui in mezzo alla natura selvaggia.

Ormai non sono più nemmeno sicura che la persona che mi chiamava fosse davvero Ben. La voce era distorta e io ero nel panico. Non so nemmeno quanto sono rimasta ancora nel condotto. Ero paralizzata dalla paura, ho temuto che parcheggiasse la macchina all'incrocio successivo e tornasse a piedi per acchiapparmi non appena fossi uscita allo scoperto.

Solo quando ha iniziato a fare buio piano piano sono strisciata fuori. Poi a uscire dal fossato ci ho messo un'eternità. Ho continuato a ispezionare la strada e le colline avvolte dall'oscurità in cerca di un qualsiasi movimento. Però, gli unici segni di vita erano le finestre illuminate della fattoria, e di quando in quando una macchina che passava sulla statale.

Quando è diventato completamente buio, ho bevuto così tanta acqua quanto ho potuto per riempire il vuoto che avevo nello stomaco. Poi mi sono incamminata e ho risalito la collina dall'altra parte della strada. E dire che ieri notte pensavo ancora che andare in giro di notte per le Highlands fosse troppo pericoloso.

Vedevo pochissimo, dovevo procedere a tastoni a ogni passo, ma perlomeno ero sicura che nessuno mi vedesse. Raggiunta la vetta, ho dato un'ultima occhiata alla piccola fattoria. Con le finestre illuminate sembrava così calda e invitante che mi sono salite le lacrime agli occhi. Quanto avrei voluto tornare indietro, bussare alla porta e chiedere un pezzo di pane e un posto per dormire...

Ma il fattore avrebbe chiamato subito Ben, sicuro, e due ore fa non ero così disperata come adesso.

Così sono scesa giù dall'altra parte, ho seguito un corso d'acqua e sono arrivata a un sentiero che mi ha condotto alla collina successiva.

All'inizio trasalivo a ogni minimo rumore, a ogni fruscio e scricchiolio drizzavo le orecchie impaurita, poi a un certo punto mi sono abituata. Mi sono convinta che le creature della notte siano mie compagne di viaggio, che mi accompagnino lungo la strada di modo che non debba affrontarla da sola.

Non so quanto ho camminato. A un tratto ho perso l'orientamento. E le mie gambe hanno ceduto. Si sono semplicemente piegate. Sono caduta sul terreno pietroso e mi sono raggomitolata.

Poi è arrivata la disperazione.

Sono ancora qui, e dubito che riuscirò a rialzarmi. Sento delle voci sussurrare tra gli arbusti di erica. Forse sono le mie compagne di viaggio e non sono affatto simpatiche come pensavo: saranno predatori, necrofagi che non vedono l'ora che muoia per avventarsi sul mio corpo esanime, strapparmi via la carne dalle ossa e succhiami il sangue dalle vene. Quando le sento sussurrare, batto un colpo nella loro direzione perché sappiano che sono ancora viva. Ma i miei movimenti sono sempre più deboli.

Apro gli occhi. La notte è ancora nera, ma vedo delle luci, minuscoli puntini tremolanti che danzano sopra l'erica. Forse sono elfi che vogliono proteggermi. Ma come possono tener testa alle bestie feroci che vogliono divorarmi?

Richiudo subito gli occhi. «Perdonami, Ben» sussurro. «Non volevo essere disubbidiente. Io...» Sono troppo rauca per finire la frase, sto diventando afona.

Di nuovo i sussurri. Tiro un calcio di lato, sbatto una tibia contro una pietra. Il dolore è così caldo e intenso che spalanco di nuovo gli occhi.

I puntini sono spariti.

In compenso vedo un'altra cosa, un'ombra: assomiglia a una figura umana, lentamente si sposta verso di me. Trattengo il fiato. Vorrei chiudere gli occhi, non guardare, ma non ce la faccio, non riesco a staccare gli occhi dalla figura,

Mi accorgo che è piuttosto piccola. Se fossi in piedi mi arriverebbe a malapena alla spalla. Ha i capelli neri arruffati e porta strani vestiti fatti di foglie e muschio.

Finalmente capisco. È il Ghillie Dhu. È venuto ad aiutarmi!

Mi metto seduta, allungo la mano verso di lui. «Ghillie Dhu, portami con te!».

Il Ghillie Dhu si china, sorride e mi prende per mano.

Lunedì 22 ottobre

KATE

L'ospizio è un casermone vittoriano con un enorme giardino un po' inselvatichito e una facciata cadente. All'interno ci saranno senz'altro un sacco di scale, angolini e bovindi: non proprio l'edificio ideale per spingere letti da ospedale e sedie a rotelle per i corridoi.

Pioviggina, e proprio oggi ho deciso di mettermi la gonna e degli stivali delicati. Quando mi ha visto Tom ha fatto un fischio e poi mi ha chiesto se avessi un appuntamento.

«Sì, con te» ho risposto facendo una smorfia. «Sei l'unico uomo della mia vita.»

Lui ha riso e ha inserito l'indirizzo dell'ospizio nel navigatore. Mi sono sentita sollevata, perché temevo già che avesse capito che ho un debole per il nostro capo. Se qualcuno fiutasse qualcosa, sarebbe una catastrofe. Le donne hanno già vita difficile alla Polizia criminale. Non è proprio necessario che diventi lo zimbello del commissariato perché adoro l'ispettore capo.

Anche se, al contrario di molte colleghe, il mio inizio è stato facile in quanto ero la figlia del leggendario ispettore capo Rupert Fincher. Mio padre era molto amato dai colleghi e famoso anche fuori Edimburgo, avendo risolto un paio di casi spettacolari. Per questo alcuni colleghi anziani all'inizio mi chiamavano la "Piccola Fincher" o la "Figlia di Rupert". Adesso comunque nessuno ha più il coraggio di farlo per paura di beccarsi un'accusa di sessismo. In realtà non mi sono mai lamentata, ed essere la figlia di Rupert Fincher mi ha aperto molte porte.

Purtroppo mio padre non è riuscito a vedermi entrare alla Omicidi. Ne sarebbe stato orgoglioso. I miei genitori sono morti entrambi diversi anni fa. Tutto quello che mi resta di loro è un appartamento troppo grande, ma meraviglioso, nel quartiere di New Town, che con il mio stipendio da poliziotta non avrei mai potuto permettermi.

Stamattina alle sei e mezzo Tom è passato a prendermi proprio davanti al mio appartamento per andare all'ospizio. È dall'altra parte del Firth of Forth a Kirkcaldy, e voleva evitare il traffico cittadino dei giorni lavorativi. Ovviamente è sui carboni ardenti, vuole parlare il prima possibile con Robert Johnsson, il proprietario della stalla sulle Pentland Hills.

Scendiamo e corriamo verso l'edificio, perché la pioggerellina nel frattempo è diventata una pioggia scrosciante. L'ingresso è deserto, ma in corridoio incrociamo un'infermiera che ci indica il percorso per la camera di Robert Johnsson al primo piano.

L'anziano è così piccolo e magro che quasi scompare nel letto. Il suo viso è bianco come le lenzuola inamidate che lo coprono, respira a fatica, rantolando.

«Mr. Johnsson?» Tom si avvicina al letto. «Siamo della polizia. Io sono l'ispettore Pine, questa è la mia collega, la detective Kate Fincher. Gliel'avevano detto che saremmo passati?»

«La polizia? È successo qualcosa?« La sua pronuncia è poco chiara, forse gli sono rimasti pochi denti. Ma la voce è sorprendentemente forte e cristallina.

Avvicino una sedia al letto. «È tutto a posto. Abbiamo solo un paio di domande da farle.»

«Non capisco.»

«Si tratta di un terreno che le appartiene.» Tom tira fuori il blocchetto. «Una stalla sulle Pentlands, vicino al Loganlea Reservoirs. È sua, dico bene?»

«Ah, la vecchia stalla... sì, è mia.» L'uomo alza la sua mano ossuta e fa un gesto di stizza. «Ormai è solo un mucchietto di pietre.»

«L'ha affittata?»

«Affittata? Perché me lo chiede? Che è successo alla stalla, le hanno dato fuoco?»

Tom si china in avanti. «Mr. Johnsson, perché mi chiede se qualcuno le ha dato fuoco?»

«Altrimenti perché siete qui? Prima mi toccava scacciare via ogni tanto delle persone. Vagabondi. Girovaghi. Poi a un certo punto ho messo il lucchetto alla porta e da allora è tornata la pace.»

«Chi ha la chiave?» domanda Tom. Sembra rassegnato. La presunta pista bollente sembra condurre per direttissima a un vicolo cieco.

L'anziano sta per rispondere, ma viene scosso da un attacco di tosse. «Si occupa di tutto mio nipote» spiega infine. «Anche della casa a Dalkeith. Tanto erediterà tutto lui.»

«Potrebbe essere che suo nipote l'abbia affittata senza dirglielo?»

«Deve chiedere a lui. Io gli ho detto di non tediarmi con

queste cose, non mi interessano più. Lo vede come sono ridotto…»

Tom sospira. «Come si chiama suo nipote?»

«Cosa?»

«Suo nipote, ci serve il nome.» Tom gioca con la penna. «Se possibile anche l'indirizzo.»

«Alexander.» L'anziano riattacca a tossire.

«Alexander Johnsson?» domanda Tom.

«No.» Johnsson tossisce ancora di più, si capisce appena quello che dice. «È sposato, ha preso il nome della moglie.»

Un brivido mi attraversa la schiena. A volte i miei pensieri partono per la tangente. Cerco di controllarli, di concentrarmi sulle parole del vecchio senza tirare conclusioni affrettate. Ma non è facile.

Guardo Tom. Lui sembra più calmo, ancora aspetta con lo sguardo teso, tiene in mano la penna come un bisturi.

Mi alzo, riempio un bicchiere d'acqua e lo avvicino alle labbra di Johnsson. Beve qualche sorso, finalmente smette di tossire.

«Grazie.» Mi sorride. «Ma insomma, cos'è successo alla mia stalla?»

«Qualcuno l'ha usata» rispondo io evasiva. «Non si preoccupi, chiariamo noi la cosa con suo nipote, così non deve occuparsene lei.»

«Gentile da parte vostra.»

«Però ancora non ci ha detto come si chiama.»

«Certo, che rimbambito. Alexander. Ma questo nome non gli piaceva perché era quello di suo padre, ovvero mio fratello. I due non sono mai andati d'accordo. Preferisce usare il suo secondo nome.»

«Ovvero?» A Tom vibra la voce, sta per perdere le staffe.

«Stuart. Mio nipote si chiama Alexander Stuart McFarland.»

Tom ansima sconvolto.

Io sono altrettanto scioccata, anche se i miei pensieri erano già andati in questa direzione. Le mie meningi lavorano a pieno regime. Non prendo in considerazione nemmeno per un secondo che possa essere un altro Stuart McFarland. Sarebbe troppo strano. La stalla in cui Madelin McFarland è stata tenuta prigioniera per nove anni appartiene allo zio di Stuart McFarland. Non può essere un caso, coincidenze del genere non esistono. Stuart è il rapitore di Madelin, non ci sono altre spiegazioni. L'uomo ha rapito la figlia e poi ha sposato la madre.

Ci congediamo dall'anziano e usciamo dalla stanza in fretta. Senza dirci una parola, scendiamo di corsa le scale e torniamo alla macchina sotto la pioggia.

Quando siamo seduti dentro, Tom sferra un pugno contro il volante. «Che bastardo! Lo arresteremo seduta stante. Di quello che dicono i medici me ne fotto.»

Gli metto una mano sul braccio. «Sì, lo arresteremo, ma dobbiamo muoverci con circospezione. Abbiamo bisogno di prove, altrimenti nessun giudice ci darà un mandato d'arresto.»

«Davvero credi che possa essere innocente?»

«Assolutamente no.» Ripenso all'uomo che ho visto il giorno prima in ospedale. Mi è rimasto subito simpatico. Nonostante le sue condizioni era affascinante e gentile, e io ero felice che Susan avesse accanto a sé un partner del genere. Mi ha ingannata, ci ha ingannati tutti.

«E se facesse scomparire delle prove?»

«Al momento non sa che sospettiamo di lui. Questo ci dà

un piccolo vantaggio. Raccogliamo più prove possibili. Chiediamo un mandato di perquisizione per la casa, in via ufficiale per trovare tracce del rapitore o qualche indizio sul destino di Madelin. Così possiamo esaminare bene il suo computer. Forse troviamo materiale sospetto. Oppure delle scarpe con la terra della cantina attaccata.»

«Susan sa che abbiamo trovato il nascondiglio. Di sicuro l'avrà raccontato a Stuart.»

«Allora le diciamo che la pista è un vicolo cieco, che il terreno appartiene a un anziano ed è impossibile che sia lui il rapitore.»

Tom fa una smorfia. «E se non se la beve?»

«Hai un'idea migliore?»

Si morde il labbro, fissa la pioggia.

Aspetto. È il mio superiore, la decisione sta a lui. Se lo presso troppo i miei tentativi di convincerlo potrebbero sortire l'effetto contrario di quello che voglio.

«Va bene, parlo con McMillan. Se è d'accordo, facciamo come hai detto tu. Diamoci ventiquattr'ore. Poi lo arrestiamo, a prescindere da quello che abbiamo in mano.» Sta per accendere la macchina, ma si ferma. «Ha convinto Susan ad adottare Harper.»

«Credi che…» Non so come formulare a parole il mio sospetto.

Tom si fa meno problemi. «Forse Madelin per lui era diventata troppo grande.»

«Cosa ne avrebbe fatto di lei? Di Madelin, intendo, se non fosse scappata…»

«Sarà la prima cosa che gli chiederò quando sarà seduto davanti a me nella stanza degli interrogatori.»

«E perché ha sposato Susan? Credi che fosse il suo piano fin dall'inizio?»

«Forse gli piaceva l'idea di possedere sia la madre che la figlia.»

Deglutisco. Rivedo l'uomo nel letto d'ospedale. Fino a poco fa nella mia immaginazione era una vittima sopravvissuta per pura fortuna, all'improvviso è diventato un criminale che ha commesso atrocità terribili. Ripenso alle incongruenze della scena del crimine: gli indizi riguardo a un delitto spontaneo, la mancata difesa di Stuart, il coltello da cucina scomparso.

«Se non c'è nessun rapitore» dico, «insomma, se non c'è nessun estraneo che voleva riprendersi Madelin...»

«... allora c'è solo una persona che può aver pugnalato Stuart.»

SUSAN

Siamo già stati seduti in questo parco, Tom e io. Proprio su questa panchina arrugginita, proprio sotto questo faggio, l'altra volta però le foglie erano di un verde brillante primaverile, adesso risplendono di un giallo autunnale. Anche il cielo grigio è lo stesso. E persino il motivo. Ho la sensazione che la vita sia una ripetizione di situazioni-tipo di cui bisogna imparare le regole, se si vuole sopravvivere.

Allora Tom per me era ancora l'ispettore Pine, e io ero felice che questo poliziotto amichevole e risoluto fosse a capo delle indagini riguardanti la ricerca di mia figlia.

Non è cambiato quasi niente da quel giorno. Sì, ha qualche ruga in più sul viso e i suoi capelli corti biondo rossicci sono sempre più brizzolati. La prestanza e il carisma, però, sono rimasti. Allora avrei tanto voluto appoggiarmi a lui e farmi consolare. Non avevo ancora Stuart e mi sentivo terribilmente indifesa e abbandonata.

Mia madre non è stata un grande sostegno nel periodo successivo alla scomparsa di Madelin. Mi ha rinfacciato delle cose, non a parole, ma indirettamente con il suo comportamento. Ciononostante, le sono stata grata perché si è occupata della casa e dei contatti con la stampa. Da sola non ce l'avrei fatta.

Allora Tom aveva voluto vedere i luoghi in cui era stata spesso Madelin. Era convinto che il rapitore l'avesse osservata a lungo prima di prenderla. Secondo lui non era stato un caso, bensì un piano ben ponderato. Tom voleva comprendere meglio il contesto, le situazioni in cui il rapitore poteva essersi appostato dietro un cespuglio e aver spiato la sua vittima. Per capire che tipo di persona fosse.

Oggi siamo seduti in questo parco, perché Harper non veda la nostra casa messa a soqquadro. Tom e i suoi colleghi sono piombati da noi con un mandato del giudice che li autorizza a perquisire le nostre cose. Non avrebbero avuto bisogno del pezzo di carta comunque, avrei acconsentito anche senza. Infatti voglio che sia fatto tutto il possibile per ritrovare Madelin.

L'obiettivo è cercare di nuovo a fondo tracce di Madelin, mi ha spiegato Tom, e ricostruire cosa è successo venerdì scorso.

Harper è seduta vicino ai nostri piedi sull'erba umida e gioca con la bambola della sorellastra. Mormora piano, e questo mi dà speranza. Non ha perso la voce: non può o non vuole parlare con noi. E io, anche se mi torna difficile, non le metto pressione. Ha senz'altro i pantaloni bagnati e ho paura che si ammali. Ma non voglio distoglierla dal suo gioco, ammutolirebbe di nuovo.

Ieri, dopo l'incidente in ospedale prima di salire da Stuart, le ho asciugato la calzamaglia con il fon nel bagno delle signore. A Stuart non ho raccontato nulla, non volevo farlo agitare, ma soprattutto non volevo far vergognare Harper. Stuart è sempre molto premuroso con lei, vuole essere informato su ogni dettaglio. Lo trovo tenero, ma a volte anche un po' soffocante.

Harper si è avvicinata al letto con gli occhi sgranati e lui ha cercato di rallegrarla con delle battute. Ma non le ha carpito nemmeno un sorriso.

Tornando a casa l'ho sentita per la prima volta borbottare tra sé. Mi sono subito fermata e l'ho pregata di ripetere quello che aveva detto. Ma lei ha serrato le labbra e si è girata dall'altra parte. Ho cercato di convincerla, non c'è stato modo.

All'improvviso Tom interrompe i miei pensieri. «Susan, mi dispiace tanto, per tutto.»

«Non è mica colpa sua.»

Non risponde.

Mi faccio coraggio per la domanda che ho sulla punta della lingua da ieri. «Nella cantina... avete trovato qualcosa che...»

«No, niente che possa aiutarci, purtroppo.»

«Non era questo che intendevo. Si capisce cosa abbia fatto con lei?»

«Oh.» Tom si gratta il mento. «In realtà non posso dirle nulla, ma in via ufficiosa... abbiamo trovato soltanto una coperta, un materasso, qualche indumento e dei giocattoli. Nient'altro.»

Tiro un sospiro di sollievo pur sapendo che per torturare

una persona non servono attrezzi particolari, e per Madelin la tortura peggiore è stata rimanere prigioniera in quel buco per anni. Però sono felice, visto che per tutta la notte non ho sognato altro che camere di tortura, muri di pietra grezza a cui erano attaccate catene e tavoli insanguinati pieni di coltelli, seghe e altri orribili arnesi.

«Susan, non si abbatta.» Per un attimo Tom mi stringe la mano. «Stiamo facendo tutto il possibile per ritrovare sua figlia. Gliel'avevo promesso anche allora, lo so, ma stavolta abbiamo in mano carte migliori. Stavolta sappiamo... sappiamo con che tipo di persona abbiamo a che fare.»

«Ma lei è di nuovo sua prigioniera e voi non avete la più pallida idea di dove l'abbia portata.»

«C'è anche un'altra possibilità.»

Lo guardo sorpresa.

«Forse Madelin è scappata.»

«Sta dicendo che mentre quel tizio accoltellava mio marito, lei è scappata via?» Dentro di me si accende una speranza. Mia figlia è al sicuro, è scappata e si è nascosta per non farsi trovare dal rapitore. Forse è qui vicino e aspetta solo che io la salvi.

Tom mi posa una mano sulla spalla. «Troveremo qualcosa. Acciufferemo quel tizio. Siamo a un passo da un arresto, abbia fiducia.»

AMY

Piove a catinelle. Non pensavo ci si potesse bagnare fino a questo punto. Sono zuppa. E in più sto gelando.

Stamattina mi sono svegliata dentro una specie di grotta. In realtà era solo una piccola insenatura nella roccia, ma mi ha protetto dal vento freddo e dalla pioggia.

Mi ci ha portato il Ghillie Dhu, ne sono convinta. Ricordo che mi ha preso per mano e mi ha fatto alzare. Altro non so, ma quando mi sono svegliata ero nella grotta. Da quando so che il Ghillie Dhu mi protegge, sto meglio. Non ho più paura. Andrà tutto bene.

Quando mi sono messa in cammino splendeva il sole. Mi è sembrato un buon segno, un simbolo di speranza. Ho trovato un ruscello dove ho bevuto, e un cespuglio di rose canine. Poi ho proseguito in fretta per lasciarmi alle spalle definitivamente la fattoria, perché stanotte temo di non essere arrivata lontano.

Da un po' mi sono imbattuta in una specie di sentiero di campagna dove si cammina meglio. Poi purtroppo il cielo si è rannuvolato e ha iniziato a piovere, ma non mi sono scoraggiata.

La strada fa una curva e davanti a me appare una luccicante distesa d'acqua con delle case intorno, dei cottage intonacati di un bianco candido con dei giardinetti davanti e dei camini fumanti. Le case significano anche pericolo, certo, ma continuo a camminare nella loro direzione. Non ho nessun piano, solo la falsa storia di Amy Andrew nella testa e la certezza che il Ghillie Dhu non mi pianterà in asso.

Il sentiero diventa una stretta strada asfaltata. La distesa d'acqua sembra essere un lago. C'è un pontile di legno con delle canoe attraccate, lì vicino nell'erba scopro delle cassette malridotte dalla pioggia e delle reti strappate.

All'improvviso fiuto qualcosa. Odore di legno bruciato. E di pancetta arrostita. Mi gira la testa. Seguo l'odore come attratta da un enorme calamita. Supero alcune case in cui non si muove nulla e raggiungo un edificio più grande, a due piani. A quello inferiore c'è un pub dall'aspetto carino e invitante. Sui davanzali delle finestre ci sono cassette di fiori e sopra la porta è appeso un cartello con una scritta a grossi caratteri neri: *The Jolly Ferryman*. Vicino alla scritta, la figura di un uomo con un bastone, in attesa di clienti, seduto dentro una barca.

L'odore di pancetta arriva da una porta laterale aperta, dev'essere la cucina. Mi avvicino. Forse in un momento di distrazione riesco a sgraffignare qualcosa da mangiare. Non mi piace rubare, non mi piace prendere cose che appartengono a qualcun altro. Ma non ho scelta. Sono al verde e sto male dalla fame.

È una grande fortuna che in cucina non ci sia nessuno. Per un attimo sono così sconvolta che non riesco a muovermi, resto paralizzata sulla porta e ammiro lo spettacolo che ho davanti: pentole ed enormi padelle fuligginose appese a una struttura in ferro sopra i fornelli, una mensola di legno piena di lattine e delizie come fiocchi d'avena, cioccolata, tè, zucchero, riso e pasta. Sul piano di lavoro sono impilati pacchetti di pane da toast e vicino c'è un cartone di uova aperto.

La cosa più incredibile è la grande padella sul fuoco in cui friggono spesse fette di pancetta che spandono un profumino delizioso

Faccio un passo verso la padella, ma per motivi imperscrutabili va a vuoto. Sento un rumore, con la coda dell'occhio percepisco che nel corridoio che immette nella sala del pub è spuntata una persona. Cerco di trovare un appiglio da qualche parte e allo stesso tempo di decidere se scappare subito via o prima acchiappare un pacchetto di pane.

Poi mi viene un capogiro e tutto diventa nero.

KATE

Sono nella camera da letto di Susan McFarland e mi sento un po' meschina. Lo stiamo facendo per salvare la figlia e Susan sarebbe d'accordo, ma sto comunque abusando della sua fiducia.

Proprio come previsto da Tom, Susan ha dato solo una breve occhiata al mandato di perquisizione e si è subito detta disponibile ad andare con lui e Harper al parco fino al termine dell'operazione. Così non ha visto la motivazione del giudice e non sa cosa cerchiamo. Non le tracce di un rapitore sconosciuto, bensì le prove della colpevolezza di suo marito.

Davanti a me un collega in ginocchio sta tirando fuori degli scatoloni da sotto il letto. Da quel che riesco a vedere contengono biancheria. Cose per bebè. Tutine e minuscole giacche di lana. Calzini rosa che potrebbe indossare solo una bambola. La vista di questi indumenti mi fa venire un groppo alla gola. Devono essere di Madelin, Harper è arrivata in famiglia solo un anno fa. Una vita iniziata piena di speranze. E cosa è diventata?

I miei occhi si spostano sul collega che sta passando al setaccio l'armadio. Vogliamo portare via qualche vestito di Stuart, potrebbero esserci tracce della stalla, o meglio ancora della cantina. Ma dobbiamo scegliere con molta attenzione, non possiamo portare via troppi capi, altrimenti si noterebbe subito.

A prescindere da quello che troveremo oggi, Tom domattina vuole arrestare Stuart. Dice che il rischio è troppo grosso. L'ispettore capo ha ordinato a un agente di appostarsi davanti alla camera di Stuart. In teoria per proteggerlo. E poi ci sono altri due colleghi in auto civili davanti all'uscita est e all'uscita ovest dell'ospedale. Tuttavia, il Royal Infirmary è un complesso enorme, con un innumerevole numero di accessi: se uno vuole, le strade per uscire indisturbato sono infinite.

Forse sarebbe stato più sensato mettere Susan al corrente del piano per evitare che per sbaglio racconti qualcosa al marito e lo insospettisca. Ne abbiamo discusso. Ci è sembrato un rischio troppo grande. E se non ci avesse creduto? E se avesse voluto affrontare subito Stuart? O, l'opzione più pericolosa in assoluto, se cambiando atteggiamento con lui si fosse tradita?

Mi giro ed esco nel corridoio. Tom mi ha affidato la direzione della perquisizione. Una grande responsabilità, ne sono consapevole. In sostanza devo supervisionare due perquisizioni parallele. Quella ufficiale, in cui l'intero piano terra viene riesaminato in cerca di impronte digitali e altre tracce, per esempio la distribuzione degli schizzi di sangue, anch'essa utile in previsione dell'arresto di Stuart. La speranza è poter ricostruire cos'è successo davvero. Avremmo dovuto farlo subito, ma abbiamo dato per scontato che uno sconosciuto fosse entrato in casa e avesse aggredito Stuart. Del resto non c'erano indizi che contraddicessero questa teoria. Ciononostante, fissarci su questa idea ci ha fatto perdere del tempo prezioso.

E poi c'è la perquisizione ufficiosa di cui Susan non deve sapere nulla e che è focalizzata su suo marito: vestiti, documenti e soprattuto il computer. Il computer è la pista più interessante. Per fortuna Stuart ha uno studio personale al primo piano, quindi il suo computer lo abbiamo identificato senza ombra di dubbio.

Entro nello studio. Aidan, il nostro esperto d'informatica,

è seduto alla scrivania di Stuart. Le sue dita guantate volano sulla tastiera. Di solito Aidan non si muove dal commissariato di St. Leonard, preferisce restare nel suo bugigattolo senza finestre in cantina, dove è meglio non disturbarlo. Oggi però ci serve sul posto.

«Come va?» chiedo.

«La password è stata un gioco da ragazzi. Adesso sto facendo una copia del disco rigido. Una volta tornati in centrale, guarderò tutto con calma.» Mi regala un ghigno di riconoscenza. «Ottimo lavoro, Fincher.»

«Se solo sapessimo dov'è Madelin.»

«Scommetto che dopo che la stampa avrà dato la notizia dell'arresto di Stuart rispunterà fuori.»

«Se lo dici tu...» Mi avvicino.

Aidan sta infilando un disco esterno nella presa USB del PC. «Forza baby, ci siamo.»

«Quanto ci vorrà?»

Aidan preme una combinazione di tasti, poi alza lo sguardo verso di me. «Dipende da quanti file ci sono sul computer. Se ci sono molte foto, o addirittura video, ne avremo per un bel po'.»

«Dobbiamo finire prima che tornino Tom e Susan.»

«Lo so.» I suoi occhi scendono verso la mia gonna, fino agli stivali.

Incrocio le braccia.

«Scusa, non volevo fissarti. Ma se vieni a lavoro vestita in maniera così provocante...»

Mi manca l'aria.

«Detective Fincher, scherzavo. Che ne dici di un drink di scuse? Quando il caso è chiuso, si capisce.»

«Ci penserò. E adesso sbrigati.»

Esco dalla stanza scuotendo la testa e scendo a vedere a che punto sono i colleghi in cucina. I complimenti di Aidan mi lusingano, anche se davanti a lui non lo ammetterei mai. Forse è arrivato il momento di smetterla di idolatrare un uomo che nemmeno mi considera una donna e che oltretutto è fidanzato con una creatura elfica, e prendere quello che passa il convento. Aidan è un tipo simpatico, attraente, sebbene il suo vero amore sia senz'altro l'informatica. Peggio dei rapporti catastrofici che ho alle spalle non può essere.

AMY

Sopra di me c'è qualcosa di pesante. Ha un odore che non conosco, ma è morbido e caldo. Sento una voce sommessa. Un uomo. Oh, mio Dio! Ben!

Sono travolta da un'ondata di panico. Sospiro, la paura di morire mi brucia la gola.

«Adesso devo lasciarti» dice la voce. «Si è svegliata. Richiamo dopo.»

Non è Ben. Ma allora chi è?

Chiudo bene gli occhi, come se così potessi tenere fuori la realtà, e cerco di ricordare. Il paesino sul lago. Il pub. *The Jolly Ferryman*. La cucina. Il pane impilato, la padella con la pancetta. Devo essere svenuta.

«È sveglia?» La voce adesso è vicino al mio orecchio, ha un suono delicato.

Ma io so quanto possa essere falsa una voce amichevole.

«Miss, sta bene?»

Cauta apro gli occhi, non posso fingere di rimanere svenuta in eterno. E prima mi oriento, più velocemente posso scappar via.

«Eccola, bentornata!» Un uomo si china su di me. All'inizio della trentina, credo, ma non sono brava a indovinare l'età delle persone. Ha gli occhi azzurri, basette fuori moda e capelli biondo-rossicci. Sembra simpatico, proprio come la voce.

«Io...» Mi si spezza la voce, ho mal di gola.

«Beva un po' d'acqua.» L'uomo mi avvicina un bicchiere alle labbra.

Mi tiro un po' su e bevo a grandi sorsate. Solo in questo momento mi accorgo di essere distesa su un divano. La cosa pesante che avevo sopra di me è una coperta di lana grigia e spessa.

«Io sono Niall» dice l'uomo posando il bicchiere.

«Amy. Amy Andrew.»

«È collassata nella mia cucina, Amy.»

«Ecco, io...» La storia che mi sono preparata non vuole uscirmi dalla bocca.

«Ha un aspetto smagrito. Ha fame, Amy?»

All'improvviso mi si riempiono gli occhi di lacrime.

«No, non faccia così» sussurra Niall. «Si sistemerà tutto, vedrà.»

«Ha...» deglutisco, ma questa domanda devo farla per forza. «Ha chiamato la polizia?»

«Santo cielo, no! Perché avrei dovuto farlo?»

Sono così sollevata che non riesco più a trattenere le lacrime. Me le asciugo in fretta con il dorso della mano.

Niall mi guarda serio. Poi si dà una pacca sulle cosce. «Che ne dice di una bella colazione in ritardo? Quando l'ho trovata mi stavo giusto cucinando qualcosa.»

Annuisco.

«Riesce ad alzarsi?»

Ci provo, ma mi tremano sia le braccia sia le gambe. Stremata, crollo di nuovo sul cuscino.

«Amy, quand'è stata l'ultima volta che ha mangiato?»

«Stamattina.»

Arriccia la fronte.

«Qualche rosa canina.»

«E prima delle rose canine?»

«Due mele. Ieri.»

Annuisce. «Resti distesa, torno subito.» Si volta.

Non voglio che se ne vada, riprovo ad alzarmi.

Lui si gira di nuovo verso di me. «Non si preoccupi, vado solo un attimo in cucina. Torno tra cinque minuti.» E scompare oltre la porta.

Non so cosa fare. Da un lato non vorrei rialzarmi mai più da questo divano, dall'altra, non ho idea se posso fidarmi di questo Niall. Forse ha già chiamato la polizia da un pezzo e cerca di farmi sentire al sicuro, di modo che non scappi prima dell'arrivo degli agenti. Magari Ben è già per strada. Quanto ci vuole da Edimburgo per arrivare a... arrivare dove, esattamente?

Osservo la stanza. Mobili antiquati, dello stesso stile del divano e del tavolino davanti. Una specie di scrittoio sotto la finestra da cui si vede il lago. I poster alle pareti non si intonano agli arredi. Musicisti rock, credo, perlomeno così sembra dalle pose e dai vestiti. Ma non li conosco. In un angolo c'è un altro tavolino basso con sopra un vecchio giradischi, mia nonna ne aveva uno simile. Per terra, pile di dischi.

È il salotto di Niall? Sono i suoi dischi? Abita qui da solo? Queste informazioni mi aiuteranno a decidere se posso fidarmi di lui?

Mentre rifletto, la porta si riapre e Niall entra con un vassoio in mano. Lo posa sul tavolino di fronte al divano. Sopra c'è un piatto fumante.

«Ho pensato che se è da un po' che non fa un pasto decente, è meglio iniziare con del brodo.»

Mi aiuta a mettermi seduta e mi mette un secondo cuscino dietro la schiena. Poi, piano piano sposta il vassoio sulle mie gambe e mi dà in mano un cucchiaio.

Immergo il cucchiaio nel brodo, un brodo chiaro con un pochino di pastina, ma mi tremano troppo le dita.

«Aspetti» dice Niall. «La aiuto.» Mi prende il cucchiaio di mano e inizia a imboccarmi come un bebè. Ogni volta, prima di darmelo piano, soffia sul liquido.

La sensazione del buon brodo caldo che mi scorre fino allo stomaco è indescrivibile. Mentre questo estraneo mi imbocca, non m'importa un accidente se la polizia o Ben arriveranno a momenti. Sono felice. Del calore. Del cibo. Delle premure.

Quando il piatto è vuoto, Niall mi toglie il vassoio dalle gambe. «Va un po' meglio?»

Annuisco. «Grazie.»

«Di nulla.»

«Ma dove siamo?»

«A Dornie, sul Loch Long.» Vedendo la mia espressione interrogativa aggiunge: «Sulle Highlands, sulla A87, la strada che porta all'Isola di Skye. Da qui l'isola è a un tiro di schioppo».

«Bene.» Ho solo una vaga idea di dove si trovi l'isola di Skye, ma so che è piuttosto lontana da Edimburgo.

«Ha voglia di raccontarmi cosa l'abbia spinta a vagare per i boschi?»

È il momento decisivo. «Sono scappata. Mio marito, lui… ecco…»

«L'ha picchiata?»

Annuisco.

Mi guarda compassionevole. «Deve andare alla polizia. La aiuteranno.»

«No!»

Inarca le sopracciglia sorpreso.

Mi faccio coraggio. «Mio marito fa il poliziotto.»

«Ah. Capisco.»

«Ho solo bisogno di un po' di riposo. Poi me ne vado. Per favore!»

Mi prende le mani. «Può restare quanto vuole, nessuno sa che lei è qui. Tranne l'amico con cui stavo parlando poco fa al telefono.»

Sgrano gli occhi.

Sorride. «Non si preoccupi. Abita in Nevada.»

Sorrido anch'io. «Non voglio esserle di peso. Posso lavorare.»

«Come vuole. Ma solo quando si sarà rimessa in forze. D'accordo?»

«Sì.» Non posso credere alla mia fortuna. Di sicuro sto sognando, presto mi sveglierò dentro al condotto bagnato con Ben che mi chiama.

«Resti sul divano a riposare. Qui non la disturberà nessuno. Il bagno è la porta di fronte. Le ho tirato fuori qualche vestito asciutto. Una tuta. Molto probabilmente le andrà grande, ma non ho niente di meglio. Stasera dopo aver chiuso il pub, la porto in un posto più sicuro.»

«E dove?» domando con lo stomaco che mi formicola per il nervosismo.

Sorride. «È una sorpresa, Amy.»

Martedì 23 ottobre

KATE

Ho dormito male. Mi sento a pezzi e il fatto che siano solo le sette e un quarto non migliora le cose. Lascio vagare lo sguardo nella sala con le mani che stringono la tazza di caffè. La maggior parte dei colleghi è già arrivata. Nessuno ha un aspetto particolarmente riposato, la tensione è alle stelle. Tra tre ore scarse scade il termine, arresteremo Stuart McFarland. Più prove avremo a suo carico, più sarà facile.

Il mio cellulare suona le note iniziali di *All You Need Is Love* dei Beatles. Un SMS. Qualche mese fa ho scaricato questa suoneria per scherzo e non sono ancora riuscita a cambiarla.

Mi guardo intorno imbarazzata, pare non abbia sentito nessuno. Per fortuna Tom non è seduto al suo posto. È dai colleghi della Scientifica per capire se ci sono novità riguardo le impronte digitali. Purtroppo non abbiamo l'arma del delitto, faciliterebbe le cose. Visto che con ogni probabilità non è stato premeditato, potrebbero esserci perlomeno impronte parziali del colpevole, anche se lui, o meglio lei, ha cercato di distruggerle. Tutto fa pensare che sia stata Madelin a pugnalare Stuart per legittima difesa, e questo consoliderebbe il nostro sospetto che sia lui il suo rapitore.

Prendo il cellulare dalla scrivania.

Ciao Fincher, ho qualcosa per voi. Scendi? Aidan.

Per un secondo sono stupita che Aidan non si sia fatto vivo con Tom o con il nostro capo, poi però mi ricordo della nostra conversazione di ieri. Sembra fare sul serio. Povera Lucy. A volte la vita è proprio ingiusta.

M'infilo il cellulare nella tasca dei pantaloni – oggi per sicurezza porto di nuovo i jeans – e m'incammino verso la cantina. Il corridoio è buio, i tubi del riscaldamento scorrono sotto al soffitto, il pavimento di cemento è sporco. Il personale delle pulizie ci capita di rado qui sotto. A parte l'ufficio di Aidan, in questa parte dell'edificio ci sono solo un ripostiglio per computer, mobili in disuso e il magazzino della carta.

Ma Aidan in queste segrete sembra sentirsi a suo agio. Ha insistito per avere l'ufficio in cantina, dove non può essere distratto né dalla luce del giorno né dai colleghi.

Busso, la porta è aperta.

«Avanti.»

Anche stavolta sono sorpresa che la stanza non sia buia, maleodorante e piena di spazzatura. I mobili sono bianchi, tre scrivanie con una mezza dozzina di computer e relativi schermi, tutto in perfetto ordine.

Aidan indica l'unica sedia libera. «Kate, siediti.»

«Hai scoperto qualcosa?»

«Eccome.» Si passa una mano tra i capelli. «Ci ho messo un po' perché i file erano ben nascosti. Ma non demordo facilmente.» Mi fa un ghigno.

Cerco di ignorare il doppio senso delle sue parole, mi siedo accanto a lui e mi chino per osservare lo schermo. Si vede una serie di cartelle, nient'altro.

«Sono tutte foto» spiega Aidan. «Iniziamo da questa.» Clicca su una cartella.

Lo schermo si riempie di quadratini minuscoli di cui non si vede nessun dettaglio. Fino a quando Aidan non ne ingrandisce uno.

Mi manca l'aria. Una ragazzina di otto, massimo nove anni in una vasca da bagno. Aidan clicca su altri quadratini, altre foto della ragazzina in diverse pose. Poi compaiono degli uomini.

Mi strofino la faccia. Non riesco a guardare. Proprio non capisco come si possano fare cose del genere a dei bambini. «Sono tutte così?»

«Non le ho guardate tutte, ne ho aperte un po' a caso. Ma mi sembra di sì.»

«Che pezzo di merda!» Mi tiro indietro sulla sedia per smettere di guardare. «Con queste l'arrestiamo.»

«Ho di meglio.»

Lo guardo irritata. «Ah, e cosa?»

«Una cosa per incastrarlo per bene, intendo.»

Solo il pensiero di dover guardare altre foto mi dà la nausea. Vorrei che Aidan avesse chiamato Tom.

Ma lui non sembra notare il mio disagio e apre un'altra cartella.

All'inizio non capisco, vedo solo altre foto di bambine nude, ma poi mi rendo conto che è sempre la stessa ragazzina. Non una ragazzina qualunque, ma Madelin McFarland. Sul materassino della cantina interrata delle Pentlands.

«Oh merda.»

«L'hai detto.»

«Devo dirlo subito a Tom.» Faccio per alzarmi.

«Un attimo.» Tocca il mio bracciolo, le sue dita mi sfiorano la spalla. «Stasera al Devil's Advocate?»

Esito.

«C'è da festeggiare, non trovi?» Mi guarda dritto negli occhi.

Mi sento inquieta, lusingata, ma anche messa all'angolo.

Dietro di noi qualcuno si schiarisce la voce.

Mi giro.

Sulla porta c'è l'ispettore capo McMillan. «Campbell, ho sentito che ha trovato materiale incriminante sul computer di McFarland. È vero?»

Vorrei sprofondare nel pavimento, non so dove guardare. Il momento tra me e Aidan dev'esser sembrato molto intimo a McMillan.

Aidan sorride al capo, per nulla imbarazzato. «Eccome.»

«Mi faccia vedere.» McMillan entra nella stanza. «E lei Fincher può tornare di sopra. L'ispettore Pine ha bisogno di lei.»

Vado via come un cane con la coda tra le gambe. Eppure non ho fatto niente di sbagliato. Anche se è proprio così che mi sento.

SUSAN

Biancheria pulita, spazzolino, cose per radersi. Ho pensato a tutto? Stuart sta benone e freme per tornare a casa. Per esserci per me e Harper. I medici però vogliono tenerlo ancora un po' sotto osservazione.

Perlomeno, uscendo sono riuscita a evitare l'orda di giornalisti. Non sono più tanti come il primo giorno, e nemmeno così attenti. Quando mi hanno visto ero già in macchina e stavo per imboccare la strada.

Prendo la borsa e scendo. Harper l'ho portata di nuovo da mia madre. Stavolta davvero solo per due ore, gliel'ho giurato. Oggi pomeriggio tornerò da Stuart per una visita più lunga, se Harper non vuole venire posso lasciarla da un'amichetta.

Divido l'ascensore con una donna a fine gravidanza che mi sorride un po' imbarazzata. Non so perché, ma la vista del pancione mi rende aggressiva e guardo subito da un'altra parte.

Il corridoio davanti alla camera di Stuart è deserto. Nessun agente sulla porta. Da ieri Stuart ha una stanza singola e viene sorvegliato ventiquattr'ore su ventiquattro. La polizia ha paura che il rapitore possa aggredirlo di nuovo. In fondo non sa che la sua vittima non si ricorda nulla.

Entro, il letto di Stuart è vuoto. Lascio la borsa per terra e busso alla porta del bagno.

«Stuart?»

Nessuna risposta.

Piano piano abbasso la maniglia. Non c'è nemmeno qui.

Forse lo stanno visitando. Vado al bancone, dietro c'è la stanza delle infermiere. Una bionda robusta che ancora non conosco sta riempiendo un modulo.

«Salve, buongiorno» dico. «Sto cercando mio marito, Stuart McFarland.»

«Oh, Mrs. McFarland.» Si alza. Sul suo cartellino c'è scritto *Luna*. Certi genitori non si rendono conto di quale peso aggraviano i figli con la scelta del nome. E se poi la figlia non assomiglia per niente a una Luna? «Non è in camera sua?»

«No, è proprio da lì che vengo. Lo hanno portato via per una visita?»

«Aspetti che guardo.» Controlla sul computer.

Tamburello impaziente con le dita sul bancone.

«No, Mrs. McFarland, qui non è segnalato nulla. Sarà in caffetteria. Anche ieri pomeriggio era lì, aveva invitato l'agente a bere un tè.»

Sorrido sollevata. «D'accordo, allora vado a vedere se lo trovo.»

Sono di nuovo in ascensore, stavolta è tutto per me. Il mio sollievo aumenta, Stuart si è ripreso proprio in fretta. Sabato combatteva ancora con la morte, solo tre giorni dopo va a passeggio per i corridoi dell'ospedale. È un guerriero. Quando sarà di nuovo a casa tornerà un po' di normalità, anche se sarà solo un'ombra della vita che conducevamo in precedenza. A prescindere da dove si trovi Madelin, niente sarà più come prima.

Le porte dell'ascensore si aprono. Attraverso l'ingresso ed entro nella caffetteria. Stuart non c'è. Tiro fuori il cellulare dalla tasca, lo chiamo.

"L'utente non è al momento raggiungibile."

Perché ha spento il telefono?

Mi viene da pensare che forse non ce la faceva più a stare in ospedale. Che sia venuto via contro il parere dei medici e abbia preso un taxi per tornare a casa e farmi una sorpresa.

Digito subito il nostro numero fisso. Nessuno.

Inizio ad agitarmi sul serio. Com'è possibile che un paziente, vittima di un tentato omicidio e sotto la sorveglianza della polizia, esca dalla sua stanza senza essere visto e che nessuno in ospedale sappia dove si trovi?

Torno all'ascensore quasi di corsa. Con la coda dell'occhio vedo un poliziotto all'ingresso, sta guardando l'entrata a vetri, ma non ci faccio caso.

All'inizio ho paura di esser scesa al piano sbagliato. Il reparto, fino a poco prima silenziosissimo, è irriconoscibile. Persone che corrono da tutte le parti, un tizio che grida ordini, il telefono che squilla e nessuno risponde. Tra la gente che si muove frenetica ci sono dei poliziotti in uniforme.

Mi sento gelare. Poi riconosco Tom Pine. Sta venendo verso di me. Sembra furibondo.

«Susan, per caso lei sa dov'è Stuart?»

«No, l'ho già cercato dappertutto, lui...» Mi porto una mano alla bocca. «Crede che il rapitore lo abbia...»

Il cellulare di Tom squilla. Solleva una mano, si gira e prende la telefonata.

La sua collega Kate Fincher ci raggiunge. Fa un cenno a Tom, poi mi prende per un gomito. «Susan, venga, sediamoci laggiù.»

Voglio protestare, voglio sapere cosa sta succedendo, ma all'improvviso mi sento debolissima. Ci sediamo in un salottino con tre poltrone in similpelle nera. Vorrei fare un milione di domande, ma non riesco a formularne neanche una.

«Susan» dice Kate. «Purtroppo non ci sono modi delicati per dirglielo. Siamo venuti qui per arrestare suo marito. Abbiamo prove che il rapitore di Madelin sia lui.»

Non capisco. Le parole appena pronunciate dalla poliziotta non hanno senso. «No, dev'esserci un errore. Stuart è stato tutto il tempo qui in ospedale.»

«Non adesso. Nove anni fa.»

Scuoto la testa con decisione. Questa donna sta dicendo cose senza senso. Voglio chiamare Tom, lui mi dirà la verità, ma Kate Fincher non smette di parlare.

«So quanto possa sembrarle assurdo, ma non ci sono dubbi.

Abbiamo trovato delle foto sul suo computer. Foto di ragazzine nude.»

«No» ansimo.

No! No!

La detective Fincher mi tocca un braccio. «C'erano anche foto di Madelin. Nella cantina in cui era tenuta prigioniera. Susan, mi dispiace tanto.»

Nel mio petto un grande uccello scuro schiude le ali e le sbatte. Occupa così tanto spazio che mi manca l'aria. Poi con il suo becco aguzzo mi colpisce al cuore. Un dolore lancinante mi attraversa come un fulmine. Spalanco la bocca, il dolore diventa sempre più forte, voglio chiamare aiuto ma il rumore che mi esce dalla gola sembra il verso di un animale moribondo.

Arriva un'infermiera di corsa, mi toglie le mani dal collo, mi apre la camicetta. «Mrs. McFarland, cerchi di respirare con calma.»

Continuo a emettere rumori raccapriccianti, non riesco a smettere. Poi all'improvviso sento esplodermi la testa, poi più niente.

AMY

Sono felice. Così felice che mi fa male. Perlomeno per i brevi, deliziosi attimi in cui immagino che resti così, che sarà così per sempre.

Rimetto il piatto sulla mensola, mi guardo intorno in cucina, controllo che sia tutto pulito e al suo posto. L'ambiente è arredato con mobili rustici di legno chiaro, però non vecchi, nuovi di zecca. Tutto è nuovo in questo cottage, tranne la casa stessa. Apparteneva alla nonna di Niall e adesso è una casa vacanze.

D'estate vengono molti ospiti, ma in questa stagione per lunghi periodi è vuota. Niall ha detto che le prossime prenotazioni sono per Natale e che fino ad allora il cottage appartiene a me.

È proprio come l'ho sognato. In realtà perfino più bello. I mobili sono molto eleganti e il letto è così morbido e profumato che mi sembra di essere una principessa. Dalle finestre sul retro si ha una vista magnifica sul Loch Long. L'acqua ha un effetto calmante. Potrei osservare la sua superficie per ore, il vento e gli uccelli incresparla e diventare sempre tutto di nuovo piatto e liscio come se due enormi mani l'avessero tirata prendendola per i bordi.

Per la prima volta nella mia vita sono la padrona di me stessa: mi alzo quando mi va, mangio quando ho fame e mi metto quello che mi piace. Cioè, quello che mi piace delle cose che Niall mi ha comprato ieri pomeriggio in un negozio di vestiti di seconda mano a Kyle of Lochalsh.

Stamattina presto, in gran segreto, sono uscita per cogliere qualche fiore in giardino e metterlo in un vaso sul tavolo. È un mazzo bellissimo.

Niall si è raccomandato fino alla nausea che non metta il naso fuori dal cottage, ma io sono stata attenta e sono sicura che non mi abbia visto nessuno.

In realtà Niall non potrebbe lasciarmi abitare qui, soprattutto non gratis. Il cottage non è suo, lui ne custodisce soltanto le chiavi per i proprietari che abitano a Glasgow.

Ancora non riesco a credere alla fortuna che ho avuto. Non potrò restare qui per sempre, lo so benissimo. È solo una pausa per riprendere fiato, un fantastico e magico sogno da cui prima o poi dovrò svegliarmi.

Bussano alla porta, sobbalzo. Per una manciata di secondi non so cosa fare. Sono paralizzata dalla paura. È già buio, ma da fuori non possono vedermi, ne sono sicura. E se invece qualcuno mi ha sentito?

Lavando le stoviglie ho fatto parecchio rumore, non immaginavo che qualcuno stesse origliando dietro la porta. Forse sono stata troppo poco prudente.

Bussano di nuovo.

Mi preparo per la fuga, ma non ho nemmeno le scarpe. Il pavimento di legno è così liscio e caldo che mi piace camminarci a piedi scalzi.

«Amy, è tutto okay?»

Niall! Ma certo. Chi altro dovrebbe essere?

Apro subito la porta.

«Posso entrare?»

Indietreggio. Lui si guarda le spalle e poi chiude.

«Non è un problema se qualcuno mi vede qui» spiega. «Ogni tanto devo passare a controllare, arieggiare e cose del genere. Ma non ogni giorno, darebbe nell'occhio.» Va fino al tavolo della cucina e ci posa la borsa sopra. «Ti ho portato un altro po' di cose da mangiare.»

Inizia a tirarle fuori. Latte, uova, cioccolata, uva. Il tavolo si riempie.

«Ma per me è troppo» dico imbarazzata.

«Devi recuperare.» Mi squadra.

Sono sempre stata molto magra, e la fuga mi è costata almeno altri tre o quattro chili.

«Appena posso ti ripago tutto.»

«Non ti preoccupare per questo.» Si avvicina, mi sposta una ciocca di capelli dietro l'orecchio.

«Non voglio essere in debito con te, non mi va.»

«Non lo sarai.» La sua mano è ancora sulla mia testa, scende giù accarezzando il collo.

All'improvviso mi si chiude la gola. È questo il pagamento che si aspetta Niall da me? Certo, ma cosa pensavo? Che lo facesse semplicemente per gentilezza? Che stupida sono stata. Indietreggio, sbatto un fianco contro il tavolo e caccio un grido.

«Santo cielo, Amy, ma che c'è?»

«Cosa vuoi da me?» sbotto. Nella testa già valuto le possibilità di fuga. La porta sul retro non è chiusa. Se sono veloce posso essere fuori prima che lui reagisca. Sono cose in cui mi sono esercitata con Ben, sono diventata brava. Anche se alla fine vinceva sempre lui.

«Dio, Amy, non penserai che...» Niall sospira e si passa una mano sulla fronte, poi solleva entrambe le mani. «Amy, non ti sfiorerò, hai la mia parola d'onore. Non sono così, proprio non ci riuscirei.»

Deglutisco. Sembra davvero ferito. Vorrei tanto potermi fidare di lui.

Prende la borsa vuota dal tavolo e si muove verso la porta. «Adesso è meglio che vada. Chiuditi sempre dentro, così ti sentirai al sicuro. E credimi, con me non hai niente da temere.» Afferra la maniglia, si ferma. «Ah, un'altra cosa. Stamattina in paese è venuto un forestiero e ha chiesto di una ragazza bionda.»

Ben! Oh, mio Dio, Ben! È qui!

Mi tocco la gola sconvolta. Muovo le labbra ma non riesco a dire nulla.

«Ne hanno parlato al pub. Ho chiesto che aspetto avesse. Attraente. Intorno ai quaranta. Capelli marroni, occhi marroni. È lui?»

Annuisco.

«A un certo punto se n'è andato, nessuno è stato in grado di aiutarlo. Dubito che tornerà, ma al tuo posto userei comunque la massima prudenza.» Apre la porta. «Quindi non dimenticare di chiuderti dentro a chiave. E niente luci.» Esce fuori.

«Mi spiace» sussurro veloce.

Si gira di nuovo verso di me. «Amy, non sai quanto vorrei vedere quel bastardo dietro le sbarre.»

Anch'io, penso. Ma non lo dico.

Appena esce chiudo con due mandate, poi faccio lo stesso con la porta di servizio. Quindi corro alla finestra. Faccio in tempo a vedere Niall che fa inversione con la sua macchina rossa e imbocca la stradina, e all'improvviso vorrei che fosse rimasto.

Mercoledì 24 ottobre

KATE

Sono così nervosa che sento vibrare la mia voce nelle orecchie. Non posso rovinare tutto, né sul lavoro né in privato. Sono una professionista, una detective della Omicidi, non una teenager inibita che non ha la più pallida idea di come muoversi. Anche se è proprio così che mi sento.

L'ispettore capo McMillan mi ha chiesto di pranzare con lui. Non alla mensa, bensì in un ristorantino della Old Town, elegante ma non troppo.

Non è un appuntamento privato, ovvio, il capo vuole parlarmi di una cosa di lavoro. E non è nemmeno la prima volta che pranziamo insieme. Anche se fino a oggi siamo andati sempre in un pub dove c'erano anche altri colleghi.

Ho paura perfino a sfogliare il menu, perché temo che McMillan si accorga di quanto mi tremano le dita. Ma non posso fissare per ore la pagina delle bevande.

«Scelga qualcosa di buono, è un colloquio di lavoro e paga la polizia scozzese.»

«Se lo dice lei.» Sfoglio in fretta.

«Fanno una buona pasta, dicono. Le piace?»

«Sì, molto. Credo che prenderò quella al pesto.»

«E io allora sceglierò quella con i gamberetti.» Fa un cenno al cameriere e ordina.

D'istinto penso al quasi-appuntamento con Aidan; immagino come sarebbe stato diverso. Dopo la fuga di Stuart McFarland non c'era più niente da festeggiare e soprattutto nessuna serata libera per la squadra della Omicidi, così ho disdetto l'appuntamento. Abbiamo interrogato testimoni fin quasi a mezzanotte. Abbiamo guardato i video delle telecamere di sorveglianza e cercato possibili indizi nella vita di McFarland, contatti o altri terreni di proprietà. Abbiamo addirittura controllato tutti gli immobili che gestisce per la sua agenzia. Senza alcun risultato. Anche nella casa dello zio a Dalkeith, che al momento è vuota, non c'erano tracce di lui. Purtroppo nemmeno l'agente che doveva sorvegliarlo ci è stato d'aiuto. Lo abbiamo trovato legato e imbavagliato sotto al letto. Stuart lo ha fatto entrare in camera con una scusa e messo KO, si è infilato la sua uniforme e ha lasciato l'ospedale inosservato.

Seguo il cameriere con lo sguardo e mi accorgo che due ragazze al tavolo vicino ci stanno osservando curiose. Di sicuro si staranno chiedendo cosa ci faccia un uomo così bello con una tipa così insulsa. Allungo il collo orgogliosa. Che guardino pure. E diventino verdi d'invidia come il mio pesto.

McMillan beve un sorso d'acqua. «Questa cosa di Stuart McFarland è stata davvero una catastrofe. Non avrebbe dovuto sfuggirci.»

Abbasso gli occhi. «È colpa mia, sono stata io a dire a Tom di non arrestarlo subito. Non credevo che fosse già così in forma da poter fuggire.»

«Detective, la responsabilità non è sua. L'ispettore Pine ha deciso così e io ero d'accordo. Non possiamo prendercela nemmeno con il povero agente di guardia davanti alla camera. O con i colleghi appostati di sotto.»

«Si è capito come ha fatto a uscire?»

«È appena arrivato del materiale video, la telecamera sul cruscotto di un camion che ieri mattina ha consegnato un rifornimento all'ospedale. Stuart McFarland si vede benissimo, spunta da un'uscita laterale passeggiando in tutta tranquillità con l'uniforme della polizia addosso.»

Scuoto la testa incredula. «È proprio senza scrupoli.»

«Sa che se lo becchiamo passerà il resto della vita in prigione.»

Il cameriere porta un cestino con del pane bianco e due ciotoline di salse.

«Sono preoccupata per Madelin. E se la trova prima di noi?» riprendo il discorso dopo che il cameriere se n'è andato.

«Al momento McFarland ha ben altre preoccupazioni. E poi non ha le nostre possibilità.»

«Lo spero.»

«Anch'io.» McMillan prende un pezzo di pane e lo intinge in una delle ciotoline. «Provi, Fincher. Sono squisite.»

Mentre assaggio le salse mi chiedo perché il capo mi abbia portato qui. Vuole qualcosa da me e dev'essere una faccenda delicata, di cui discuterne dove non si rischia di venire ascoltati da qualche collega.

Fino all'arrivo delle nostre ordinazioni chiacchieriamo del più e del meno. Scopro che il mio capo ha una passione per la cucina e si reca volentieri in Italia. Io non ci sono mai stata e sgrano gli occhi sentendolo raccontare: immagino noi due su una spiaggia siciliana a rimirare il tramonto o a passeggio per le viuzze di San Gimignano.

Continuo a chiedermi se domandargli di Rachel. Ma non riesco a trovare il momento adatto. Non voglio sembrare indelicata, e poi non so se lo metterebbe a disagio dovermi dare delle spiegazioni. In tutta sincerità, il motivo principale è che voglio far finta che non esista nessuna Rachel, come se noi due qui stessimo godendo di nascosto il fatto di passare un po' di tempo insieme.

Poi arriva la nostra pasta, e dopo un paio di bocconi il capo si schiarisce la gola. «Fincher, di sicuro si starà chiedendo il motivo di questo invito.»

Per poco non mi strozzo. «Ehm... a esser sincera, Sir, sì.»

Sorride. «Si tratta di Tom Pine.»

Poso la forchetta. «Tom? Cos'è successo a Tom?»

«È molto vicino alla famiglia McFarland, vero?»

Deglutisco anche se in bocca non ho nulla. «Be', in tutti questi anni ha mantenuto i rapporti. La scomparsa di Madelin ha continuato ad assillarlo.»

«Ho paura che prenda il caso troppo a cuore.»

«Sir, credo di non capire dove voglia arrivare.»

«Stuart McFarland deve aver saputo che eravamo sulle sue tracce.»

Spalanco gli occhi. «Non crederà che lo abbia messo in guardia Tom... Lui vuole che il rapitore di Madelin paghi per quello che ha fatto.»

«Fincher, lo so. Non intendevo questo.» McMillan infilza un gamberetto con la forchetta. «La mia supposizione è che abbia detto qualcosa a Susan per sbaglio.»

«Susan sapeva che avevamo trovato la stalla. E di sicuro lo ha raccontato al marito. Non potrebbe esser bastato questo per spaventare Stuart?»

«Sì, è possibile.» McMillan fissa il gamberetto. «Ciononostante, voglio che tenga d'occhio il suo partner.»

Nel mio stomaco si fa largo una sensazione spiacevole. «In che senso?»

«Stia attenta, cerchi di capire se non è più all'altezza del proprio compito o se è troppo coinvolto emotivamente. Non possiamo permetterci altri errori. Niente indagini sciatte che non reggeranno in tribunale.»

All'improvviso sento salire la rabbia. «Vuole che spii il mio partner?»

«No, detective, non intendevo questo.»

«Ma è quello che sembra, accidenti.» Mi mordo un labbro, ho alzato la voce e le due biondine del tavolo vicino hanno teso le orecchie.

McMillan posa la forchetta sul tavolo e mi guarda. «Apprezzo la sua correttezza.» Lo dice senza un briciolo di ironia. «E non le chiederei mai di agire alle spalle dell'ispettore Pine. D'altronde lo capisco benissimo, anch'io una volta mi sono trovato in una situazione simile.»

Lo guardo sorpresa.

«Ormai sono passati più di quindici anni, io ero un giovane ispettore capo ed era il mio primo, grande caso. Una ragazza di appena diciassette anni era stata brutalmente violentata e uccisa. Si chiamava Molly Jordan. Volevo prendere il colpevole a tutti i costi, lo dovevo alla famiglia. Avevamo addirittura un DNA, ma nessun sospetto con cui poter fare il confronto. Ho seguito qualsiasi pista, anche la più insensata. Senza alcun risultato. A un certo punto mi hanno pregato di occuparmi di altri casi. Implorando ho ottenuto un'ultima possibilità. Vicino al luogo del ritrovamento del cadavere, in una vecchia villa, abitava un gruppo di studenti. Degli indizi indicavano che Molly alcuni giorni prima di morire fosse stata lì a una festa. Volevo prelevare campioni di DNA a tutti gli abitanti maschili della villa, ma non mi hanno dato l'autorizzazione. Ancora oggi a volte penso che il colpevole fosse uno di quegli studenti e che sono stato a un passo dall'incastrarlo. A volte addirittura lo sogno. Questo caso proprio non mi molla.»

Non so cosa dire. È già la seconda volta che McMillan fa affidamento sulla mia discrezione. Prima la cosa di Rachel e adesso questa storia così personale. Vorrei tanto dimostrargli di essere degna di questa fiducia.

«Che c'è?» domanda. «Sembra scioccata.»

«No, al contrario» lo rassicuro. «E il colpevole è tuttora a piede libero?»

«Una volta all'anno ritiro fuori il fascicolo e lo sfoglio, cerco un approccio investigativo che avrei potuto usare allora e a cui non ho prestato sufficiente attenzione.»

«Le andrebbe...» Mi fermo. Poi mi faccio coraggio e continuo. «Le andrebbe se la prossima volta le facessi compagnia? A volte uno sguardo nuovo aiuta.»

Sorride. «Ne sarei felice.» Poi torna serio. «E adesso, riguardo a Tom. Non voglio togliergli il caso, non voglio fargli una cosa del genere. Per questo motivo ho bisogno di una persona che stia attenta che non si carichi di un peso eccessivo. Potrebbe occuparsene lei?»

Abbasso gli occhi sul mio piatto di pasta mezzo pieno. «E se ho la sensazione che stia esagerando cosa devo fare?»

«Me lo dice e troviamo una soluzione.»

Alle spalle di Tom, quindi. Soffoco un sospiro.

«Adesso mangi, Kate. Altrimenti si raffredda.»

Sussulto. Non perché mi ha chiamato per nome, ma perché ho la sensazione che l'abbia fatto per puro calcolo. Forse anche la storia di Molly Jordan era puro calcolo.

Lo guardo negli occhi, in quegli impenetrabili occhi scuri che hanno il potere di farmi diventare le ginocchia molli come un budino. Perlomeno di solito. In questo momento, invece, non sortiscono alcun effetto. È tornata infatti la rabbia. Sono arrabbiata con McMillan perché mi ha chiesto una cosa del genere e perché per raggiungere il suo scopo cerca di abbindolarmi spudoratamente. E sono arrabbiata con me stessa perché mi sento comunque lusingata.

«Sir, vedrò cosa posso fare» dico irrigidita. «Ma non le prometto niente.»

«Era quello che mi aspettavo da lei, comunque.»

AMY

È tutto il giorno che piove. Le nuvole sono così basse che non si vedono le cime delle colline. E il Loch Long si nasconde dietro un velo perlato. Questo monotono crepitio mi irrita. Sono inquieta, cammino avanti e indietro come una tigre in gabbia. Nel cottage sono al sicuro, è asciutto, caldo e ho abbastanza da mangiare, ma mi sento soffocare. Ho cercato di leggere; in salotto, vicino al camino, c'è una mensola piena di volumi, ne ho presi in mano diversi. Ma non riesco a concentrarmi sulla storia. È come se fossi seduta sopra una trappola, condannata ad aspettare che scatti senza poter fare nulla.

Così non si può andare avanti, devo fare qualcosa. Prima, a un certo punto, quando ero in piedi vicino alla finestra del salotto e guardavo il grigio nulla, ho capito che per me c'è solo una soluzione. Troverò pace solo quando Ben non sarà più a piede libero. Quando sarà in prigione per quello che mi ha fatto.

Ancora non so come fare perché accada, ma troverò un modo. E Niall mi aiuterà. Per questo aspetto impaziente il suo arrivo: metteremo a punto una strategia insieme. L'importante è che non sia più arrabbiato con me. Mi sono comportata da perfetta idiota. Purtroppo non posso contattarlo. Avevo pensato di andare a cercarlo al pub, ma con questo tempo non c'è nessuno in giro.

Non che il pub sia lontano. Sì, la prima sera Niall mi ha portato qui in macchina, ma ci sono voluti pochi minuti. Il cottage si trova sulla strada stretta da cui sono arrivata, un po' fuori dal paese. Potrei andare di nuovo alla porta di servizio e aspettare Niall in cucina. Ma avrà dei dipendenti, e potrebbero vedermi. Non può fare tutto lui: cucinare, stare al bancone e portare i piatti ai tavoli.

Mi sposto dal salotto alla cucina, guardo se c'è qualcosa da fare, ma è tutto sistemato alla perfezione. Fuori il cielo è di un grigio così monotono che non saprei nemmeno dire che ore sono. Potrebbe essere mezzogiorno o quasi sera.

All'improvviso mi sembra di sentire una macchina. Mi avvicino alla finestra e cerco di riconoscere qualcosa. Finalmente Niall è arrivato? O era solo un'auto di passaggio?

Nel giardino non compare nessuno e non vedo nemmeno la macchina rossa di Niall, così mi allontano dalla finestra. Potrei guardare se in casa c'è carta e penna, così potrei lavorare al mio piano di battaglia.

Mentre apro un cassetto in salotto, bussano alla porta.

Niall! Finalmente!

Vado in corridoio, esito. Bussano di nuovo. Ma perché Niall non dice nulla, perché non si fa riconoscere?

I secondi si espandono all'infinito, finché non resisto più. «Niall, sei tu?»

«Dài, apri! Piove a dirotto!»

La sua voce ha un suono indistinto per via della pioggia, lo capisco appena.

Giro subito la chiave perché non debba restare ancora sotto la pioggia. Apro e guardo l'uomo che ho di fronte con occhi raggianti.

«Ciao, piccola.»

All'improvviso resto impietrita. Sono paralizzata, raggelata dall'orrore.

«Non sei felice di vedermi?»

Aiuto. Aiuto.

Un cappio di ferro incandescente mi stringe la gola. Non posso gridare, non posso nemmeno sussurrare.

Aiuto. Per favore, aiutatemi. Chiunque possa ascoltarmi. Per favore.

«Vieni, tesoro.» Ben allunga una mano e sorride. «Dobbiamo andare. Per festeggiare il tuo ritorno mi sono inventato un gioco molto speciale. Sbrigati, non vedo l'ora.»

SUSAN

Guardo il borsone. Dovrei riaprirlo per controllare se ho pensato a tutto, ma non vedo nulla. Davanti agli occhi ho come un velo, e sul velo c'è l'immagine di mio marito. Mi sorride, i suoi caldi occhi scuri s'illuminano, poi mi dice quanto voglia bene a me e ad Harper. Gli credo. Il suo sguardo è così aperto, così sincero. Perché dovrebbe mentire, non ne ha motivo.

Poi all'improvviso il viso si trasforma in una smorfia orribile. Il sorriso diventa un ghigno diabolico, Stuart inizia a ridere, sempre più forte, finché devo tapparmi le orecchie perché non mi scoppino i timpani.

«Susan, è tutto okay?» La detective Fincher è sulla porta e mi guarda preoccupata.

«Sì, tutto a posto. Mi stavo solo chiedendo se ho dimenticato qualcosa.»

«Per lei non dev'essere facile, lo so.»

Ecco, l'eufemismo del secolo. L'uomo che amo e di cui mi fidavo ciecamente ha rapito mia figlia e abusato di lei e quando non gli è più piaciuta, mi ha convinta a procurargli un'altra bambina con cui trastullarsi. E adesso mia figlia è in fuga da lui e dalla polizia e Dio solo sa chi troverà chi per primo.

Sì, la detective Fincher mi ha assicurato che Stuart ha ben altre preoccupazioni che non siano trovare Madelin. Ma non ne sarei così sicura. È un perfezionista. Odia quando qualcuno gli manda a monte i piani. E Madelin ha fatto qualcosa di assai peggio. Ha distrutto il suo geniale castello di bugie. E poi lo ha pugnalato. Perlomeno questo crede la polizia. Stuart vuole vendetta.

«Il borsone, posso già prenderlo?» domanda la poliziotta.

«Ehm… sì.» Chiudo la cerniera.

«Se ha dimenticato qualcosa, glielo porteremo noi dopo, non c'è problema. È solo per qualche giorno.»

Evito di chiederle come fa a esserne così sicura. È simpatica.

Non è colpa sua se la mia vita è un cumulo di macerie. La colpa non è di nessuno, solo mia.

Harper è già sulla porta, la bambola stretta a sé. Dal giorno in cui è rispuntata sua sorella maggiore per sparire subito un'altra volta, senza la sua Lizzie non va da nessuna parte. Forse Madelin le ha raccontato che un tempo era la sua bambola e le ha chiesto di prendersi cura di lei. Forse è solo l'oggetto a cui si è aggrappata mentre assisteva alla scena della sorella che pugnalava suo padre, per questo non riesce a mollarla. Non ho la più pallida idea di cosa le frulli nella testa.

«Adesso vi porto in una bella casa nuova» le dice la detective Fincher. «Lì potrete riposarvi un po'. È all'ultimo piano e dalla finestra si vede tutta la città.»

Gli agenti pensano sia meglio stare per un po' in un appartamento della polizia, un appartamento sicuro. La detective Fincher non mi ha spiegato la faccenda nei dettagli, e io non gliel'ho chiesto. Credo che vogliano proteggerci da Stuart. Forse hanno paura che possa rapire anche noi o prenderci come ostaggi. Che ne so.

A me sta bene, anzi ne sono felice. A casa tutto mi ricorda Stuart. Ci sono cose che appartengono a lui in ogni angolo. Le sue pantofole nel guardaroba, i suoi libri sugli uccelli sul tavolino vicino al divano nel salotto, il suo bagnoschiuma nel bagno. E poi ci sono tutte le piccole cose che abbiamo comprato insieme. Soprattutto il grande quadro sopra al divano in salotto, un paesaggio palustre che poco prima di un temporale luccica misterioso nella luce fioca. Se considero quello che so adesso, mi sembra pura ironia che avessimo in casa proprio questo quadro. È uno scorcio delle Yorkshire Moors, ma potrebbe essere anche nelle Pentlands. Non posso fare a meno di pensare che Stuart alla sua vista ogni volta provasse un brivido di piacere, sapendo che al di sotto di una collina simile c'era la mia bambina prigioniera che lo aspettava.

Mi metto sul sedile posteriore di fianco ad Harper. Attraversiamo l'intera città. Fincher cerca di coinvolgermi in una conversazione, ma rispondo a monosillabi. Finalmente ci fermiamo in un quartiere di nuova costruzione. Voglio stare da sola con Harper.

Saliamo in ascensore fino all'ultimo piano. Sulla porta ci sono due serrature, e Fincher mi esorta a usarle sempre, quando sono sola in casa.

«Non dica a nessuno dove sta, nemmeno a sua madre. La chiami per dirle che state bene, ma non le dia indirizzi.»

Secondo me esagera. Non sono mica una pentita della mafia. Ciononostante prometto di attenermi a tutte le indicazioni.

Fincher indica il telefono. «Quando chiama da qui, il numero viene nascosto automaticamente. Non usi il cellulare, può essere localizzato.»

Continua: mi fa vedere la camera da letto, la stanza dei bambini e la cucina. L'ambiente è luminoso, gradevole e arredato in modo del tutto impersonale. Fincher mi mostra il cibo in frigo, chiede se ho bisogno d'altro.

Mi siedo al tavolo e poggio il mento sulle mani. Harper è scomparsa nella cameretta dove c'è una cesta piena di giocattoli. Mi chiedo se l'abbiano portata qui apposta per noi o se in questo appartamento vengano spesso nascoste donne con bambini minacciate dai mariti.

La detective Fincher si siede vicino a me. «Domani verrà una psicologa a parlare con Harper.»

«È proprio necessario?»

«Non possiamo escludere che suo marito...» La poliziotta si schiarisce la voce. «Non sappiamo se si sia avvicinato anche ad Harper. Se sì, dobbiamo documentarlo il prima possibile. E Harper ha bisogno di sostegno psicologico.»

Sospiro. È un pensiero che finora ho cercato di rimuovere. Non riesco a immaginare che abbia osato farlo davvero. Non sotto i miei occhi. Non me ne sarei accorta?Harper non sarebbe cambiata?

D'altro canto, negli ultimi tempi si è comportata in modo strano. Ripenso alla sua sbadataggine, a tutte le cose che ha fatto cadere. Erano grida d'aiuto? Avrei dovuto capirla? Avrei dovuto accorgermi che c'era qualcosa che non andava?

All'inizio, quando Harper era con noi da poco, era molto silenziosa e chiusa in se stessa. Aveva vissuto cose brutte e di conseguenza era sul chi va là. Ma si è sciolta con una velocità sorprendente. E poi, un paio di settimane fa, il suo comportamento è cambiato di nuovo. Lentamente, ma in maniera percettibile. Ma io non ho pensato neanche per un secondo che... Oh, mio Dio, non riesco nemmeno a concludere il pensiero.

Sento dei rumori in cameretta. Harper parla di nuovo con la sua bambola.

Anche la poliziotta se ne accorge. «Harper parla? Da quando?»

«Non saprei dirlo con precisione. Da un giorno o due. Mormora tra sé. O parla sottovoce con Lizzie, la sua bambola. Ma quando uno le rivolge la parola, subito si zittisce.»

La detective Fincher guarda verso la cameretta pensierosa. «Continui a provare, potrebbe essere d'aiuto.»

«Non voglio metterle pressioni.»

«Lo capisco.» Fincher aggrotta la fronte. «Forse potrebbe

registrare quello che dice con il cellulare. È possibile che parli di quello che ha visto.»

Seguo il suo sguardo. «Dice sul serio?»

«Un tentativo vale la pena farlo. Posi il cellulare nella cameretta vicino ai giocattoli.»

Deglutisco. Non mi sembra carino spiare mia figlia. D'altro canto, anche a me piacerebbe sapere cosa le passa per la testa. E cosa ha visto.

«Va bene. Ma non sono sicura che dica cose sensate.»

«Lo vedremo.» Fincher si alza. «Adesso la lascio, così si sistema con calma.»

La accompagno alla porta. Mi dà il suo biglietto da visita.

«Mi chiami» dice. «Anche solo se si sente soffocare. Susan, non è sola.»

Guardo il cartoncino che ho in mano. «Grazie. Per tutto.»

Mercoledì 25 ottobre

KATE

Tom sfreccia sulla strada a una corsia come se non ci fosse un domani. In effetti non c'è, non per la persona da cui stiamo andando.

Prende una curva in maniera troppo spericolata e mi aggrappo alla maniglia della portiera, mi preparo allo schianto, non arriva ed espiro. Di solito Tom guida bene, veloce ma sicuro di sé, quando è al volante non ho paura. Ma oggi non ci sta con la testa.

La notizia è arrivata mentre l'ispettore capo McMillan stava distribuendo i compiti per la giornata. Tutti i membri della Omicidi erano in sala riunioni. La ricerca dei due dispersi ha priorità assoluta, per questo ci occupiamo di persona degli indizi più interessanti e non deleghiamo la verifica agli agenti locali. Sono arrivati diversi presunti avvistamenti dalla zona dell'Isola di Skye, e visto che Stuart è originario di lì, è possibile che si sia rintanato sull'isola. Potrebbe avere degli amici, conoscere dei nascondigli difficili da trovare.

La verifica dei suoi contatti, però, finora non ha dato risultati. Nessuna delle sue vecchie conoscenze ha avuto a che fare con lui negli ultimi anni, e le poche persone che conosce fuori Edimburgo in realtà sono amici di Susan. A quanto pare era spesso in giro da solo a osservare uccelli. Senz'altro un camuffamento per passare del tempo con Madelin senza essere disturbato.

Evidentemente la mattina della fuga Stuart è stato così sfacciato da tornare a casa in taxi dall'ospedale e prendere la sua macchina. Siamo riusciti a rintracciare l'autista della vettura, ma non ci ha detto nulla di utile.

La macchina di Stuart è svanita nel nulla, proprio come lui. Non è stata avvistata da una sola telecamera di sorveglianza. Ha evitato le autostrade, cosa più che comprensibile, e sulle strette stradine delle Highlands non ci sono telecamere. Il cellulare lo ha spento, ovvio, forse addirittura buttato via. Di sicuro si è già comprato da un pezzo uno di quei telefoni prepagati con i contanti. Si potrebbe pensare che nel nostro mondo iperconnesso e infarcito di telecamere nessuno può più svanire nel nulla. Invece Stuart McFarland evidentemente ci è riuscito. È come se fosse avvolto da un manto magico che lo rende invisibile.

Questo però per Madelin non vale. Non più.

Tom inchioda, inserisce la retromarcia, va indietro e svolta.

«Scusa» mormora. «Non avevo visto la deviazione.»

Guardo il navigatore. Stiamo per arrivare, è questione di minuti. Il mio sguardo esplora il paesaggio. Da qualche parte, alla nostra sinistra, dev'esserci il Ben Nevis, ma la cima è coperta da nuvole pesanti. Non sono mai stata così a nord. Dev'essere bellissimo qui, ma oggi perfino con il bel tempo non avrei alcun interesse.

Passato un cartello, mi torna in mente una cosa. L'ispettore capo non aveva raccontato di un'insegnante che aveva visto una ragazza sul ponte sullo Spean? È stata una delle tante segnalazioni arrivate sul tavolino di chissà chi e verificate. Nessuno poteva immaginare che proprio quella avrebbe potuto cambiare tutto.

Adesso ne sappiamo di più. Ma è troppo tardi. Stamattina, a Spean Bridge, un piccolo centro a nord di Fort William, è stato ritrovato il cadavere di una ragazza. Non l'hanno ancora identificata, ma molto fa pensare che si tratti di Madelin McFarland.

Davanti ai nostri occhi compare un ponte con una strada a due corsie che porta dall'altra parte; il muretto su entrambi i lati è alto a malapena fino alla vita. Resto sorpresa. È un ponte banalissimo e nel cuore del paese. Non saprei dire di preciso cosa mi aspettassi. Un posto più desolato, credo, e una costruzione che in un certo senso rendesse più giustizia alla drammaticità degli eventi.

Dall'altro lato del ponte c'è una volante. Tom abbassa il finestrino e il collega in uniforme gli spiega come arrivare al luogo del ritrovamento. Dobbiamo lasciare la macchina in una strada senza uscita e poi avventurarci giù per la scarpata.

Quando sono sulla riva riguardo il ponte. Da qui sotto sembra molto più spettacolare. Tre imponenti archi di pietre grigie squadrate, una larga e due strette, si elevano a dieci metri di altezza sul fiume. L'acqua scorre con un ritmo tranquillo su un letto piatto, sassoso.

Mi costringo a spostare l'attenzione dal ponte alla riva, alla figura minuta che giace accartocciata sulle pietre mezza nascosta dai rami. Indossa un vestito a motivi floreali, inzuppato; è scalza. Il viso è nell'incavo del gomito come se stesse dormendo.

Vengo sopraffatta dall'irrazionale bisogno di coprirla per non farle prendere freddo, e penso a Madelin il giorno in cui è tornata a casa, la ragazza smagrita con gli occhi grandi e impauriti. Ricordo di averle passato una coperta quando si è raggomitolata sul divano del salotto con indosso il vestito della madre, decisamente troppo grande. Il vestito è lo stesso? Cerco di ricordarmi, ma non mi torna in mente.

Si avvicina una ragazza in uniforme. Ha occhi azzurri e svegli, capelli corti sotto il cappello di servizio. I due quadrati sulla spallina la identificano come ispettrice, quindi probabilmente è a capo dell'ufficio locale. Se la defunta non è Madelin McFarland, ma un'altra ragazza che ha avuto un incidente o si è tolta la vita, il caso è suo.

«Ispettore Heather Whitlow» si presenta. «Siete i detective di Edimburgo?»

«Ispettore Tom Pine. Questa è la mia collega, la detective Kate Fincher. La vittima è già stata identificata?»

«No, purtroppo.»

«Però pensate che possa essere Madelin McFarland. Come mai?» chiedo.

«Be', per la descrizione. Anche se non ci sono foto attuali, e poi...»

«Allora diamo un'occhiata» la interrompe Tom.

«Bene. Io aspetto qui.»

Seguo Tom, si è fatto dare due paia di guanti da un agente della Scientifica. Altrimenti non potremmo avvicinarci. Come se l'acqua da sotto e da sopra non avesse ormai lavato via ogni traccia.

Mentre ci avviciniamo mi accorgo che il corpo non è intatto. La ragazza ha una grande ferita aperta sulla coscia. O si è fatta male andando a sbattere contro una pietra o un animale si è avventato su di lei. Il braccio destro è graffiato e pieno di ematomi. A una mano sembra mancare un dito.

Mi sfrego le braccia. Quassù a Great Glen fa freddo, ma non è per questo che ho i brividi.

«Chi l'ha trovata?» chiede Tom all'agente della Scientifica.

«Dei bambini che stavano giocando sulla riva» risponde. «Non so altro.»

«Il medico legale è già venuto?»

«È per strada.»

«Sembra morta da un po'» suppone Tom.

«Due o tre giorni, credo» dice l'agente. «Forse però è successo dopo. Se sono passati degli animali è impossibile dirlo senza un esame approfondito.»

Serro i pugni e li infilo nelle tasche. «Dobbiamo girarla.»

«Ma non abbiamo ancora finito con il rilevamento delle tracce. E il medico…»

«Dobbiamo vedere il viso» lo interrompe Tom brusco.

L'agente sospira.

Do un'occhiata a Tom. Ha un'espressione impietrita. Fa la parte del duro, ma io so come si sente dentro. Io non sto affatto meglio. Se questa è Madelin McFarland, ce l'abbiamo sulla coscienza. Sarebbe stato nostro compito proteggerla dopo il suo ritorno, non dovevamo perderla di vista nemmeno per un secondo.

Mi infilo i guanti. L'agente con lentezza solleva la defunta mentre io prendo il viso e lo giro verso di noi. Un secondo dopo respiro profondamente, e alle mie spalle Tom fa un verso sgomento.

SUSAN

Harper gioca di nuovo con la bambola, la gira da una parte all'altra come se danzasse. Nell'altra mano tiene un orsacchiotto trovato nella cesta dei giocattoli. Parla sottovoce tra sé e sé, il suo viso è allo steso tempo concentrato e assente.

Mi avvicino piano piano, faccio attenzione a non finire nel suo campo visivo. Mi sento un po' meschina. Non voglio spiare la mia bambina, disprezzo le madri che vanno a curiosare nel cellulare o nel diario dei figli. Quindi mi convinco che sia una situazione d'emergenza. Non sto spiando Harper per controllarla, ma perché nella sua testa sono registrate informazioni importanti e questo è l'unico modo per accedervi. La vita della sua sorella maggiore potrebbe dipendere da questo.

Tra mezz'ora viene la psicologa. Di sicuro avrà i suoi metodi per spingere Harper a parlare. Ma possono volerci giorni, settimane. Alcuni bambini a un certo punto tornano a parlare, ma non per forza, di quello che hanno vissuto.

Adesso sono proprio alle spalle di mia figlia. Lei fa scontrare i due pupazzi di faccia. *Bum, bum*, i corpi continuano a sbattere l'uno contro l'altro. Nel frattempo mormora parole mozzate, ma così piano che riesco a distinguere solo singoli suoni. Poi si ferma e in modo chiarissimo dice: «Brutta bastarda, puttana!».

Soffoco un grido fissando Harper, sconvolta.

Continua a sbattere l'orso contro la bambola come in preda alla follia. Così a lungo che sono a un passo dall'intervenire. Ma all'improvviso la bambola pare rispondere: un unico, violento attacco e l'orso rotola per terra inerme.

Mi porto una mano alla bocca per non sospirare inorridita.

Per alcuni secondi non riesco a muovermi. Harper invece raccoglie l'orsacchiotto con la massima tranquillità e il gioco ricomincia da capo.

Ho visto abbastanza. Non voglio restare qui un secondo di più. Esco dalla stanza senza fare rumore. Solo quando sono in salotto oso espirare.

Mi siedo sul divano, aspetto che le mie dita smettano di tremare. Devo chiamare la detective Fincher. Ma esito. Ho assistito solo a un gioco infantile, non significa che le cose siano andate esattamente così. Forse Harper ha ricordi vaghi e riempie i buchi con la fantasia. Oppure rappresenta la scena come l'ha capita lei, ma in realtà è stato diverso.

Affondo il viso tra le mani. Cosa devo fare? Come posso aiutare entrambe le mie figlie senza arrecare ancora più danni a una di loro?

Ancora sento la voce sommessa in cameretta. Abbasso le mani dal viso, penso a quello che ha detto la detective Fincher. Il mio cellulare è sul tavolino vicino al divano. Da quando sono qui non l'ho mai usato. Anche se lo trovo ridicolo. Di certo Stuart non ha i mezzi per localizzare un cellulare. E non ha nemmeno motivo di farlo.

D'altra parte, qualche giorno fa avrei ritenuto assurdo anche che avesse sul computer foto di bambine nude. Non è l'uomo che credevo di conoscere. Devo essere pronta a tutto.

Serro le labbra. Basta: pensare a Stuart scatena in me un'ondata di sensazioni contrastanti. Indignazione, vergogna, rabbia, odio, disperazione, tutto si mischia nel mio petto in un groviglio indistricabile.

Devo alzarmi, preparare il tè, la psicologa sarà qui a momenti. Se sono occupata in cose banali rimugino meno. Alzandomi, però, lo sguardo mi cade sul televisore, acceso senza volume.

All'improvviso sono sopraffatta da una strana paralisi di gelo. Piano piano risprofondo sul divano, cerco il telecomando meccanicamente senza staccare gli occhi dallo schermo.

C'è una giornalista davanti a una schiera di semplici casette unifamiliari e sta parlando in un microfono. È una zona di campagna, in lontananza sullo sfondo mi sembra di vedere un ponte. Mentre la giornalista muove le labbra muta, sotto scorrono le ultime notizie.

Non ancora identificata la ragazza trovata morta stamattina. Ignota la causa del decesso.

All'improvviso tutto il corpo mi inizia a tremare. È un miracolo che riesca a riattivare l'audio.

«La detective Fincher della Omicidi ha appena dichiarato in un comunicato che il cadavere è stato portato all'Istituto di Medicina legale. Se si tratti o meno della dispersa Madelin McFarland, non lo ha detto. Nemmeno sulla causa del decesso ha rilasciato dichiarazioni. Il fatto però che sia stata coinvolta la Omicidi lascia supporre che le circostanze della morte siano sospette.»

Le parole mi rimbombano nella testa. Vorrei tapparmi le orecchie, ma le braccia non mi ubbidiscono. La stanza inizia a girare.

Proprio in quel momento suonano alla porta. Cerco di alzarmi, ma anche le gambe si rifiutano di collaborare. Il carosello che ho in testa aumenta di velocità. Ho la nausea. Poi davanti ai miei occhi sfarfallano dei punti neri che diventano sempre più grandi, unendosi alla fine in un nulla oscuro che avvolge tutto.

KATE

Seguo con lo sguardo l'anziano che rientra nella sua rimessa strascicando i piedi. Tom mi ha detto di venire subito a parlare con il testimone, perché la sua sembrava una deposizione interessante. Tuttavia, le due persone che ha notato ieri nei pressi di Spean Bridge perché stavano litigando in maniera animata non erano Stuart e Madelin. Non tornano né l'età, né il colore dei capelli. Quei due nemmeno gli assomigliavano. Così torno al luogo del ritrovamento.

Mentre guido verso nord sulla A82 penso a tutte le piccole coincidenze che possono determinare il destino delle persone. Ognuna è di per sé innocua e poco significativa, mentre insieme possono scatenare una reazione a catena. Secondo il video del camion, per esempio, in ospedale abbiamo mancato Stuart di appena mezz'ora. E nel caso della scomparsa di Madelin, venerdì scorso, si è trattato di una finestra temporale ancora più ridotta. La madre deve essere arrivata a casa pochi minuti dopo la catastrofe.

Mentre parcheggio davanti all'edificio del Comune in cui è stato allestito il quartier generale provvisorio, mi viene incontro un agente. «Detective Fincher, dentro c'è un testimone che la aspetta. Vuole parlare solo con lei.»

«Ha detto perché?»

«No, nemmeno una parola.»

Scrollo le spalle, chiudo la macchina e lo seguo dentro. All'interno stanno ancora spostando mobili e allestendo postazioni. Ci sono file di tavoli e sedie, alcuni computer. Riconosco Aidan concentratissimo davanti a uno schermo. Su un mobile basso c'è una macchina del caffè, qualcuno ha fatto arrivare delle lavagne bianche, un elettricista sistema dei cavi.

L'agente indica una panca un po' in disparte. Ci è seduto un uomo che fissa il pavimento. «È lui.»

Lo ringrazio e raggiungo il testimone. È più o meno a metà della trentina, ha occhi azzurri acquosi, i tipici capelli biondo-rossicci dei britannici e una faccia simpatica.

«Kate Fincher» dico. «Voleva parlarmi?»

Si alza e mi porge la mano. «Niall Gordon.»

«Venga, mettiamoci a un tavolino.»

«Preferirei che restassimo qui.»

Esito, poi annuisco. «Come preferisce.»

Ci sediamo sulla panca.

«Allora di cosa si tratta?» domando.

«Di Amy, la ragazza che avete trovato.»

All'improvviso ha tutta la mia attenzione. «La conosce?»

«Io… io ho rovinato tutto.» Sospira.

«La prego, mi racconti ogni cosa. Dall'inizio.»

«È spuntata all'improvviso tre giorni fa, lunedì.»

«Chi è spuntato, dove?» Cerco di nascondere la mia impazienza. Molti testimoni hanno difficoltà a descrivere in maniera coerente quello che hanno vissuto. E poi non ho ancora capito se Niall Gordon ha qualcosa di importante da dirmi o mi sta solo facendo perdere tempo.

«Amy. Nel mio pub. A Dornie.»

«Dov'è?»

«Sulla A87, la strada che porta all'isola di Skye. Vicino al castello di Eilean Donan.»

«Non è proprio a due passi da qui.»

«Già.»

«Ma lei crede che sia la stessa ragazza. Perché?»

«Stava scappando dal marito. Io l'ho nascosta, in un cottage che gestisco. Martedì un forestiero è venuto in paese e ha fatto delle domande. La stava cercando. Non ci ho parlato di persona, me lo hanno raccontato dei clienti. E poi ieri sera sono passato al cottage a controllare e Amy era sparita.»

Nella mia testa si accavallano le varie possibilità. Stuart è scappato dalla clinica martedì mattina. Come ha fatto a trovare Madelin così in fretta?

«Forse questa Amy ha semplicemente proseguito per la sua strada. Oppure è tornata dal marito. Lo fanno molte donne, nonostante i maltrattamenti.»

Niall Gordon scuote la testa deciso. «Non credo, era terrorizzata. Non sarebbe mai tornata da lui di sua iniziativa. No, lui l'ha trovata e l'ha uccisa.»

Stavolta sono io a scuotere la testa. Questo Niall è convinto di quello che dice, ma dubito che abbia ragione. Non corrisponde a quello che so sui mariti violenti. Sono dei sadici che torturano mogli e figli, ma non li uccidono a sangue freddo eliminando ogni traccia in maniera professionale. Quindi forse le due persone viste dall'anziano erano davvero Madelin e Stuart. Sarebbe più plausibile.

«Lei non mi crede.»

«Invece le credo eccome. Trovo solo poco probabile che questa Amy sia stata uccisa dal marito.»

«Ma la descrizione della vittima diffusa in televisione coincide. Perfino il vestito che indossava. Gliel'avevo comprato io in un negozio di seconda mano.»

Drizzo le orecchie. «Davvero?»

«Viola, a motivi floreali. Così hanno detto al telegiornale.»

Avrei definito il colore più un vinaccia, ma non è questo il punto. Tiro fuori il cellulare e gli mostro una foto del cadavere, in cui tuttavia non si vede la faccia. Lo sconvolgerebbe e basta, senza aiutarlo nell'identificazione. Infatti non è rimasto molto dei lineamenti della ragazza. Solo il ricordo di quell'immagine mi mette i brividi. Le pietre, l'acqua e chissà quali animali hanno fatto un lavoro coi fiocchi. Né io né Tom siamo stati in grado di dire con certezza se la vittima è Madelin McFarland.

«Il vestito è questo?»

«Mmm...» Guarda la foto aggrottando la fronte. «Non lo so. Non ci ho fatto molta attenzione, so solo che era a motivi floreali. Era troppo leggero per questa stagione ma ho pensato che le sarebbe stato bene.»

Riprendo il telefono pensierosa. Alcune cose fanno pensare che Madelin McFarland e questa misteriosa Amy siano la stessa persona. Madelin potrebbe essersi inventata la storia del marito violento per evitare di essere riconosciuta. Dopo l'incidente avvenuto a casa la sua fiducia nella polizia era senz'altro scarsa. E poi, probabilmente aveva paura di essere accusata di aver pugnalato Stuart, sebbene fosse stata legittima difesa. Se non sapeva che Stuart era sopravvissuto, forse pensava addirittura di essere ricercata per omicidio. Quindi è probabile che non si sia più fidata di nessuno inventandosi una nuova identità. La storia del marito brutale è geniale, vicina alla verità, ma sufficientemente lontana.

«Immagino sappia della ragazza dispersa, Madelin McFarland.»

«Sì, ho sentito.»

«Potrebbe essere che questa Amy in verità fosse Madelin McFarland?»

Sgrana gli occhi. «Oddio!»

«Com'è questa Amy?»

«Bionda. Magra, Carina. E in qualche modo… fragile.» Si passa le mani tra i capelli. «Avevo visto la storia in televisione, perfino l'identikit, ma non ho collegato. Nella foto sembrava un po' alienata. Per questo forse non l'ho riconosciuta. E poi pensavo che Madelin McFarland fosse ancora una bambina…»

«Ha diciannove anni.»

«Oddio» ripete. «Allora l'uomo che l'ha cercata era il suo rapitore?»

«È possibile.» Mi alzo. «Devo parlare un secondo con un collega. Per favore, aspetti qui.»

Prima di andare però mi viene in mente una cosa. «Un'ultima domanda. Perché quando è sparita non ha chiamato subito la polizia?»

Niall Gordon si gratta un orecchio. «All'inizio ho pensato che fosse solo andata a fare un giretto e che sarebbe tornata presto. Così ho aspettato al cottage. Ma lei non è arrivata. E poi…»

«Sì?»

«E poi ecco… c'era stato un piccolo incidente.»

«Che incidente?»

«Ha frainteso una cosa. Ha pensato che ci volessi provare.»

«E?» domando in tono tagliente. «Era vero? Ci ha provato?»

«No! Ovvio che no!» Si gratta di nuovo l'orecchio. «Era carina e in un certo senso sì, la trovavo anche simpatica. Ma non avrei mai fatto nulla che lei non volesse.» Riprende fiato. «In ogni caso dopo era terrorizzata e quando è sparita ho pensato che fosse scappata da me.»

«Capisco. Ma avrebbe potuto comunque avvertire la polizia.

Insomma, l'uomo da cui era fuggita aveva chiesto di lei in paese. Le stava alle calcagna.»

«Temevo di peggiorare ulteriormente le cose.» Si guarda i piedi.

«In che senso?»

«È lo stesso motivo per cui Amy non lo ha denunciato. E per cui volevo parlare a tutti i costi con lei e non con un collega maschio.»

Questo mi era già passato di mente. «E quale sarebbe questo motivo?»

«Amy ha detto che il marito era poliziotto.»

SUSAN

La psicologa se n'è andata, per fortuna. Non voglio vedere nessuno, non voglio parlare con nessuno. Vorrei rintanarmi nel letto, tirare la coperta sopra alla testa e non alzarmi mai più.

Prima devo essere svenuta, ma solo per pochi attimi. Quando sono tornata in me stavano ancora suonando alla porta. E alla televisione c'era una pubblicità di cellulari.

Mi sono ripresa, ho spento il televisore e sono andata ad aprire. Passando davanti alla cameretta ho visto Harper per terra che dormiva con la bambola stretta a sé. Così alla psicologa, una ragazza con la faccia pallida e rotonda, ho detto di tornare più tardi.

Non era per nulla d'accordo, ma dopo aver dato uno sguardo alla cameretta ha acconsentito, promettendo di riprovare domani. Faccia pure. Per me è uguale. Basta che non mi disturbi oggi.

Copro Harper con una coperta di lana e piano piano chiudo la porta. Strano che il campanello non l'abbia svegliata, doveva essere proprio distrutta.

Tornata in salotto fisso il cellulare vicino al telecomando sul tavolino. Non sapere se la ragazza morta ritrovata nelle Highlands sia Madelin, mi distrugge. Se non lo è, voglio averne la certezza il prima possibile. Se è lei, voglio continuare a sperare, il più a lungo possibile.

Non tocco il telefono, prendo invece il telecomando. Forse ci sono già delle novità. Esito, non oso riaccendere il televisore, rimetto giù il telecomando e inizio a camminare avanti e indietro per la stanza.

Potrei usare il telefono fisso, il biglietto da visita di Kate Fincher è appoggiato vicino all'apparecchio. Ma d'un tratto solo l'idea di avere delle certezze nel giro di pochi secondi mi manda nel panico. Per nove anni la cosa peggiore per me è stata proprio la mancanza di certezze, adesso invece mi ci voglio aggrappare disperata.

Sto per impazzire. Più sto da sola, più i miei pensieri si attorcigliano. E se la notizia della ragazza morta non fosse vera? Se me la fossi immaginata? E se il cadavere appena ritrovato fosse stato lì già da mesi, o addirittura anni? E se la polizia si fosse sbagliata sul conto di Stuart? Se non fosse lui il rapitore di Madelin? Potrebbe essere fuggito per dimostrare la sua innocenza…

Più ci rifletto, più questa storia mi sembra assurda. Ho vissuto insieme a Stuart per quasi dieci anni. Ha sempre trattato bene me e Harper, non ha mai fatto cose strane e men che meno è mai stato manesco. È possibile simulare fino a questo punto?

All'improvviso mi fermo. Potrei parlarci. Dev'esserci una spiegazione. Forse ha affittato la stalla o qualcuno è entrato e si è fatto i comodi suoi. E le foto sul computer gliel'ha messe il vero colpevole quando ha visto che le cose per lui si stavano mettendo male.

D'un tratto sono convintissima di chiamare Stuart. Sono sua moglie, non posso mollarlo senza dargli nemmeno una chance di raccontarmi la sua versione.

Ma come faccio a raggiungerlo? La detective Fincher ha detto che la polizia non può localizzare il suo cellulare perché quasi certamente l'ha spento. Forse per essere più sicuro ha addirittura distrutto la SIM card. Ma io ci devo provare. È possibile che ogni tanto lo riaccenda per vedere se ho provato a chiamarlo. Forse mi ha chiamata lui, ma a casa non c'è nessuno e il mio cellulare è spento. Se ci ha provato, penserà che gli abbia voltato le spalle.

Prendo il cellulare dal tavolino e lo accendo. Emette subito una serie di suoni. Cinque messaggi ricevuti, tutti di Stuart.

Il mio cuore ha un sussulto. Lo sapevo!

Apro i messaggi, mi tremano le dita. Il primo mi fa rabbrividire.

Non credere a tutto quello che dicono di me. S.

Il messaggio è di ieri sera. Deglutisco, sono sopraffatta da un'ondata di rimorsi. Vorrei rispondere subito. Ma poi mi calmo. Prima devo almeno leggere gli altri quattro messaggi. Sono tutti di oggi. Sono tutti di una frase sola.

Non ho mai voluto far del male a Madelin.

Mi dispiace, perdonami.

Dai un bacio ad Harper da parte del suo papà.

L'ultimo messaggio è una foto. Un'imponente formazione

rocciosa. Ingrandisco l'immagine, cerco di capire cosa voglia dirmi Stuart. Impossibile.

A poco a poco il significato delle sue parole si insinua nella mia mente.

Perdonami.

Non ho mai voluto far del male a Madelin.

Mi dispiace.

Allora lo ha fatto davvero, il rapitore di mia figlia è Stuart. *Mio Dio, no!* Emetto un grido che sembra venire dal fondo della mia anima e scaglio il telefono contro la parete.

KATE

Davanti a me nel cielo della sera si stagliano i contorni pittoreschi del castello di Eilean Donan. Una vista che ha qualcosa di fatato, un altro mondo, un'altra epoca. È come se avessi toccato una pietra magica e all'improvviso mi fossi ritrovata catapultata nel Medioevo.

Ma non è così. Davanti a me sulla statale trotterella l'utilitaria rossa di Niall Gordon. Mette la freccia, la metto anch'io.

Quando ho raccontato a Tom di Niall mi ha guardato con aria scettica.

«E come avrebbe fatto Stuart a rintracciare Madelin così in fretta?»

«Questo non me lo spiego nemmeno io. Ma secondo me dovremmo approfondire.»

Ha esitato, ma alla fine ha acconsentito. «Va bene, vacci subito e dai un'occhiata. Se il sospetto viene confermato, mandiamo subito una squadra a rilevare le impronte. Così scopriremo in fretta se la ragazza del cottage era davvero Madelin.»

Quindi sono partita per la costa occidentale insieme a Niall.

Arriviamo. Dornie è un caratteristico paesino affacciato su un lago, un braccio secondario del Loch Duich, su cui svetta il famoso castello. Superiamo alcune case, poi un pub. Con la coda dell'occhio vedo l'insegna: *The Jolly Ferryman*.

Continuiamo lungo la riva. Ormai è l'imbrunire, mezz'ora al massimo e sarà notte. Mi sarebbe piaciuto ispezionare anche il terreno intorno al cottage, cercare tracce di pneumatici o segni di lotta in giardino. Ma con questa luce sarà difficile.

Niall si ferma davanti a un cottage intonacato di bianco con il tetto in paglia. Parcheggio dietro la macchina rossa, scendo e mi guardo intorno. Davanti, nel giardino, ci sono le ultime rose fiorite, il vialetto che conduce alla porta di legno dipinta di verde è ricoperto di lastre di ardesia naturale. Solo pochi metri dietro al cottage c'è la riva del lago.

«Andiamo?» domanda Niall.

«Sì, prego.»

Va avanti, apre e accende la luce. Lo seguo, faccio un giro. È tutto pulito e ordinato, come se dovessero arrivare ospiti a momenti. Non c'è niente in giro, nemmeno un libro aperto sul divano o un bicchiere vuoto sul lavandino.

«La casa è sempre stata così in ordine?» domando.

«Sì, forse Amy voleva essere preparata per una fuga improvvisa.» Serra le labbra.

«E sopra?»

«Ci sono solo i vestiti che le ho comprato.»

Salgo al piano di sopra. In bagno, sulla mensola, ci sono uno spazzolino e un dentifricio, in camera dei vestiti sullo schienale della sedia. Un paio di jeans. Un maglioncino, una maglietta, una felpa con il cappuccio.

«Quando è arrivata, aveva quella» dice Niall indicando la felpa.

Mi chino, ma sto attenta a non toccare il capo di vestiario. In un meandro della mia mente rispunta un ricordo. «Aspetta ospiti a breve?»

«No, non prima di Natale.»

«Allora per favore lasci tutto così com'è. Vorrei dare un'occhiata anche fuori.»

Come previsto non si vede quasi nulla. Esamino le serrature delle porte con la torcia del mio smartphone. Nessun segno di irruzione. Quindi Madelin, se era lei, è andata via di sua volontà o ha aperto la porta al suo rapitore.

«Era il suo patrigno, vero?» domanda Niall. «Così dicono alla tivù.»

«Su questo non posso dire nulla.»

«Che pezzo di merda.»

Non commento. «Potrebbe darmi i nomi dei testimoni che hanno parlato con l'uomo che cercava la ragazza?»

Niall Gordon me li detta, di due ha perfino il numero di telefono. Segno tutto sullo smartphone. Poi chiude il cottage e saluta. Deve tornare al pub, che la sera pian piano si riempie.

Resto ancora un po' nel giardino, lascio che il luogo mi parli, mi calo nei panni di Madelin McFarland e immagino di essermi nascosta lì. Proprio in questo momento realizzo perché la felpa con il cappuccio mi abbia messo in allarme: il benzinaio aveva visto una persona con addosso una felpa del genere arrampicarsi sulla superficie di carico di un camion.

Torno alla macchina, cerco di ricostruire come potrebbero

essere andate le cose. Stuart McFarland rientra a Edimburgo. Viene a sapere da Susan che Madelin è scappata ed è arrivata fino a casa, ma può essere relativamente sicuro che nessuno abbia ancora scoperto che il rapitore è lui. Deve agire in fretta, e la fortuna all'inizio è dalla sua parte. Le due ragazzine sono a casa da sole, la psicologa sta telefonando in giardino e non si accorge del suo arrivo.

Poi però la situazione degenera. Vedendolo Madelin entra nel panico, scappa in cucina, forse cerca di uscire di casa e lui le taglia la strada. Stuart cerca di sopraffarla ma lei trova un coltello e lo colpisce. Poi scappa, l'arma se la porta dietro, forse per difendersi qualora lui la raggiungesse di nuovo.

Vaga per la città, non ha nessun piano, sa solo che deve allontanarsi dalla casa in cui, per motivi imperscrutabili, è rispuntato il suo torturatore. Per strada a un certo punto si cambia, il vestito che gli ha dato la madre è coperto di sangue.

Ora indossa jeans e felpa con il cappuccio, a un primo sguardo non è più riconoscibile come Madelin McFarland. Poi a una stazione di servizio vede il camion, una chance di uscire dalla città in fretta. Sale e parte.

In un luogo imprecisato salta giù dal camion e prosegue a piedi. Fino a quando, mezza morta di fame, non arriva a Dornie da Niall Gordon.

Sì, potrebbe essere andata così. Resta solo una domanda: come diavolo ha fatto Stuart a trovarla tanto in fretta? Se è l'uomo che ha chiesto di lei in paese, dopo la fuga dall'ospedale dev'essere andato diretto a Dornie.

Mi fermo davanti alla macchina. È possibile che Madelin e Stuart abbiano avuto un contatto? Lei lo ha chiamato perché era disperata e non sapeva più cosa fare?

Abbiamo controllato i tabulati telefonici di Stuart e non c'è niente di strano. Tuttavia, una chiamata da un telefono fisso delle Highlands senza volere potrebbe esserci sfuggita. Soprattutto se risale a prima della sua fuga.

Mi vengono dei dubbi. Madelin conosceva il numero di telefono di Stuart? E come? E lo avrebbe davvero chiamato? Era disperata, sola, stremata dalla situazione. A volte una prigione sicura può sembrare più allettante di una libertà insicura. Ma Madelin voleva davvero tornare in quel buco sotto la stalla?

Però c'è anche un'altra possibilità. Forse Stuart ha avuto un complice, una persona che ha dato la caccia a Madelin per lui. I pedofili sono una comunità molto unita. Si coprono a vicenda, hanno tutti molto da perdere. Non è da escludere che qualcuno, forse addirittura una persona con buoni contatti, abbia aiutato Stuart a cercare Madelin.

Salgo in macchina. Nella mia teoria c'è qualcosa che non quadra, lo so, ma non trovo l'errore. Vorrei che ci fosse qui Tom, così potremmo scambiarci le idee. Il mio partner però è a un'ora e mezza di macchina da qui.

Sto per chiamarlo quando mi squilla il telefono e il suo nome compare sul display.

«Stavo per farmi viva io. Nel cottage non c'è nessuna traccia evidente. Solo dei vestiti, tra cui una felpa con il cappuccio. Faccio un altro giretto qui?»

«No, può aspettare» risponde lui brusco.

«Va bene, come credi, allora parto adesso.»

«Vai diretta a Edimburgo. Io mi faccio accompagnare da una volante.»

«Pensavo pernottassimo a Spean Bridge.»

«No.»

All'improvviso ho un groppo in gola. «Che è successo?»

«Dobbiamo parlare con Susan. Sono arrivati i risultati dal laboratorio. La ragazza morta è Madelin McFarland.»

Venerdì 26 ottobre

KATE

Aidan poggia le due tazze di caffè sul tavolo. «Latte, ma niente zucchero. Giusto?»

«Sì, grazie.»

Si siede di fronte a me. «Ho sentito che da voi di sopra è un inferno. Ho pensato che uscire un attimo ti avrebbe fatto bene.»

Sospiro, bevo un sorso di caffè e mi guardo intorno nella mensa, che la mattina presto è quasi vuota. Ci sono solo due agenti stanchissimi in un angolo.

«Sì, il lavoro si accumula e l'umore è ai minimi storici. Adesso non si tratta più di salvare Madelin, solo di catturare il suo assassino.»

«Quindi è stato omicidio?»

«Ancora non lo sappiamo. Ma a prescindere da quello che è successo sul ponte, la colpa è di Stuart McFarland.»

«Sì, certo.» Si passa una mano tra i capelli. Ha l'aria stanca. Ma è comunque attraente. O forse proprio per questo. La mancanza di sonno gli dona. Io invece, anche se ho fatto una lunghissima doccia, ho le occhiaie e i capelli tutti appiccicati. Le notti in bianco agli uomini danno l'ultimo tocco di charme, alle donne decenni in più. Una delle innumerevoli ingiustizie della vita.

«Hai qualcosa per me?» domando bevendo un altro sorso di caffè. Ho la coscienza sporca, in realtà dovrei essere alla mia scrivania a scrivere al computer la testimonianza di Niall Gordon.

«Non oserei mai distoglierti dal tuo lavoro senza una buona ragione» replica Aidan con un sorriso malizioso.

Non so quanto sia ironico. Mi viene in mente che gli devo un appuntamento.

«Dài, scherzavo, non fare quella faccia.» Mi sfiora la mano, ma la lascia quasi subito.

«Non sono dell'umore giusto per scherzare.»

Ripenso a Susan McFarland. Ieri sera Tom mi aveva aspettato davanti all'appartamento della polizia. Voleva avermi con sé mentre glielo diceva. Lei ha reagito in maniera composta, come se lo avesse già saputo. Niente scenate, niente lacrime. Che è stato peggio che se si fosse messa a gridare o a strapparsi i capelli.

«Scusa» dice Aidan abbacchiato. «Lo sai, noi hacker siamo un po' autistici, fuori dal mondo, insensibili.» Tira fori un foglio. «Guarda, queste sono le centraline a cui si è agganciato il cellulare di Stuart McFarland quando ha mandato gli SMS a Susan.»

Osservo meglio. È una cartina. Ci sono due posti segnati con una croce.

Aidan picchietta con il dito su uno dei due. «Al primo messaggio l'apparecchio era qui. Gli altri quattro sono stati spediti da quest'altro posto.»

«Ma è...»

«Esatto. Al momento del primo messaggio, spedito mercoledì, Stuart era a Dornie. Avete un testimone che ha nascosto una ragazza lì, dico bene?»

Annuisco incredula. Nonostante tutti i motivi a favore, una parte di me continuava a dubitare che la ragazza nascosta nel cottage di Niall Gordon fosse Madelin. Adesso non più. Quindi Madelin era davvero arrivata fin lassù e il bastardo l'aveva beccata. D'un tratto sono arrabbiata nera con Niall. Se avesse chiamato subito la polizia, forse Madelin sarebbe ancora viva.

«E, come dicevo, gli altri quattro messaggi sono stati mandati invece tutti dallo stesso posto» continua Aidan. «Ovvero Spean Bridge. E questo ieri. Mentre pullulava di poliziotti.»

Mi strofino la faccia. «Stuart era lì, ci ha osservati mentre scoprivamo il cadavere di Madelin? Che bastardo schifoso!»

«Appena il cellulare si riaggancia, ci avviseranno subito. Lo prenderemo.» Mi sfiora di nuovo appena la mano. «A che punto siete con la foto della formazione rocciosa?»

«L'abbiamo passata a un geologo specializzato in formazioni rocciose delle isole britanniche. Con un po' di fortuna riuscirà a identificare il posto. Ma temo che così faremo solo il gioco di Stuart. Lui vuole che noi ci occupiamo della foto. E questo non mi piace.»

«Forse è solo diventato più spavaldo perché Madelin non può più testimoniare contro di lui. Tu credi che l'abbia uccisa?»

«Be', è stato sul posto. E prima era stato nel paesino in cui si nascondeva. O l'ha uccisa o lei ha avuto un incidente scappando da lui.»

Finisco di bere il caffè. Devo tornare di sopra in ufficio per parlare con Tom. La Scientifica deve setacciare il cottage di Dornie. E dobbiamo rinterrogare tutti gli abitanti di Spean

Bridge. Stavolta chiedendo di un uomo. Forse Stuart si è mischiato tra i curiosi. In un posto così piccolo, un forestiero non può essere passato inosservato. O forse sì. Ci sono frotte di turisti, la gente è abituata alle facce sconosciute.

Prendo il foglio e mi alzo. «Grazie, ottimo lavoro. Adesso devo tornare su.»

«Certo.» Incrocia le mani dietro la testa. «È sempre un piacere.»

«Quando questo casino sarà finito, mi piacerebbe davvero andare a cena fuori con te.»

Aidan sorride. «Non vedo l'ora.»

Mi giro, poi però mi viene in mente una cosa e mi volto di nuovo. «Ma come ha fatto a trovare Madelin prima di noi?»

«Credo che abbia sempre saputo dov'era.»

«Come scusa?»

«Una cavigliera elettronica. È molto pratica quando si tiene prigioniera una persona e non la si può controllare in continuazione.»

«Ma lei non portava nessuna...»

«Allora forse un braccialetto? Esistono braccialetti antismarrimento per bambini con un GPS. I genitori possono controllare con una app del cellulare dove si trovano i figli.»

«Oh, merda.»

«Quando è arrivata a casa Madelin portava un braccialetto?»

Mi sforzo di ricordare. «Non lo so, non ci ho fatto caso.» La lista delle nostre mancanze sul caso Madelin McFarland si allunga.

Aidan si alza. «Kate, non prenderla troppo a cuore.»

«Facile a dirsi.»

«Se posso esserti di aiuto, basta che me lo dici. Sai dove trovarmi.»

SUSAN

Adesso invece mi tremano le gambe. Tom ha detto che non devo farlo, anzi, che proprio non dovrei. Il suo viso, c'è qualcosa che non va con il suo viso. È meglio che ricordi com'era quando si è presentata alla mia porta di punto in bianco una settimana fa.

Ma devo vederla. Devo essere sicura che è morta davvero, devo congedarmi. Non sapere niente per anni è stata una tortura, il peggio è passato. Ne sono convinta.

Quando entriamo nell'Istituto di medicina legale, Tom mi tocca un braccio. Mi gira un po' la testa, ma resto impassibile.

Ci accoglie un uomo con un camice verde. Sento il suo nome e un attimo dopo l'ho già dimenticato, mi concentro sulle lenti spesse che fanno sembrare i suoi occhi piccolissimi. Ci fa strada oltre una porta di vetro satinato.

Mentre venivamo qui ho raccontato a Tom dei giochi di Harper di ieri. Mi ha ascoltata impietrito. Poi ha detto che manderà più tardi un agente a raccogliere la mia testimonianza. Gli ho chiesto anche dei messaggi che mi ha inviato Stuart. Le parole si sono impresse nella mia mente.

Non ho mai voluto far del male a Madelin.

Mi dispiace.

Dai un bacio ad Harper da parte del suo papà.

Perdonami.

Invece no, non lo perdonerò mai. E non credo nemmeno

che gli dispiaccia. L'unica cosa che deplora è l'essere stato disattento. La stupida svista per cui Madelin è riuscita a fuggire e lui è stato scoperto.

«Su questo non posso dirle ancora nulla» ha detto Tom con lo sguardo incollato alla strada. «Stiamo cercando di localizzare il cellulare, ma non si è più riagganciato.»

Proprio come mi aspettavo. Stuart è intelligente, sa benissimo fino a che punto può spingersi. Sono quasi dieci anni che fa questo giochetto.

Piano piano Tom mi spinge in una stanza piastrellata di bianco. C'è un odore intenso di sostanze chimiche, un po' dolciastro. Due lavandini sono addossati alla parete, al centro uno stretto tavolo di acciaio. Il corpo che c'è sopra è coperto da un lenzuolo. La stanza mi ricorda vagamente una sala operatoria, con l'unica differenza che lì vengono salvate vite umane. Per chi finisce in questo posto, è troppo tardi.

Ho già visto molti defunti, mi sono seduta accanto al letto e ho accompagnato le persone verso la morte. Era la mia professione. E non mi ha mai creato problemi. Al contrario, lo facevo volentieri, ero felice di poter aiutare e di poter percepire la loro gratitudine.

In questo caso, però, è diverso. Si tratta di mia figlia. Non se n'è andata serenamente e con lei non c'era nessuno ad alleggerirle quest'ultimo passo. È morta da sola, disperata, piantata in asso da tutte le persone che avrebbero dovuto starle vicino.

Mi avvicino al tavolo. Mi manca l'aria, non riesco a respirare.

L'uomo con gli occhiali è dall'altra parte del tavolo. «Pronta?» chiede.

No!, vorrei gridare. Non sono pronta! Non lo sarò mai! Una madre può mai essere veramente pronta per vedere i resti mortali del proprio figlio?

Ciononostante annuisco, e l'uomo solleva il lenzuolo.

Mi porto una mano alla bocca e respiro annaspando. Il viso è azzurro e verde, il naso deforme, e sulla guancia sinistra c'è una ferita che arriva fino all'occhio.

L'uomo vuole abbassare il lenzuolo ma gli faccio cenno di aspettare. Devo guardarla bene. Devo ritrovare i tratti di mia figlia in questo campo di battaglia. Altrimenti non troverò mai pace, non sarò mai sicura che sia morta.

Piano piano nella massa deforme si profilano dei lineamenti. Riconosco la curva delle labbra, le chiare e quasi invisibili lentiggini sul dorso del naso, pallido e stretto. E l'occhio destro è ancora di un azzurro abbagliante. C'è perfino la minuscola cicatrice al sopracciglio, che Madelin si è procurata giocando sulla spiaggia. Quando aveva cinque o sei anni. Stava litigando con un bambino per un pezzo di legno galleggiante e lui le ha tirato un sasso colpendola poco sopra l'occhio.

Un episodio che avevo quasi dimenticato, così come la piccola cicatrice. Nemmeno nove anni fa, quanto la polizia mi aveva chiesto dei tratti particolari, credo di averla citata. Ma adesso il ricordo è tornato. Insieme alla consapevolezza che questa è davvero mia figlia.

Perlomeno il suo corpo privo di vita.

Ciò che era Madelin, non esiste più da un pezzo.

Il geologo ha identificato la formazione rocciosa, si trova sull'isola di Skye, la regione originaria di Stuart McFarland. Così sono di nuovo seduta in macchina insieme a Tom. Oggi però guida più tranquillo e io posso utilizzare questo tempo per leggere qualcosa sulla famiglia di Stuart.

È primo pomeriggio, quindi dovremmo riuscire ad arrivare prima dell'imbrunire. L'ispettore capo McMillan ha mandato sul posto i colleghi locali. Finora non ci hanno riferito nulla.

«Tu lo sapevi che Stuart aveva una sorella?» domando. «Era più piccola di lui di dodici anni. Si è suicidata quando aveva quattordici anni.»

«Forse ha abusato anche di lei» dice Tom. «Certe persone determinate tendenze le scoprono presto.»

Continuo a sfogliare. «I genitori sono morti. È rimasto solo lo zio che siamo andati a trovare, un fratello del padre. Stuart ha mai parlato della sua famiglia in tua presenza?»

«Ha importanza?»

«Pensavo potesse essere utile scoprire qualcosa in più sul suo conto. Non abbiamo idea di cosa ci aspetti a Skye. Forse conoscendolo un po' meglio...»

«Mi spiace, ma non posso immedesimarmi in un porco del genere, non ci riuscirò mai!» ringhia Tom. «Se vuoi cimentarti nel profiling fai pure, ma tienimi fuori.»

Lo fisso. «Tom, so che stai da schifo, ma non sfogarti con me.»

Accosta in una piazzola per fare spazio a un camper che arriva dalla direzione opposta. La strada qui è a una sola corsia. «Stamattina sono stato a Medicina legale con Susan.»

«Lo so.»

«È stato terribile. Ho cercato quella ragazza per così tanti anni, poi torna e io non riesco a difenderla dal suo assassino. E pensare che l'ho avuto per tutto il tempo sotto al naso e non ha fatto altro che prendermi in giro.» Il camper passa, Tom riparte.

«Ci ha preso in giro tutti.»

«Ma non per nove anni.»

«No, però…»

«Kate, lascia perdere. Non mi va di parlarne. Non serve a nulla.»

Non sono d'accordo, ma non ho voglia di litigare, così osservo le brulle colline grigioverdi che scorrono di fianco a noi. A sinistra spunta un lago di un marrone luccicante che mi fa ripensare al cottage.

«Facciamo una sosta a Dornie?» domando. «Vuoi dare un'occhiata alla casa vacanze?»

«Solo dopo che i tecnici della Scientifica avranno rilevato tracce di DNA o impronte digitali di Madelin. Adesso non abbiamo tempo. Non voglio arrampicarmi sulle rocce con il buio.»

«Hai ragione, nemmeno io.»

La formazione rocciosa che ci interessa si trova a nord di Portree, vicino a un punto panoramico sulla costa. Di giorno si riempie di turisti, ma di notte è un posto pericoloso.

Per un po' proseguiamo in silenzio. Io leggo, Tom rimugina tra sé.

«Allora dài, sentiamo la tua teoria» dice infine.

«Che teoria?»

«Sul motivo per cui Stuart ha mandato la foto a Susan.»

«Be', tanto per cominciare, il posto per loro due non aveva

nessun significato particolare. Ho chiesto a Susan, non è mai stata sull'isola di Skye con Stuart.»

«Forse aveva intenzione di portare lì il cadavere di Madelin.»

«Quando ha mandato la foto, però, lei era stata già ritrovata da un pezzo.» Chiudo il classificatore e all'improvviso mi viene in mente una cosa. «E se ci fosse un'altra ragazza?»

«In che senso un'altra ragazza?»

«Potrebbe aver rapito e nascosto anche un'altra bambina. Da qualche parte vicino a quella roccia.»

«Maledetto... E perché dovrebbe mettercelo sotto il naso?»

«Forse lui è già sparito all'estero e non vuole che la bambina muoia di fame nella sua prigione.»

«Che animo nobile...» Tom scuote la testa. «No, non mi convince.»

Ripiombiamo nel silenzio. Superiamo il castello di Eilean Donan, avvolto dalla pioggerellina, poi l'uscita per Dornie e poco dopo siamo sul ponte che porta all'isola.

Per arrivare alla formazione rocciosa ci vuole ancora quasi un'ora. Quando scendiamo sta già tramontando, le nuvole grigio piombo sono così basse che si vede solo a pochi metri di distanza. Nel parcheggio c'è solo una volante con un agente vicino.

Tom lo saluta. «Allora? Trovato qualcosa?»

«Lì dietro c'è una macchina» risponde il collega dopo essersi presentato come Phil Tremmond. «Immatricolata a nome di un certo Stuart McFarland. Intorno non c'è nessuno, la macchina potrebbe essere lì già da un po'.»

«Ci faccia vedere.»

Tremmond fa strada e già dopo pochi passi spunta tra le nuvole una macchina. È parcheggiata come si deve.

Tom spia dal finestrino. «È aperta. Ha dato un'occhiata?»

«No, prima del vostro arrivo non volevamo toccare nulla. Il mio partner Simon è sceso giù per il sentiero a fare un sopralluogo.»

In effetti, in fondo al parcheggio comincia un sentiero. Ma dopo pochi metri scompare nel nulla.

«Dove porta?» chiedo.

«A una piattaforma panoramica. Dietro la piattaforma c'è una discesa abbastanza ripida a picco sul mare.»

Tom mi guarda, poi indica il portellone del bagagliaio. «Procedo?»

Annuisco.

Preme il pulsante, il portellone si apre. Il bagagliaio è vuoto.

Tiro un sospiro di sollievo. Non so cosa mi fossi aspettata, forse un'arma del delitto sporca di sangue o un altro cadavere di donna. In ogni caso sono felice di essermi sbagliata.

Ci infiliamo i guanti e apriamo le portiere laterali. Tutto sembra pulito e ordinato meticolosamente. Niente resti di cibo o cartine, niente di niente. C'è odore di detersivo. La macchina è stata pulita a fondo.

Mezzo infilato sotto al sedile di fianco a quello del guidatore, scopro un foglio di carta. Piano piano lo tiro fuori. È un foglio scritto al computer.

Non ce la faccio più. Perdonami. Stuart.

Lo mostro a Tom.

«Sembra proprio una lettera di addio» borbotta.

Abbasso il foglio, guardo il sentiero che si perde nella nebbia, poi di nuovo Tom. Come per un ordine silenzioso iniziamo a correre.

Sabato 27 ottobre

KATE

Io e Tom siamo seduti davanti all'enorme scrivania dell'ispettore capo McMillan come due barboncini fradici. Il caso è risolto, perlomeno in gran parte. Ma non perché abbiamo svolto un lavoro eccellente, la verità è che siamo stati travolti dagli eventi. Il caso si è risolto quasi da solo. McMillan ha comunque un'aria soddisfatta. Finalmente questa storia è chiusa e presto i media si avventeranno su nuovi fatti. Per le statistiche, in fondo, conta solo il risultato, solo e soltanto il numero di casi risolti. Il lavoro in polizia è politica.

«Ci sono novità dall'isola di Skye?» domanda.

«Il cadavere di Stuart McFarland non è ancora stato trovato» dice Tom. Da quando abbiamo scoperto la lettera d'addio, Tom sta molto meglio. Sembra contento che Stuart sia quasi certamente morto. Credevo che si sarebbe arrabbiato perché il colpevole in questo modo si è sottratto alla giusta pena. Forse pensa che l'unica pena adatta a lui sia la morte.

«Lo stanno ancora cercando?» insiste McMillan.

«Le squadre sono di nuovo al lavoro da stamattina all'alba. Ma a quanto pare non ci sono molte possibilità. La corrente potrebbe averlo già trasportato in mare aperto, a chilometri di distanza.»

Ieri abbiamo perlustrato la zona insieme ai due colleghi del posto. E chiesto rinforzi alla guardia costiera, che ha scoperto una scarpa ai piedi della scogliera. Susan ha confermato che appartiene al marito.

Molto fa pensare che Stuart McFarland si sia tolto la vita. Era con le spalle al muro, sapeva che se lo avessimo arrestato avrebbe trascorso i prossimi decenni dietro le sbarre. E forse sapeva anche che in prigione avrebbe avuto vita difficile. Nella scala gerarchica i pedofili occupano un posto molto basso. È possibile, quindi, che sia tornato al suo paese per morire lì in libertà.

Se invece avesse solo voluto simulare la morte, ha fatto un capolavoro. Le tracce sono disseminate in maniera perfetta. E se il cadavere non dovesse rispuntare mai più, un giorno verrà dichiarato morto. E sarà definitivamente libero.

«I colleghi del posto stanno controllando tutti i collegamenti via pullman» dice Tom. «E le agenzie di taxi. Se Stuart non si è buttato giù dalla scogliera, in qualche modo deve essersi allontanato dal parcheggio.»

«Bene.» McMillan incrocia le dita. «Voglio che il caso venga chiuso il prima possibile. Fate quello che c'è da fare, ma senza sprecare troppe risorse. Il colpevole molto probabilmente è morto, non ci sarà alcun processo. Credo possiate farcela da soli, lei e il detective Fincher. Una settimana dovrebbe bastare. Poi vi dedicherete ad altri casi.»

«Ma ci sono ancora un sacco di questioni irrisolte» sbotto io. «Com'è arrivata Madelin da Edimburgo a Dornie? E da lì a Spean Bridge? Si è buttata di sua spontanea volontà dal ponte o è stata uccisa?»

«Molto probabilmente questo ce lo dirà l'autopsia» ribatte McMillan. La sua espressione è neutrale. Non saprei dire se il mio sfogo lo ha irritato o se capisce le mie remore. «In caso contrario, non abbiamo comunque più modo di scoprirlo.»

«Un'altra cosa che ancora non sappiamo è come abbia fatto Stuart a rintracciare Madelin così in fretta» insisto. «Aidan Campbell dell'Informatica dice che la ragazza potrebbe aver indossato un braccialetto con un GPS. Ma sul cadavere non abbiamo trovato nulla.»

«Se era così, Stuart di sicuro gliel'ha tolto prima di buttarla nel fiume» osserva Tom.

McMillan alza le mani. «Come vi ho già detto, avete una settimana per riallacciare tutte le fila. Oggi è sabato, venerdì prossimo voglio avere il suo rapporto conclusivo sulla scrivania. Fino a quella data, le lascio decidere come riempire le giornate in maniera sensata. E comunque la costosa ricerca del cadavere di Stuart McFarland dovrebbe essere interrotta oggi in giornata.»

Serro le labbra per evitare di continuare a protestare. L'ispettore capo è sotto pressione, mi è chiaro. Ovunque bisogna risparmiare. E spendere denaro per un caso che non finirà davanti al giudice, è sempre difficile da giustificare. Ma sono comunque delusa. Pensavo la vedesse come me. Non può non capire quanto sia importante per tutte le persone coinvolte arrivare a una conclusione.

«Fincher, non è d'accordo?» McMillan mi fissa.

Vedo lo sguardo di ammonimento di Tom e decido di ignorarlo. «Non abbiamo idea di cosa sia successo davvero, solo un mucchio di ipotesi che in parte si contraddicono. E se ci stessimo sbagliando completamente?»

«In che senso?» domanda McMillan in tono severo.

«Per esempio, potrebbe essere che quel Niall Gordon nella storia abbia giocato un ruolo ben più grande di quanto non abbia ammesso. Potrebbe aver dato una dritta a Stuart senza immaginare le conseguenze, o averci provato con Madelin scatenando la nuova fuga. Ad ogni modo, era evidentemente scioccato da quello che le era successo. Ecco, mi è sembrato che avesse la coscienza sporca.»

«Allora ci parli di nuovo. Ripeto, come utilizzare il tempo sta a lei. Ma dovete cavarvela da soli. Ci sono troppi altri casi aperti a cui lavorare.»

Vorrei dire ancora una cosa, ma Tom si dà una pacca in modo provocatorio sulle gambe e si alza. «Allora forza, andiamo. Vieni Kate, mettiamoci a lavoro!»

Esito, ma non ho altra scelta.

Proprio in quel momento a Tom squilla il cellulare. Lo tira fuori dalla tasca, solleva una mano ed esce dalla stanza per rispondere.

Lo seguo, ma sulla porta McMillan mi richiama.

«Kate, ancora un attimo.»

Mi giro. Per tutto il tempo sono stata concentrata sul caso, adesso invece ho le ginocchia molli. «Sir, che c'è?»

«Io la capisco, anch'io odio quando in un caso restano delle questioni aperte. Ma qui non si tratta della nostra sensibilità. Dobbiamo essere in grado di giustificare quello che facciamo e le risorse che impieghiamo davanti alla collettività.»

Vorrei ricordargli Molly Jordan: le risorse che gli sono state negate e che forse avrebbero potuto risolvere il caso. Ma non sarebbe corretto. E nemmeno appropriato visto che l'assassino di Molly è ancora a piede libero. Il rapitore di Madelin molto probabilmente è morto. Non è la stessa cosa. Così tengo per me la mia obiezione.

«Kate, lo capisce?» Il suo sguardo è così intenso che mi sento trapassata.

«Certo.» Ho la voce provata.

«Un'altra settimana è il massimo che posso concedervi. E pensi anche all'ispettore Pine. Finalmente potrà lasciarsi questa storia alle spalle e guardare avanti.»

Di questo non ne sono così sicura. Ma capisco cosa intenda McMillan. «Sì, Sir, grazie.»

«Lei è una brava investigatrice.»

Abbasso gli occhi. In questo caso non mi sono proprio coperta di gloria, anzi.

«Dico sul serio. Ha la stoffa per arrivare in alto.» Sorride. «E adesso vada. Una settimana passa in fretta.»

Barcollo fuori dall'ufficio con le gambe che vacillano.

In corridoio mi aspetta Tom. «A Kyles Scalpay, sull'Isola di Harris, hanno trovato un braccio.»

SUSAN

Stacco il quadro dalla parete e lo butto nello scatolone in cui ho già messo le cose per radersi e per lavarsi di Stuart. Deve sparire tutto. Di lui nella mia vita non deve restare nessun ricordo, nemmeno una traccia.

Vorrei perfino disinfestare la casa con il fumo come se fosse invasa dai parassiti. Ma Stuart era peggio dei parassiti. Era il diavolo. E del diavolo non ci si libera con un po' di fumo.

Adesso è morto. Dice Tom. Io ancora non ci credo. Non è

da lui morire in questo modo. Soprattutto, non credo si sia ucciso. Secondo lui i suicidi erano dei codardi, non ne faceva un mistero quando sentiva di qualcuno che lo aveva fatto. No, Stuart si è tirato fuori da questa vicenda. È sparito. Si cercherà una nuova moglie, una nuova figlia, una nuova vita in un posto in cui non lo conosce nessuno. È fatto così. È uno che inganna tutti, un simulatore che nasconde alla perfezione il suo vero io. E che non si permette il lusso di avere una coscienza.

Lascio vagare lo sguardo per il salotto. I libri sugli uccelli. Li prendo e lascio cadere anche loro nello scatolone. È già quasi pieno. E dire che ho appena cominciato.

I vestiti passerà a prenderli domani una signora della parrocchia. Prima pensavo di bruciarli, ma poi mi sono convinta che sarebbe stato uno spreco incredibile. Qualcuno ne sarà felice. Io ho solo preteso che non vengano distribuiti qui a Edimburgo. Non oso neanche immaginare come sarebbe avere qualcuno in coda davanti a me al supermercato con il completo di Stuart addosso.

Harper è dalla sua amica Claire. All'inizio pensavo che non volesse andarci, invece quando è arrivata la telefonata, ha subito annuito entusiasta. Ha ripreso a parlare. Non molto, solo parole singole. Ha iniziato di nuovo ieri sera, dopo che Tom ha chiamato per darmi la notizia di Stuart.

Me la sono ritrovata davanti all'improvviso che mi porgeva il piattino della torta vuoto. «Ancora.»

Mi sono sentita così sollevata che sono quasi scoppiata a piangere. La torta l'aveva portata la psicologa. Harper sembra trovarsi bene con lei.

Stamattina Tom ci è venuto a prendere e ci ha riportate a

casa. Adesso che Stuart è morto non c'è più motivo di nasconderci.

Io ho ancora un cattivo presentimento. Se ho ragione e lui è ancora vivo, sarà di certo arrabbiato nero. E se venisse qui per vendicarsi su di me?

Togliere di mezzo le sue cose mi tranquillizza. È come se con ogni oggetto che butto nello scatolone scomparisse un altro pezzetto di lui. Quando avrò fatto uscire da questa casa veramente tutto di Stuart, mi dico, allora sarà veramente morto. Così potrò bandirlo dai miei pensieri e ricominciare da capo.

Non funzionerà proprio in questo modo, ovvio, penserò a lui ogni volta che farò visita alla tomba di Madelin. Sono andata a letto con l'assassino di mia figlia, l'ho amato, l'ho sposato. Di questo non mi libererò mai. Ma ci devo provare. Lo devo fare per Harper.

Chiudo lo scatolone e lo porto fuori, sul vialetto del garage. Non ho ancora deciso cosa ne farò di questa roba, per adesso basta che sia lontana dalla mia vista.

Mentre raddrizzo la schiena, vedo qualcosa nel giardino dei vicini, sotto un cespuglio. Un oggetto oblungo, color argento luccicante.

Mi fermo. Poi percorro il vialetto ed entro subito dai vicini. So che sono in vacanza, già da due settimane. Durante la loro crociera non si sono accorti di nulla.

Cauta mi avvicino al cespuglio, sposto i rami da una parte. Eccolo. Il coltello che la polizia ha cercato dappertutto. Uscendo Madelin deve averlo lanciato oltre la siepe. Come hanno potuto non vederlo? Fisso la lama. È sporco di marrone. Il sangue di Stuart.

KATE

A quanto pare, lentamente gli ultimi tasselli del puzzle stanno andando al loro posto. Prima il braccio sull'isola di Harris, poi l'arma del delitto nel giardino dei vicini dei McFarland. Il sangue che c'è sopra è di Stuart. Una settimana fa il cespuglio che lo copriva era molto più folto, per questo i colleghi della Scientifica non lo avevano visto. Ciononostante, l'ispettore capo si è lamentato del lavoro sciatto e ha fatto agli uomini una bella lavata di testa. Dovevano trovarlo, a prescindere da quanto il cespuglio era folto.

Do un morso al mio panino. Uova e gamberetti. La salsa è troppo pesante e grassa, ma alla mensa non c'è altro.

L'ufficio è deserto, sono sola. Tom è a Medicina legale dove mezz'ora fa è arrivato il braccio. A quanto pare è stato tranciato dall'elica di una nave. Tom voleva vederlo con i suoi occhi a tutti i costi. È convinto di poter riconoscere se è veramente di Stuart.

Gli altri membri della Omicidi si stanno godendo il meritato weekend. Adesso che il caso Madelin McFarland è quasi chiuso sono tutti tornati alla routine quotidiana. Nessuno deve più lavorare di sabato, tranne me e Tom.

Medito di tornare a casa anch'io, quando mi squilla il telefono.

«Detective Fincher» rispondo.

«Qui è Dylan della Scientifica. Si tratta di quel cottage sulle Highlands.»

Metto via il panino. «Sì?»

«Abbiamo esaminato tutte le superfici. Non c'è nemmeno un'impronta utilizzabile.»

«Nemmeno una? E cosa significa?»

«Che qualcuno ha pulito molto a fondo.»

Ripenso al cottage. Era in perfetto ordine. Niall ha detto che lo è stato per tutto il tempo, durante il soggiorno di Madelin.

«Era pulito in maniera normale come a casa di chi pulisce sempre a fondo o hai avuto l'impressione che fosse stato pulito particolarmente bene per eliminare tracce?»

«Difficile da dire. Queste case vacanza vengono pulite con regolarità. Se viene fatto in maniera molto coscienziosa può essere che tutte le superfici siano prive di impronte.»

«E i vestiti? Lì c'erano tracce?»

«Che vestiti?»

«Nella camera da letto al primo piano, sulla sedia, c'erano delle cose. Non dirmi che le avete dimenticate.»

«Sulla sedia non c'era nulla.»

Sento un brivido sulla nuca. «Nessuna felpa con il cappuccio? Niente jeans?»

«No, nel modo più assoluto.»

Merda! Mi appoggio allo schienale della sedia, rifletto. Non può essere una svista. A Niall ho detto chiaro e tondo di non toccare niente. Sapeva quanto fosse importante. È stato qualcun altro a eliminare le tracce nel cottage? Ma perché? E chi? Stuart? Se aveva in programma di suicidarsi non ne avrebbe più avuto alcun bisogno.

Resta solo una persona che avrebbe avuto un motivo: Niall Gordon. Ha testimoniato di aver messo in difficoltà Madelin, forse più di quanto non abbia voluto ammettere. D'altro canto, però, è stato lui a farmi sbattere il naso su questo nesso. Senza di lui non sarei mai arrivata al cottage. E cosa fosse successo tra lui e Madelin me lo ha raccontato di sua volontà. No, non ha senso. Ciononostante decido di tornare subito a Dornie, domattina, per scoprire se quell'uomo ha qualcosa da nascondere.

«Kate, ci sei ancora?»

«Ah, sì, scusa. Un'ultima domanda. E quanto a DNA? Avete trovato qualcosa di utilizzabile?»

«Qualche capello nel letto. Tra il materasso e l'intelaiatura. Ma potrebbero essere di una persona che ci ha dormito mesi fa.»

«Okay, grazie.»

Riattacco e mi sposto una ciocca dietro l'orecchio che si è sciolta dalla mia coda. Qualcuno ha pulito il cottage dopo il ritrovamento del cadavere di Madelin e dopo che ci sono andata con Niall Gordon. Perché? E chi? Non Niall, questo è poco ma sicuro. No, dev'essere stato qualcuno che non voleva eliminare le tracce di Madelin, bensì le proprie.

Sento l'ascensore fermarsi al piano, venti secondi dopo Tom compare sulla porta. «Ma dove sono tutti?» Sembra allegro.

«Fine settimana.»

«Fine settimana? E che cos'è?»

«Non chiederlo a me.»

Tom crolla sulla sedia e lancia una cartellina sulla scrivania.

«Allora questo braccio?» chiedo.

«Non era rimasto quasi nulla di riconoscibile. La pelle si era staccata quasi tutta e mancava la metà delle dita. Dobbiamo aspettare i risultati del laboratorio.»

«Qualcuno ha pulito il cottage di Dornie e fatto sparire i vestiti di Madelin.»

Tom aggrotta la fronte. «Quel Niall?»

«Perché avrebbe dovuto?»

Un'alzata di spalle, poi indica la cartellina. «Forse la risposta è lì dentro.»

«Cos'è?»

«Il referto dell'autopsia.»

Domenica 28 ottobre

AMY

Fa freddo umido, e sto gelando al punto da dimenticare addirittura la fame. Ho perso ogni senso del tempo, non ho idea di quanti altri giorni dovrò restare qui sotto con questo minuscolo pezzo di cielo sopra la testa in attesa che Ben ritorni. Perché tornerà, è l'unica cosa su cui posso contare con assoluta certezza.

All'inizio pensavo che sarebbe tornato da un momento all'altro. Ogni scricchiolio, ogni fruscio mi ha fatto prendere un colpo; mi sono rintanata nell'angolino più nascosto pronta a sentire la sua voce. Dolce, seducente e falsa.

«Ciao, dolcezza, ti sono mancato?»

Ma non è successo niente di tutto questo.

Ho ripercorso mentalmente gli eventi all'infinito, ho cercato di capire cosa fosse successo, ma non riesco ancora a spiegarmelo bene.

Ricordo lo choc quando Ben è comparso all'improvviso alla porta, la sensazione di paralisi che ho provato capendo che ero nelle sue mani. Anche se fosse servito chiamare aiuto, non sarei riuscita a emettere nemmeno un rantolo.

Mi sono lasciata condurre da lui alla macchina come un agnello al macello e mi sono seduta ubbidiente sperando che la punizione che aveva escogitato per me non fosse troppo terribile.

Adesso, nella mia buia prigione, mi arrabbio con me stessa. Avrei dovuto difendermi, graffiare, mordere, tirare calci. Avrei dovuto premere il clacson o prendergli il volante. Qualsiasi cosa, tranne piegarmi in maniera così codarda. Ma in tutti questi anni non mi sono difesa da lui nemmeno una volta, ho sempre ubbidito senza battere ciglio convinta che dovesse essere così e non mi meritassi niente di meglio.

Penso a Niall, e il cuore mi diventa pesante. È stato così buono con me. Voleva aiutarmi e io ho pensato male, ho creduto che fosse tale e quale a Ben. Si starà chiedendo dove sono? Crederà che sia scappata? O tornata da Ben di mia volontà?

Perlomeno avrei potuto lasciare un indizio per fargli capire che c'era qualcosa che non andava. Per esempio potevo strapparmi un ciuffo di capelli o spezzare qualche rosa andando verso la macchina di modo che chiamasse aiuto. Ma a cosa sarebbe servito? Non sa nemmeno il mio vero nome.

E poi la polizia non mi aiuterà mai. Ben me lo ha ripetuto un'infinità di volte.

Abbiamo percorso una strada solitaria fino a un parcheggio abbandonato. Ormai si era fatto buio. Niall di sicuro era già passato al cottage e magari era arrabbiato di aver aiutato un'oca così stupida e ingrata. Pensandoci, ho dovuto soffocare il pianto. Ben odia le lacrime, non volevo farlo arrabbiare ancora di più.

Mentre eravamo in macchina e aspettavamo, Ben continuava a guardare il display del suo smartphone. Erano cose che avevano a che fare con il suo lavoro, di cui io non posso sapere nulla. Ad ogni modo pareva soddisfatto, tutto stava procedendo secondo i piani.

A un certo punto al parcheggio è spuntata un'altra macchina ed è sceso un uomo. Al buio non sono riuscita a vederlo bene.

«Tu resta qui seduta» mi ha ordinato Ben. «Non importa cosa succederà, tu non ti muoverai di qui altrimenti te ne pentirai. Intesi?»

Come per caso ha sfiorato la fibbia della sua cintura e io sono rimasta impietrita dalla paura. Il gioco della cintura è il peggiore di tutti. Non per il dolore, quello a un certo punto passa. Ben non colpisce mai così forte da lasciare cicatrici. Non è così stupido. Ma per l'umiliazione di stare nuda a quattro zampe e dover fare tutto quello che mi chiede. La mortificazione mi divora le viscere e resta ben più a lungo dei lividi sulla pelle.

Ben è sceso e ha sbattuto la portiera. All'inizio sono rimasta seduta, volevo solo svanire. Ho tenuto gli occhi bassi, non volevo vedere cosa stessero facendo quei due lì fuori, volevo semplicemente non esserci. Poi, però, a un certo punto hanno iniziato a gridare e un attimo dopo di colpo si è fatto silenzio.

Con il batticuore ho alzato gli occhi e ho visto Ben chinarsi su un corpo che giaceva a terra inerme.

Oh, mio Dio! Ben aveva ucciso l'altro uomo?

Per la paura mi è venuta la nausea. Cosa avrebbe fatto Ben con me? Avevo visto tutto, potevo testimoniare contro di lui. Se gli avessi assicurato che non lo avrei tradito mi avrebbe creduto?

Ho iniziato a tremare. D'un tratto mi sono convinta che a

Ben non importava cosa avessi visto per un unico motivo. Voleva uccidere anche me. Forse l'uomo era parte del piano, forse Ben voleva addossargli la colpa del mio omicidio.

Ho tastato in cerca della maniglia della portiera senza perdere di vista Ben. Ho ripensato a cosa avevo passato per scappare. La marcia infinita, la fame, la sete. Era stato tutto per niente?

Così all'improvviso ho aperto la portiera e ho iniziato a correre. Non avevo tempo per riflettere sulla direzione da prendere, ho imboccato la statale e l'ho seguita. Con un po' di fortuna avrei incrociato una macchina, la mia salvezza.

«Fermati, bastarda!» mi ha gridato dietro Ben.

La sua voce mi ha trapassato le membra come un coltello affilato, ma ho continuato a correre. Alle mie spalle ho sentito degli scricchiolii, Ben si era lanciato nell'inseguimento. Ho accelerato.

«Puttana, me la pagherai!»

Avrei tanto voluto tapparmi le orecchie, ma mi avrebbe fatto perdere l'equilibrio. C'era una discesa. Davanti a me nel buio ho intravisto un edificio. Forse lì abitava qualcuno che poteva aiutarmi.

Avvicinandomi, però, mi sono accorta che era una casa abbandonata e invasa dalle erbacce. Ben mi aveva quasi raggiunta. Mi restava solo una chance, nascondermi, diventare invisibile. Come nel condotto. Mentre cercavo di superare due arbusti spinosi verso il vialetto, ho sentito una mano sulle spalle.

«Ti ho presa.»

Per la paura mi si è svuotata la vescica; il liquido caldo mi è sceso lungo le cosce nude. Ma sono riuscita a sfuggire a Ben abbassandomi e andando veloce a zig zag.

Non sono arrivata lontano. Dopo qualche passo, all'improvviso il terreno sotto i miei piedi ha ceduto e sono caduta sbattendo la spalla contro qualcosa di duro.

L'atterraggio è stato più morbido di quanto immaginassi, sono finita su un mucchio di foglie e rami. Per alcuni secondi ho perso l'orientamento. Ho sentito Ben imprecare, ma la sua voce suonava incredibilmente sorda e vuota. Solo dopo un po' ho capito che doveva essere sopra di me e ho guardato verso l'alto.

Il suo viso era una macchia scura nella notte, perlomeno quattro, cinque metri più in alto di me. Ero caduta in un pozzo interrato per metà.

«Dolcezza, hai fatto proprio un capolavoro» mi ha detto. «Qui non puoi sfuggirmi, e io potrò occuparmi del caro Stuart con tutta calma.»

Ho dato per scontato che stesse parlando dell'uomo che giaceva nel parcheggio senza vita, ma non ho osato chiedere. Ben è scomparso, poco dopo è tornato e mi ha lanciato una vecchia coperta, una bottiglia d'acqua e un pacchetto di biscotti. Da allora non l'ho più rivisto.

La bottiglia è vuota da un pezzo, ma se piove dalle pareti del pozzo in muratura filtrerà dell'acqua, potrò leccare quella. Oltre al freddo, contro il quale la coperta umida serve fino a un certo punto, la cosa peggiore è l'odore tramendo. Il pozzo è così stretto che sto seduta vicino ai miei escrementi. E poi sotto un ramo c'è un topo mezzo putrefatto. Vederlo mi ricorda cosa resterà di me se Ben non torna.

Sopra di me piano piano si fa chiaro, comincia una nuova giornata. Ben non si vede ancora. Un pensiero mi balena nella mente: e se gli fosse successo qualcosa?

Fino a ora ero certa che Ben presto o tardi sarebbe tornato, e mi ero piegata a questo destino. Ma se non dovesse succedere? Farò davvero la fine del topo? I miei resti non verranno mai trovati?

Non posso non pensare alla mia mamma, a cosa immaginerà se all'improvviso non mi faccio più viva. Non abbiamo molti contatti, Ben non vuole. Ogni tanto però parliamo al telefono, gli racconto che sto bene, quanto sono felice con Ben, le dico che non si deve preoccupare per me.

Sentirà la mia mancanza, si chiederà cosa mi è successo. Ben si farà venire in mente qualcosa per impedire che mi cerchino. Anche se lo facessero, qui non mi troverà nessuno comunque.

Mi si riempiono gli occhi di lacrime, me le asciugo arrabbiata. La colpa è solo mia, non ho nessun diritto di sprofondare nell'autocommiserazione. Nemmeno il Ghillie Dhu mi può più aiutare. Lo ha fatto una volta e io sono stata così idiota dal bruciarmi la mia occasione. Non sprecherà altro tempo con me.

KATE

Anche oggi l'ufficio è deserto a eccezione di me e Tom. Non mi dispiace per il fine settimana sprecato, solo per il tempo perso. Fremo, voglio andare a Dornie, ma devo aspettare domani. In realtà dovrei essere felice di poter ancora seguire questa pista adesso che è certo che non ha nulla a che fare con Madelin McFarland.

Ieri sera il referto dell'autopsia ha mandato all'aria tutta la mia teoria. Madelin è annegata. Prima si è gravemente ferita alla testa, forse sbattendo contro la roccia durante la caduta dal ponte. Poi non ha più ripreso i sensi, fino alla morte.

Il medico legale non è in grado di dire se si sia buttata o se sia caduta. Se è stata uccisa, di sicuro non per mano di Stuart McFarland. Quando è spirata, infatti, lui era ancora in coma. Madelin è morta da oltre una settimana. Era la ragazza che l'insegnante di Fort William aveva visto lo scorso fine settimana di sera tardi sul ponte. Poco dopo si è buttata. O è caduta.

Secondo me si è buttata. In un cestino vicino al ponte la Scientifica ha trovato un foglio di giornale appallottolato. Con sopra una foto della famiglia felice McFarland: Susan, Stuart e Harper, e vicino una piccola immagine di Madelin. Sono convinta che questa pagina sia stata il motivo del suicidio di Madelin. La madre felicemente sposata con il suo torturatore e una nuova figlia piccola. È stato più di quanto potesse sopportare. Non avrà visto altre vie di uscita.

Quando la misteriosa Amy è spuntata a Dornie, Madelin era già morta da un pezzo. Ciononostante, o forse proprio per questo, voglio sapere chi era la donna che, questa la versione attuale, si è nascosta nel cottage di Niall Gordon in fuga dal marito violento. È un enigma che voglio risolvere. E poi sembra che sia in pericolo e, a differenza di Madelin, potrebbe essere ancora viva. Stavolta non voglio arrivare troppo tardi.

All'inizio Tom non voleva saperne. «Abbiamo solo una settimana scarsa per chiudere il caso, è inutile seguire piste che non c'entrano niente» ha detto quando gliel'ho accennato.

Anche l'ispettore capo, che a dispetto delle abitudini è apparso in ufficio di domenica, non era d'accordo. «Secondo me questa Amy nemmeno esiste» ha detto. «O per caso nella banca dati ha trovato una donna scomparsa con questo nome?»

Ho scosso la testa. È stato il primo posto in cui ho guardato, ovvio. Ma un marito, la cui moglie è scappata per un buon motivo, di sicuro non va alla polizia. Soprattutto se, come sostiene Amy, lui stesso è poliziotto. Eviterebbe in tutti i modi di coinvolgere i colleghi.

L'ispettore capo ha tamburellato con la penna sul piano della scrivania. «Proprio come pensavo. In casi come questo, con tanta attenzione da parte dei media, c'è sempre qualche fuori di testa che cerca di mettersi in mostra con storie inventate.»

«E i vestiti che erano in camera da letto?» ho insistito.

«E che sono scomparsi all'arrivo della Scientifica?»

Mi mordo le labbra. «Perlomeno potremmo far analizzare i capelli trovati nel letto.»

«Assolutamente no. Non spreco risorse per un caso che non esiste. I capelli potrebbero essere di un ospite qualsiasi della casa vacanze. Dornie non è nemmeno di nostra competenza. Vi ho dato una settimana. Se vengo a sapere che la usate per inseguire storie di fantasia vi tolgo il caso all'istante.»

Così sono trotterellata fuori dall'ufficio di McMillan a testa bassa. Tom era già in attesa alla mia scrivania. «Finisci di scrivere i rapporti sugli interrogatori dei testimoni di Spean Bridge» mi ha detto. «E domani ti do un giorno libero.»

«Ma io non voglio…»

«Se nel tuo tempo libero fai una gita sulla costa occidentale» mi ha interrotto, «è una decisione tua. Io sarei anche a favore. Sebbene faccia fatica a immaginare che possa saltar fuori qualcosa. Ma stimo il tuo istinto. E il fatto che Dornie sia sulla strada per l'Isola di Skye, dove Stuart si è buttato dalla scogliera, mi fa riflettere. E lo stesso il fatto che il suo cellulare si sia agganciato lì quando ha mandato il primo messaggio a Susan. Forse invece tra i due casi esiste un qualche strano collegamento.»

Questo è successo stamattina. Da allora cerco di concentrarmi sui verbali, anche se mi riesce difficile. È solo mezzogiorno e già mi ronza la testa.

Per sfuggire un po' alla monotonia del digitare sul computer apro il file dei presunti avvistamenti di Madelin McFarland. Sono centinaia. Cerco di limitarli geograficamente e di selezionare quelli avvenuti nelle vicinanze di Dornie, ovvero quando Madelin era già morta. Forse qualcuno ha visto Amy scambiandola per Madelin.

Dopo un po' trovo la testimonianza di un camionista riguardo a una ragazza che, appena lui aveva svoltato, sarebbe saltata in un fosso. All'inizio aveva pensato che si fosse solo spaventata, dopo invece gli era tornata in mente la segnalazione e aveva chiamato la polizia. Questo era successo domenica della settimana scorsa, quando Madelin era già morta.

Cerco in fretta nel classificatore il rapporto dei colleghi locali. Ma non trovo niente. Riguardo tutto da capo. Qualcuno deve aver controllato la testimonianza del camionista, è segnata come verificata. Del rapporto, però, nessuna traccia.

Mi appoggio allo schienale pensierosa. Qualcuno ha perso i documenti? O forse ha segnato come verificata la notizia, perché il camionista ha ritirato la sua deposizione? Nel fascicolo comunque l'avrebbero segnalato.

Guardo Tom seduto di fronte a me al telefono. Quando mette giù mi guarda con espressione trionfante. «Il risultato è positivo.»

«Che risultato?»

«Il braccio trovato sull'Isola di Harris.»

Per un attimo dimentico il rapporto mancante. «È di Stuart?»

«Sì.»

«Allora è sicuramente morto.»

«Diciamo che è molto probabile. Dubito che nel simulare un suicidio qualcuno arriverebbe a tranciarsi un braccio.»

«Hai ragione.» Sospiro. «Se lo viene a sapere il capo, vorrà il nostro rapporto conclusivo ancora prima.»

«E cosa ci sarebbe di sbagliato?» Tom mi guarda. Nelle scorse settimane sembra essere invecchiato, le rughe intorno agli occhi sono diventate più profonde, i capelli a spazzola più brizzolati. Questo caso lo ha provato. Ma sembra aver superato bene la crisi. Ha il suo colpevole, finalmente può chiudere il fascicolo, per lui è questa la cosa più importante. E poi non è solo. Ha una famiglia che lo sostiene in maniera incondizionata. Una moglie che sa che alcuni casi te li porti dentro a lungo.

Io invece ho ad aspettarmi solo un appartamento vuoto dove la solitudine occupa così tanto spazio che a volte penso sia una coinquilina. E dove realizzo in maniera particolarmente dolorosa che l'uomo che amo non sarà mai mio. Anche se ogni tanto si confida con me, loda il mio lavoro e mi invita a pranzo.

«Niente. Certo che dobbiamo chiudere il caso presto» dico a Tom prendendo il cellulare. «Ma dovremmo farlo avendo perlomeno una teoria convincente.»

«Sì, sono d'accordo.» Tom apre un classificatore e lo sfoglia.

Smetto di esitare. Digito un SMS. *Hai già impegni per stasera?*

La risposta di Aidan arriva in meno di trenta secondi. *Cena? Passo a prenderti a casa?*

Sette e mezzo. Non vedo l'ora.

Mi appoggio allo schienale soddisfatta. Stasera niente solitudine o desideri stupidi e inappagati. E chissà, magari ci sarà anche dell'altro.

AMY

Si è levata una tempesta. Il vento soffia dentro il pozzo ululando e fa turbinare le foglie persino qui sotto. Mi preparo all'arrivo della pioggia. Proprio di fianco al pozzo c'è un vecchio albero che mi protegge un po', ma i rami sono quasi spogli e non riparano granché.

Ho fatto un patto con il Ghillie Dhu. Se mi aiuta un'altra volta farò di tutto per liberarmi di Ben, non importa quanta paura avrò e quanto mi minaccerà. Preferisco morire che continuare a essere la sua prigioniera.

Finora il mio aiutante non è ancora comparso, ma sono strasicura che non mi pianterà in asso. Le ultime ore le ho passate a esaminare meglio le pareti della mia prigione con la speranza di trovare qualche pietra sporgente su cui arrampicarmi. In fondo Ben mi ha fatto esercitare molto in queste attività, mi ha costretta a salire su tetti e muri altissimi sapendo che le mie vertigini mi avrebbero fatto impazzire.

Ma non ho trovato nulla.

Sopra di me sento uno scricchiolio. Ho un sussulto. All'improvviso un'ombra copre il pozzo, che diventa ancora più buio. Guardo subito verso l'alto. Ma non vedo nulla. Sento un rumore assordante, una cosa nera mi cade addosso.

Alzo le braccia sopra la testa per proteggermi, stringo forte gli occhi e con la schiena spingo contro la parete del pozzo.

Qualcosa mi sfiora la pancia e finisce dolorosamente sulla mia coscia.

Poi di nuovo silenzio, la tempesta continua a ululare.

Apro gli occhi, mi guardo intorno sbalordita. Un enorme ramo è caduto dentro al pozzo e un rametto più piccolo mi preme dolorosamente contro la gamba. Con il cuore che batte guardo il ramo grande fino in cima. La punta frastagliata arriva quasi al bordo del pozzo.

Il Ghillie Dhu! Ha mandato la tempesta per aiutarmi! Sapevo che non mi avrebbe piantata in asso!

Piano piano inizio a salire. I rametti sono fini e si piegano sotto il mio peso, ma non si rompono. Metro dopo metro arrivo fino in cima, ben attenta a non guardare in basso. Basta un capogiro e perderei l'equilibrio. Ahimè, lo so per esperienza.

Quando tocco con la mano il bordo del pozzo, ho un singulto per il sollievo. Punto i piedi e mi tiro su per l'ultimo pezzo, rotolo oltre il bordo.

Resto distesa ansimando. Il vento mi sferza la pelle, foglie e rametti spezzati mi sfiorano e volano oltre. I primi goccioloni di pioggia mi arrivano sul viso, mi bagnano le labbra screpolate, una sensazione stupenda.

A circa venti metri c'è la strada su cui sono scappata. Vedo addirittura il parcheggio in cui Ben ha colpito lo sconosciuto. È vuoto.

Cerco di ricordarmi da quale direzione siamo arrivati. Se riuscissi a tornare a Dornie e a chiedere a Niall un ultimissimo favore, sarei salva. Non ne sono sicura, ma credo che per raggiungere il parcheggio abbiamo svoltato a destra, quindi venivamo da oltre la collina.

Mi alzo con le gambe che tremano. Il mio stomaco è una

specie di enorme cratere fumante nell'addome. Se solo avessi qualcosa da mangiare! Anche solo un minuscolo pezzo di pane. Una mela. O almeno qualche bacca rimediata sul ciglio della strada.

Mi viene in mente la torta al cioccolato che faceva la mamma per il mio compleanno e mi viene la nausea. No, mi rimprovero, pensarci peggiora solo le cose. Devo essere forte e confidare che il Ghillie Dhu posi la sua mano protettiva su di me e mi riporti a Dornie sana e salva prima che stramazzi dalla fame.

Se ci credo, se ci credo con tutta me stessa ce la farò.

KATE

Aidan insiste per passare a prendermi a casa. Mi aspetto una macchina d'epoca un po' ammaccata o una motocicletta fiammante. Invece arriva a bordo di una borghesissima limousine che ben si addice al suo ufficio in perfetto ordine, ma non alla mia idea di nerd.

«Qualcosa non va?» Inarca un sopracciglio e ancora una volta noto la sua bellezza spudorata. Non proprio ai livelli dell'ispettore capo, ma poco sotto.

Sorrido. «Tutto perfetto.»

«Benissimo.» Mi tiene aperta la portiera.

Ha prenotato un tavolo in un pub fuori Edimburgo. Mi aspetto i soliti arredi kitsch, e invece mi stupisce di nuovo. Parquet in condizioni perfette, tavoli rustici in stile shabby-chic e pareti piene di manifesti cinematografici incorniciati. Mi sento subito a mio agio.

La cucina è tradizionale, ma preparata in stile moderno. Il mio *fish and chips* viene servito come in un ristorante stellato ed è squisito.

«Che posto carino» dico masticando. «Siamo alla seconda birra e devo ammettere che non stavo così bene da parecchio.

«L'ho scoperto qualche settimana fa» dice Aidan, che si è già spazzolato la sua bistecca e il pasticcio di rognone. «E poi volevo fare colpo, ovvio.»

«Ah sì?»

«Be', in qualche modo dovrò pur convincerti che non sono solo il nerd della cantina!»

«Pensi che ti consideri un nerd?»

Alzata di spalle. «Molti lo fanno.»

«Io no. Anche se spesso mi sorprendo del modo in cui arrivi alle informazioni e non capisco come ci riesci. Per me è un mondo del tutto sconosciuto.»

«In ogni caso non si tratta di magia, ma di pura scienza.» Prende il suo bicchiere vuoto. «Ancora mezza pinta posso concedermela. Anche per te?»

«Volentieri.»

Lo seguo con lo sguardo e immagino come sarebbe trascorrere la serata con lui più spesso, accorgendomi di trovarlo un pensiero piacevole.

Quando torna, brindiamo.

«Hai sempre desiderato entrare nella polizia?» chiedo.

Esita. «Ho sempre voluto fare qualcosa con i computer. Per questo all'università ho studiato Informatica. Per lungo tempo, però, sono stato incerto su quale lato della legge mi affascinasse di più...» Vedendo la mia faccia sconvolta scoppia a ridere. «Scherzavo.»

«Bastardo.»

Mangio le ultime patatine e poi gli racconto quanto ammirassi mio padre da bambina e che per questo ho capito presto di voler diventare anch'io poliziotta.

«Non dev'essere stato facile seguire le orme del famoso ispettore capo Fincher.»

«A dir la verità, più che un problema è stato un vantaggio. Sono stati tutti così carini con me.» Bevo un sorso di birra. «Se fossi stato un uomo sarebbe stato senz'altro più difficile. Io non ho mai avuto la sensazione di essere paragonata a mio padre.»

Per un po' parliamo di lavoro, di vari colleghi e delle loro stravaganze, poi Aidan mi guarda dritto negli occhi. «Kate, non posso credere che nella tua vita non ci sia nessun uomo. Avrai uno stuolo di ammiratori.»

«Ah, ah.»

«Dico sul serio.»

Esito.

«Se non ti va di parlarne...»

«Diciamo che ho preso un paio di... granchi.»

«Sei stata tradita?»

«Anche.» Penso a Jason, il mio primo ragazzo fisso, che mi ha raggirata a regola d'arte. E a Adam, che solo dopo tre mesi mi ha raccontato di avere una moglie e due bambini piccoli. «Il mio ultimo ragazzo, Dan, mi ha svuotato il conto in banca. E ha venduto di nascosto oggetti che erano nel mio appartamento. Tra le altre cose, un prezioso servizio da tè e la collana di perle di mia madre.»

«Che cattiveria.»

«Puoi dirlo forte. Con gli uomini non ho molto fiuto, ecco.»

«Forse non hai ancora trovato quello giusto» dice Aidan.

«Tu di certo con le donne non avrai nessun problema. Sarai sommerso dalle proposte, immagino.»

«Do quest'impressione?»

«Sì.»

«Possibile.» Sorride. «Ma non serve a nulla se quella che si desidera nemmeno ti guarda.»

Giro la testa di lato imbarazzata, incerta se intenda davvero quello che ho capito io, e cambio subito tema.

Quando usciamo dal pub, mezz'ora dopo, come per caso Aidan mi mette un braccio intorno alla schiena. Il mio cuore accelera i battiti, allo stesso tempo ho la sensazione di stare tradendo McMillan e mi sento un'idiota.

Arrivati alla macchina, Aidan si ferma. «Devo dirti una cosa.»

Deglutisco. Sta andando troppo in fretta. «Cosa?»

«State ancora lavorando al caso McFarland, vero?»

Tiro un sospiro di sollievo. «Sì, perché?»

«Ho fatto un casino.»

«Che casino?» rispondo con un brivido di terrore.

«Le foto sul computer di Stuart.»

Mi gira la testa. Nella mia mente prendono forma un migliaio di possibilità. Qualcuno ha affibbiato le foto a Stuart? Non era lui il rapitore di Madelin? Nelle foto ci sono altri bambini rapiti? Mi richiamo all'ordine. «Che problema avevano le foto? Dài, non mi tenere tanto in sospeso.»

«In realtà si tratta delle foto di Madelin nella cantina interrata. Sono state fatte con un cellulare, ma non era l'apparecchio che Stuart usava in via ufficiale. Non me ne sono accorto neanch'io. Un ragazzo della vostra squadra, quell'Harris, ha chiesto con quale fotocamera fossero state scattate le foto e gli ho risposto che erano state fatte con il cellulare di Stuart. Dopo però volevo essere sicuro al cento per cento, ho ricontrollato bene e l'ho notato.»

«E cosa significa?»

«Che Stuart possedeva un secondo cellulare e che forse avremmo potuto localizzarlo prima che...»

«Oh, merda...»

«Kate, ho fatto un casino, mi dispiace. Le foto sono state scattate con tanti apparecchi differenti. Questa gente si scambia le immagini in rete, è risaputo. Ma nel caso delle foto di Madelin avrei dovuto fare più attenzione, avrei dovuto accorgermene.»

Incrocio le braccia. «Da quando lo sai?»

«Da oggi pomeriggio. Avrei dovuto dirtelo subito, ma non volevo rovinare la serata. Stuart è morto, non può più fare danni.»

«Harris ti ha chiesto delle foto oggi pomeriggio? Ma non lavora più a questo caso...»

«No, no, me lo ha chiesto l'altro ieri» risponde Aidan con aria affranta. «Prima che trovassero Stuart. Ma ci ho ripensato solo oggi.»

«Hai cercato di localizzare questo cellulare?»

«Nessun segnale. Probabilmente giace sul fondo del mare.»

«Maledizione!» Mi viene in mente una cosa. Un pensiero mostruoso, ma adesso che c'è, è impossibile accantonarlo. «Questa cosa del secondo cellulare può averla notata chiunque? Qualcuno della nostra squadra, intendo...»

«Certo. Chiunque abbia accesso ai file. È facilissimo. Basta aprire la foto, premere il tasto destro del mouse, cliccare su "Proprietà", poi su "Dettagli" e subito esce il modello della fotocamera. Se sai poi quale cellulare usasse Stuart ufficialmente, o se ti viene l'idea di confrontarli, te ne accorgi subito.»

«Quindi chiunque avesse la password per il fascicolo avrebbe potuto ottenere quest'informazione.»

«Sì. Ma perché è così importante?»

«Solo un pensiero. Dimentica la cosa.»

«Non è così facile. Potrebbe essere il cellulare con cui Stuart ha localizzato Madelin. La teoria del braccialetto, ricordi?»

Scuoto la testa. «No.»

«Ma...»

«Quando Madelin è morta, Stuart era ancora in coma. È morta da una settimana. A quanto pare si è suicidata.»

«Bene.» Sembra sollevato. «Cioè, bene un cavolo, ma sono felice perché temevo di averla sulla coscienza.»

«No, no.»

«Era proprio una sensazione di merda.»

«Non ci pensare più.»

«Okay. Allora adesso ti porto a casa.»

Quando mezz'ora dopo si ferma davanti al mio portone, per un attimo sono tentata di invitarlo su per un caffè. Il pensiero del mio enorme appartamento vuoto mi opprime. Vorrei non essere sola. Ma non sono certa di cosa ne potrebbe nascere e se lo voglio davvero. Così mi limito a stampargli un bacio sulla guancia.

«Aidan, grazie per la bella serata.»

«Sono io che devo ringraziare te.» Mi sposta una ciocca di capelli dal viso con dolcezza. «A domani, Kate, dormi bene.»

Lunedì 29 ottobre

KATE

Tom è già arrivato, lo vedo oltre il vetro. Sta giocando con il cellulare, ha una tazza di caffè sul tavolo. Di sicuro si starà chiedendo che assurda teoria mi è venuta in mente stavolta. Si stupirà. E non mi darà della paranoica, spero.

Fa freddo, prima di aprire la porta del bar mi sfrego le mani. È quasi novembre, sulle montagne ha nevicato. All'improvviso penso a Amy, la ragazza misteriosa, e mi chiedo come stia, se stia vagando là fuori nel gelo.

Ordino un caffellatte e mi siedo vicino a Tom. «Buongiorno. Grazie per essere venuto.»

Mette via il cellulare e alza gli occhi. «Avevo forse qualche alternativa?»

«Be', sei il mio capo.»

«A volte non sembra.» Guarda l'ora. «Pensavo che fossi già sulla strada per Dornie. Che succede?»

Tiro fuori le stampate dalla borsa, un'enorme sacca in pelle comprata in un negozio di seconda mano. Di solito me la cavo senza, ma non volevo portarmi dietro documenti della polizia rendendoli visibili a tutti.

«Queste sono le segnalazioni dei presunti avvistamenti di Madelin McFarland» inizio. «Hanno tutti in comune due cose. La ragazza di cui si parla porta una felpa con il cappuccio scura, e non ci sono rapporti della polizia locale riguardo alla verifica dell'indizio.»

Ieri pomeriggio prima del mio appuntamento con Aidan ho ricontrollato bene il fascicolo e mi sono imbattuta in ben otto casi. È possibile che ce ne siano degli altri. Sono riuscita a guardare solo una piccola parte delle segnalazioni.

Tom aggrotta la fronte. «Come, scusa?»

«Gli avvistamenti sono segnati come verificati, ma evidentemente non è mai accaduto.»

«Kate, non capisco dove vuoi arrivare.»

«Allora la procedura era questa: una persona chiama al numero verde perché crede di aver visto Madelin. Il collega che ha risposto alla chiamata compila un modulo online. E poi altri colleghi della squadra fanno in modo che qualcuno del commissariato di competenza verifichi la pista. Poi compare la spunta sulla segnalazione e un link al rapporto del poliziotto locale.»

«D'accordo, e quindi?»

«In questi casi c'è il modulo, ma non c'è nessun rapporto.»

«Forse i colleghi hanno lavorato male. Non hanno scritto il rapporto o si sono dimenticati il link.»

«In questo caso, però, la segnalazione non avrebbe dovuto essere contrassegnata come verificata.»

«Credi che qualcuno abbia occultato la sciatteria?»

«Fosse solo questo...» Guardo la mia tazza di caffellatte, ma non bevo. Mi faccio coraggio.

«Kate, sono tutto orecchi.»

«La ragazza di Dornie, quella Amy, ha raccontato a Niall Gordon che suo marito, il tizio che l'ha maltrattata, era un poliziotto. E se un collega avesse approfittato della ricerca di Madelin per rintracciare un'altra donna?»

Tom sgrana gli occhi. «Come, scusa?»

«Sarebbe possibile. Immagina che questo collega abbia saputo che Amy, quando è scappata, indossava una felpa con il cappuccio. Così filtra le segnalazioni in cui la presunta Madelin porta una felpa simile e le spunta come verificate. E poi va lì di persona.»

«Stai dicendo che tutte le segnalazioni contrassegnate in modo sbagliato riguardano una ragazza con la felpa con il cappuccio?»

«Sì.» Esito. «Però ce ne sono anche alcune con il rapporto della polizia locale. Forse a volte il nostro uomo non è stato abbastanza veloce. È impossibile che abbia visto tutte le segnalazioni per primo.»

«Significherebbe che il marito di questa Amy è uno della Omicidi.»

«O uno dei colleghi che ci hanno dato una mano. Nella ricerca sono stati coinvolti più di cento poliziotti.»

Tom scuote la testa. «Hai qualche altra prova della tua teoria?»

«Non ancora.»

«Sai di qualche collega con la moglie che si chiama Amy?»

«No. Ma ieri era domenica, quindi non c'era nessuno a cui poter chiedere.»

«Uff.» Tom allontana la tazza di caffè. «Ne hai parlato con qualcun altro oltre che con me?»

«No, ovvio.»

«Bene, allora continua a tenertelo per te. È un'accusa piuttosto delicata e tu non hai nessuna prova. Pensa bene a quello che fai. Quella Amy potrebbe anche essere una pazza paranoica scappata da chissà dove. Oppure quel Niall ti ha raccontato una balla.»

«Sì, lo so.»

Tom scuote di nuovo la testa. «Non posso credere che sia vero. Ma oggi con discrezione cercherò di controllare i colleghi sposati. Spero tanto che ti sbagli.»

«Lo spero anch'io.» Rinfilo le stampate nella borsa. «Allora adesso vado a Dornie.»

Sto per alzarmi, ma Tom mi prende per un braccio. «Kate, sta' attenta. Se hai ragione, cosa su cui dubito fortemente, quel tipo ti avrà nel mirino. Quindi non correre rischi non necessari, d'accordo?»

Deglutisco. Finora non mi era neanche venuto in mente che anch'io potessi essere in pericolo.

«Tom, non ti preoccupare» dico con voluta nonchalance. «So badare a me stessa.»

SUSAN

Frederic McFarland, marito, padre, amico. Non ti dimenticheremo mai. Guardo l'incisione nella pietra rovinata dal sole e dalla pioggia, e ripenso al giorno in cui l'ho commissionata al marmista.

Allora decisi di lasciare dello spazio in modo che mia figlia, un giorno, molti decenni dopo, potesse completare l'incisione con il mio nome. Adesso invece è lei ad averne bisogno.

Di punto in bianco rivedo il suo corpo martoriato sul tavolo dell'autopsia e sono sopraffatta da un'ondata di dolore. Vacillo, per un attimo vedo tutto nero. Ma poi mi riprendo. Non posso collassare, non adesso, non qui, non con Harper accanto.

Mi concentro sull'incisione, sulle lettere. Era da tanto che non pensavo a Frederic. Vorrei tanto che fosse con me. Potergli raccontare quello che è successo, sentire la sua voce profonda, calda, sempre calma mentre mi dice che tutto andrà bene.

Ma lui non c'è e io sono al cimitero nel freddo vento autunnale con la mia figlia piccola, Harper, non ancora quarantenne e già vedova per la seconda volta, a decidere come seppellire l'altra figlia.

Aiutami, imploro Frederic in silenzio. Aiutami a sopportare tutto questo. Sono allo stremo delle forze. Ho bisogno di te.

Frederic McFarland era medico nella clinica in cui lavoravo come infermiera. Quando ci siamo incontrati era all'inizio della trentina, un bell'uomo ma completamente diverso da Stuart. I suoi capelli biondi al sole luccicavano di rosso e gli occhi erano di un azzurro luminoso. Aveva una parola gentile per chiunque e tutti lo adoravano, sia i pazienti che i colleghi.

Io ero ancora molto giovane, non avevo nemmeno vent'anni, e quando Frederic mi ha invitato a cena ho pensato che non stesse facendo sul serio, che volesse solo divertirsi un po' con l'infermiera giovane e carina, come molti suoi colleghi. Ma mi sbagliavo. Faceva sul serio eccome. Una settimana dopo mi ha invitato di nuovo e sei mesi dopo mi ha fatto una proposta di matrimonio. Io ero al settimo cielo.

Ci siamo sposati, abbiamo comprato la casa a The Grange. Poi è arrivata Madelin e la nostra felicità era al culmine. Madelin era tale e quale al padre. Non solo nell'aspetto. Avevo lo stesso temperamento solare, gli stessi modi aperti e schietti.

Ma c'erano anche delle ombre. Quando è nata Madelin avevo solo vent'anni e spesso avevo la sensazione di perdermi la mia giovinezza. Non andavo più in ospedale tutti i giorni, ero bloccata a casa. Mi mancavano le serate al pub con le amiche, i tè con le altre infermiere in reparto, i pomeriggi a far compere con mia madre. E a volte sognavo di fare la valigia e scappare.

Quando ho ripreso a lavorare è andata meglio. Ma la nostalgia della vecchia vita è rimasta. E poi Frederic si è ammalato. Nei quatto anni successivi tutto è ruotato intorno alla sua malattia, alla paura e alla speranza, alla chemio e alla radioterapia. Fin quando non è stato chiaro che la nostra battaglia l'avremmo persa.

Frederic è morto poche settimane dopo l'ottavo compleanno di Madelin. A me è crollato il mondo addosso, non mi sentivo pronta per una vita senza di lui, completamente sola con una figlia. Per fortuna dal punto di vista finanziario ero al sicuro e siamo potute rimanere nella casa. Ciononostante, avevo la sensazione di aver sbagliato tutto; ancor prima di aver compiuto trent'anni pensavo che la mia vita fosse rovinata. Ho continuato a lavorare per non ammuffire in casa, lasciavo Madelin a delle babysitter per uscire la sera. Incontravo degli uomini. Ma questo non mi distraeva dai miei pensieri cupi.

E poi Madelin è scomparsa. Mi sono sentita da schifo. A terra. Disperata. E colpevole. Colpevole soprattutto perché c'erano stati momenti in cui avevo pensato che sarebbe stato meglio non fosse mai nata.

Quando ho conosciuto Stuart avevo toccato il fondo. Madelin era scomparsa da diverse settimane, avevo perso la speranza che la trovassero viva. Ero trascurata, non mi pettinavo, mi mettevo cose a caso, mangiavo pochissimo. Stuart mi ha raccolto una volta che sono svenuta al supermercato. Non mangiavo da giorni e sono collassata. Non sapeva chi fossi, non conosceva la mia storia, perlomeno questo è quello che ha sostenuto.

Si è preso cura di me, prima solo facendo la spesa, sbrigando le cose che c'erano da sbrigare, martellando di telefonate la polizia, proteggendomi dalla stampa. Era semplicemente presente. A un certo punto è diventato qualcosa di più e quando mi ha chiesto di diventare sua moglie mi è sembrata la cosa più naturale del mondo.

Ho domandato alla psicologa perché l'abbia fatto, perché non gli sia bastato possedere mia figlia e abbia voluto anche me. Mi ha spiegato che è una questione di potere, ha a che fare con l'inebriante sensazione di poter osservare il dolore che si provoca da tutte le prospettive. Gli ha dato perfino vantaggio sulla polizia visto che tramite me era sempre aggiornato sullo stato delle indagini.

Harper mi tira la manica. «Mamma, ho freddo, voglio andare a casa.»

Sentire la sua voce è sempre una gioia. Per un periodo ho temuto di aver perso anche lei. Di quello che è successo ancora non parla, nemmeno con la psicologa. Insieme dipingono e giocano; sembra fare bene a Harper.

«Fra poco, tesoro. Ancora un attimo. Devo vedere quanto spazio c'è ancora sulla lapide.» E scegliere le parole adeguate.

Dopo la scomparsa di Madelin, quando ero sola con la mia paura, il mio dolore e i miei sensi di colpa, c'è stato un attimo in cui ho giurato a Dio che avrei sopportato tutto, davvero tutto, se mi avesse concesso di riabbracciarla un'unica volta.

Ha ascoltato la mia preghiera. E mi ha preso alla lettera, nella maniera più crudele che si possa immaginare.

«Mamma, domani posso andare da Claire?»

«Sì, credo proprio di sì, dopo chiamo sua madre.» Sono contenta che Harper voglia giocare con la sua amica. Dalla settimana prossima riprenderà la scuola. La psicologa dice che la normalità la aiuterà a elaborare l'accaduto. «Claire può anche venire da noi, se vuoi.»

Harper scuote la testa. «No, vado io da lei.»

«Va bene, come vuoi.»

Non so per quale motivo Harper non vuole invitare amiche a casa. Forse ha paura che possano succedere altre cose terribili o che Stuart rispunti all'improvviso.

Di lui non parla quasi mai. Ieri mi ha chiesto se papà tornerà a casa presto.

«No» ho risposto io. «Ha avuto un incidente, è morto, non tornerà mai più.» Sì, avrei dovuto esprimermi con più delicatezza. Ma non ce l'ho fatta.

Lei ha annuito, ma io ho capito che non mi ha creduto. Nemmeno io ci credo, devo ripetermelo all'infinito. Hanno trovato il suo braccio, il risultato del laboratorio era inequivocabile. Stuart è morto. Non tornerà più.

Prima o poi smetterò di trasalire quando una macchina si ferma davanti casa. O quando squilla il telefono. Non penserò più a Stuart. O solo in casi sporadici.

Ci vorrà del tempo. Devo darmelo, questo tempo, e devo darlo anche ad Harper. E guardare avanti.

KATE

Con il sole le Highlands hanno un fascino unico. Soprattutto quando le cime verde-marrone sono spolverate da un sottile strato di neve simile a zucchero a velo che le fa luccicare. Vorrei poter guidare per questo paesaggio all'infinito, assorbire la magia del momento e non pensare a niente.

Invece il castello di Eilean Donan compare troppo in fretta in riva al lago, si eleva maestoso sull'acqua, e poi c'è già l'uscita per Dornie. Accosto e con l'aiuto di Google Maps cerco l'indirizzo del primo testimone. Abita in una stretta casetta a schiera sulla via principale. Suono, ma non mi apre nessuno.

Il secondo testimone vive un po' fuori dal paese e viene ad aprirmi in divisa da lavoro.

«Detective Kate Fincher.» Gli mostro il tesserino. «Vengo per via dell'uomo che ha visto alcuni giorni fa… stava cercando una ragazza.»

«Ah, quello.» Il testimone si gratta la testa, ha i capelli bianchi a ciocche. «Niente, voleva sapere se avevo notato una forestiera.»

Cerco sul cellulare una foto di Stuart McFarland e gliela mostro. «Era questo?»

Il vecchio serra gli occhi. «No, non credo, era più giovane.»

«Potrebbe descrivermelo?» Metto via il telefono.

Un'alzata di spalle. «Non ci ho fatto molto caso, stavo scaricando la macchina.» Indica il vialetto del garage. «Sto ristrutturando la casa.»

«Colore dei capelli o degli occhi?»

«Entrambi scuri, mi pare. Ma non ne sono sicuro.»

«Aveva un accento?»

«Era scozzese, di questo sono sicuro.»

«Si ricorda qualcos'altro che potrebbe aiutarci?»

«Ma che ha fatto?» Guarda oltre le mie spalle come se potesse trovarci una spiegazione. «Si tratta della piccola Madelin, vero? Pensavo che il tizio che l'aveva rapita fosse morto.»

«L'uomo che ha parlato con lei potrebbe essere un testimone importante, per questo lo cerchiamo.»

«Ah ecco.» Si gratta di nuovo. «Guidava una limousine. Molto pulita e molto costosa.»

«Per caso ricorda la targa?»

«Macché.»

Rassegnata, mi rimetto in movimento. Anche il terzo testimone non è a casa, così parcheggio di fronte al *Jolly Ferryman*. Il pub è ancora vuoto, a eccezione di due turisti dall'aria stanca in tenuta da trekking.

Niall è dietro al bancone ad asciugare bicchieri. È sorpreso di vedermi. «Non pensavo che sarebbe tornata.»

«Sono rimaste un paio di questioni aperte.»

«Tè? O qualcosa di più forte?»

«Un tè va benissimo, grazie. E poi vorrei fare due chiacchiere con lei in santa pace.»

Cinque minuti dopo siamo seduti a un tavolino ad angolo con vista sul Loch Long. Il pub di Niall non è così chic come quello in cui sono stata con Aidan, ma è comunque confortevole. E il panorama è da mozzare il fiato.

Sorseggia il suo tè. «Non faccio altro che pensare a cosa avrei potuto fare di diverso. Perché non sono stato in grado di difenderla da quel bastardo?»

«Forse avrà un'altra occasione.» Metto dei cucchiaini di zucchero nel mio tè. Niall ci ha versato così tanto latte che è diventato quasi bianco. Ricordo vagamente che quando ero piccola mia madre me lo preparava così, per metà latte e per metà tè, in modo che non fosse troppo amaro.

«Non capisco.» Niall sembra sinceramente confuso.

«La sua Amy potrebbe essere ancora viva. La ragazza che lei ha nascosto non era Madelin McFarland.»

«Ma...»

«Quando Amy è arrivata qui, Madelin era già morta.»

«Oh, mio Dio.» Affonda il viso tra le mani.

«Per favore, mi descriva nel modo più dettagliato possibile l'aspetto di questa Amy.»

Niall si toglie le mani dal viso, ha gli occhi arrossati e umidi. «Mi scusi, ho bisogno di un attimo.» Si gira verso la finestra, guarda fuori.

Solo in questo momento capisco che non è stato semplicemente gentile con una sconosciuta. Niall prova qualcosa per Amy, si è innamorato di lei. Per lui dev'essere un inferno. Prima scomparsa, poi morta, poi forse ancora viva. «Non si preoccupi, si prenda tutto il tempo che vuole.»

Niall smette di guardare la finestra, si strofina gli occhi, beve un sorso di tè. «Allora cosa vuole sapere?»

«Che aspetto ha Amy?»

«Capelli biondi e lisci, lunghi più o meno fino alle spalle. Forse un po' più lunghi. Molto magra e più bassa di me di circa mezza testa.»

Quindi alta più o meno come me, penso. «Colore degli occhi?»

«Verdi.»

Maledizione! Perché non gliel'ho chiesto subito la prima volta? «È sicuro? Aveva detto che Amy assomigliava alla ragazza dell'identikit, Madelin. Che però gli occhi li aveva azzurri.»

«Evidentemente non l'avevo guardato bene. Prima che mi dicesse che Amy poteva essere Madelin McFarland non ci avevo mai pensato. Ero convinto che Madelin fosse ancora quasi una bambina, per questo non ho collegato Amy con lei. Anche perché ha parlato di un marito.»

«Secondo lei quanti anni ha Amy?»

«Più o meno venti...»

«Qualche segno particolare? Cicatrici, cose del genere...»

«No. Perlomeno non sul viso o sulle braccia. Il resto del corpo non l'ho visto.»

«Come parlava?»

«Normale.» Esita. «Mi è sembrata un po'... come dire, un po' ingenua. Come se non avesse molta esperienza del mondo. Probabilmente perché anche lei era prigioniera. Proprio come Madelin.»

«Cosa ha raccontato dell'uomo da cui stava fuggendo?»

«Quasi nulla, solo che era un poliziotto e che per questo non poteva andare alla polizia. Un alto grado, se ho capito bene... O forse è solo la mia interpretazione perché aveva così tanta paura.»

«E non ha detto da dove veniva?»

«No, ma mi è sembrata del Sud.»

«Inglese?»

«No, Edimburgo o Glasgow.»

«È stato lei a togliere i vestiti dal cottage?»

Niall, che stava per bere un sorso di tè, rimette giù la tazza. «Aveva detto di non toccare nulla.»

«Quando la Scientifica ha esaminato la casa, in camera da letto non c'erano vestiti.»

«Crede che Amy sia ripassata a prenderli?» I suoi occhi brillano pieni di speranza

«No, piuttosto che qualcuno abbia voluto eliminare le tracce.»

Niall fa un pugno. «Bastardo maledetto!» Mi guarda. «Ci dev'essere un modo per scoprire chi è il marito.»

«La Police Scotland ha quasi ventimila dipendenti. Controllare migliaia di uomini è impossibile, soprattutto senza dare nell'occhio. Anche perché il mio timore è che Amy le abbia dato un nome falso.»

«Qualcosa però dobbiamo fare!»

Finisco il mio tè. «Tanto per cominciare rintraccerò gli altri testimoni che hanno visto l'uomo che ha cercato Amy. Forse uno ha fatto caso alla targa della macchina. E lei, Niall, tenga gli occhi e le orecchie ben aperti. Ma non ne parli con nessuno, non dobbiamo metterlo in guardia.»

AMY

La macchina è ancora parcheggiata davanti al pub. Forse è la mia unica chance. Quando ho visto la donna ho saputo che era un segno del destino, che me l'aveva mandata il Ghillie Dhu, esattamente come il ramo. È qui per me, ne sono convinta, ma non ho idea di quanto sappia. Non sono nemmeno sicura che stia dalla mia parte. Però è una donna e sembra coraggiosa e determinata, quindi devo aver fiducia che voglia aiutarmi. Ma ho comunque paura. Ho fatto tanta strada, non voglio riperdere tutto un'altra volta.

A un certo punto, di notte, sono davvero arrivata a Dornie. Probabilmente dal pozzo non erano molti chilometri, ma visto che mi sono tenuta nascosta da ogni macchina e ho camminato pianissimo perché ero del tutto priva di forza, mi è sembrato un percorso lunghissimo.

Perlomeno, in un parcheggio ho trovato un sacchetto della spazzatura con dentro una busta di patatine mezza piena e una banana andata a male. Non sono mai stata così felice di vedere del cibo.

Quando ho visto il cartello che indicava il paese, era già buio da parecchio. Prima ho pensato di aspettare davanti alla porta di servizio del pub di Niall che il locale si svuotasse. Ma era più tardi di quanto pensassi e le luci erano già tutte spente. Non sapendo se abiti lì davvero da solo, non ho avuto il coraggio di bussare.

Così ho camminato in riva al lago fin quando non ho trovato una barca rovesciata. Mi sono infilata sotto, ho perfino trovato un telone in cui avvolgermi per proteggermi dall'umidità e dal gelo e sono riuscita a dormire per qualche ora.

All'alba, mi sono lavata nel lago e poi ho pescato qualche avanzo di cibo in un cassonetto. Pane ammuffito, un pezzo di pizza e delle bucce di mela. Dopo colazione mi sono appostata dietro a un cespuglio davanti al pub. Non avevo nessuno piano, ho solo aspettato la mia occasione. E non sapendo se Niall fosse solo, non ho avuto il coraggio di farmi notare. A un certo punto è arrivata la macchina ed è scesa la donna, l'ho riconosciuta subito.

Sta uscendo. Ha il cellulare in mano e legge qualcosa.

Trattengo il fiato, con la pura forza di volontà cerco di spingerla a rimettersi in tasca il cellulare. Non deve leggere, la sua attenzione dev'essere rivolta alla macchina. Altrimenti non vedrà il mio messaggio.

Apre la portiera e sale.

Accidenti! Che devo fare? Salto fuori e corro da lei?

No, troppo rischioso. M'infilo il pugno chiuso in bocca e lo mordo.

Guarda, le grido in silenzio. Ti prego, ti scongiuro, guarda!

Accende il motore. Se decide di azionare i tergicristalli, sarà stato tutto vano. Non avendo carta e penna ho scritto il messaggio con il dito sul parabrezza impolverato. Un piano stupido, fin troppo rischioso, me ne rendo conto.

D'un tratto il motore si zittisce, la portiera si apre, la donna scende.

Per il sollievo faccio un movimento avventato e spezzo un rametto. Sobbalzo, ma la donna non si è accorta di nulla.

Fa il giro e osserva il parabrezza. Poi alza gli occhi e si guarda intorno. Mi abbasso ancora di più nel cespuglio. Non deve vedermi, qui ci sono troppi testimoni. Il camioncino della posta si è appena fermato davanti alla casa di fronte e poco oltre c'è un uomo che spazza la strada.

La donna scatta una foto del parabrezza con il cellulare. Poi risale. Per un po' resta seduta immobile dietro al volante.

Non riesco a vedere cosa sta facendo. Spero che non chiami rinforzi!

Il motore si riaccende. La donna fa inversione e parte. Dev'essere all'appuntamento tra un'ora. Non ho l'orologio ma non fa niente, quando arriverà sarò già lì ad aspettarla.

SUSAN

Il telefono squilla a lungo prima che Tom risponda. Forse ha visto il mio numero e non vuole parlarmi. No, non è possibile.

In tutti questi anni c'è sempre stato, non è così codardo da evitarmi.

«Sì, Susan?» risponde. La voce si spezza. In sottofondo si sente un fruscio.

«Non è un buon momento?»

«Sono in macchina, ho una commissione da sbrigare. Ma ho messo il vivavoce. Susan, come sta?»

«Sto bene, grazie.» Per un secondo mi chiedo se Tom stia già lavorando al caso successivo. «Stamattina sono andata al cimitero, alla tomba di Frederic. Per via dell'iscrizione sulla lapide.»

«Susan, mi dispiace davvero. Per lei dev'essere molto difficile.»

«Tom, lei ha fatto quello che poteva.»

Tom non risponde. Si sente in colpa. Proprio come me. A quanto pare tutti in questo caso si sentono in colpa. Tutti tranne il colpevole. Non credo che il pentimento nella lettera di addio di Stuart fosse sincero. La sua morte è stata una messinscena, proprio come la sua vita. Cosa abbia pensato o sentito davvero non lo saprò mai, e forse è meglio così.

Mi avvicino alla finestra, guardo il giardino. Sono proprio nel punto in cui Madelin ha pugnalato mio marito. Se solo lo avesse colpito con un po' più di forza, e con maggior precisione...

Basta. Sono pensieri che non portano da nessuna parte.

«Susan, come posso aiutarla?» chiede Tom.

«Si tratta di Stuart. Mi hanno chiamato per via del braccio. Chiedendomi se voglio seppellirlo, magari insieme a Madelin, non appena danno il via libera... Ma io non voglio. Nemmeno per sogno. Nella tomba di mia figlia non dev'esserci nulla di quell'uomo.»

«No, certo. Susan, ci penso io.»
«Grazie.»
«C'è altro che posso fare per lei?»
Sento il motore che romba in sottofondo. Tom impreca.
«Tutto a posto?»
«La macchina fa un po' le bizze, maledizione. Susan, devo chiudere, la richiamo dopo.»
Sto per attaccare quando sento uno stridio fortissimo. Impaurita mi premo il telefono contro l'orecchio. Tom impreca di nuovo. Grida qualcosa, ma la voce è distorta e le parole vengono inghiottite dai rumori in sottofondo. All'improvviso si sente un botto assordante. Poi cade la linea.

KATE

La chiesa è in un angolino pittoresco tra grandi alberi, proprio sulla strada in riva al lago. Il cartello dice St. Duthac's Catholic Church. C'è un piccolo parcheggio e un vialetto che conduce all'ingresso delimitato da una siepe. Alle spalle dell'edificio, costruito in pietra naturale grigia, si elevano le brulle colline delle Highlands. Sembra un set cinematografico.

Parcheggio la mia malandata Rover, la mia auto privata. Ufficialmente oggi ho il giorno libero. Per un attimo resto seduta dietro al volante. La luce illumina il vetro in modo da rendere leggibile il messaggio al contrario.

Chiesa. 1 ora.

Ovviamente non so per certo di che chiesa si tratti, ma questa era la scelta più ovvia, visto che si trova al centro di Dornie. Ancor meno so chi incontrerò tra poco. È un testimone che ha paura e non vuole esser visto insieme a me? È il colpevole che mi tende una trappola?

Non oso sperare che sia stata la stessa Amy a scrivermi il messaggio. Non c'è motivo per cui dovrebbe fidarsi proprio di me. A meno che non abbia capito che sono una poliziotta. D'altro canto, però, questo dovrebbe anche incuterle timore, no?

Per sicurezza ho mandato un SMS a Tom allegando la foto del messaggio. Non si capisce granché ma il fatto che qualcuno sappia dove sono mi tranquillizza. Anche se questo qualcuno è lontano più di trecento chilometri.

Mi assicuro di avere il cellulare a portata di mano nella tasca, poi prendo la borsa e scendo. La strada stretta è deserta, anche il lago è calmissimo. Si alza un venticello che attraversa le luccicanti chiome autunnali e increspa la superficie dell'acqua.

Mentre cammino verso l'entrata della chiesa la ghiaia scricchiola sotto le mie scarpe. Dentro c'è tantissima luce, non me l'aspettavo. Il soffitto è rivestito di legno scuro, ma le pareti sono dipinte di bianco e le finestre sono molto luminose. Sono sola. Non c'è nessuno, né davanti all'altare né seduto su una panca.

Guardo l'ora. La persona con cui ho appuntamento dovrebbe essere già qui da un pezzo. In giro non ci sono né nicchie né angoli appartati in cui nascondersi. Inizio ad agitarmi. La persona che voleva vedermi è stata trattenuta? Ha avuto paura? Questa storia è solo uno stupido scherzo di qualche bambino del paese?

Decido di dare allo sconosciuto misterioso ancora dieci minuti. Se non arriva, farò un ultimo tentativo con i due testimoni che non sono ancora riuscita a incontrare e poi me ne tornerò a Edimburgo. Qui non posso più fare niente. Amy e questo marito poliziotto, se esistono davvero, saranno già lontani. Non sarei dovuta venire. È un vicolo cieco, una chimera. E dire che ho un vero caso da chiudere.

La porta scricchiola alle mie spalle.

Mi giro.

Si avvicina una persona, una ragazza bionda. Smagrita, sporca, cenciosa. Il corpo teso, pronto alla fuga.

Sbatto gli occhi confusa. So che è Amy, dev'essere lei. Ma c'è qualcosa che non torna. Questa donna la conosco, l'ho già vista. Maledizione, ma dove?

«È sola?» domanda. Le trema la voce. Ha i capelli arruffati e appiccicati alla testa, il suo viso è coperto da uno strato grigio come se vi avesse spalmato del fango. Solo gli occhi verdi brillano come due smeraldi.

«Sì» rispondo.

«Bene.» Sul suo viso affiora un sorriso sollevato.

Ed è in questo momento che mi ricordo dove l'ho vista. Ma non può essere! È impossibile, mi sto sbagliando.

«Rachel?» domando con voce provata. «È lei, Rachel Knight?»

«Amy, io sono Amy. Rachel non esiste più, è morta. Adesso mi chiamo Amy Andrew.»

«Ma lei è...» All'improvviso il mio cervello mi invia, tutte insieme, una serie di informazioni memorizzate, immagini, frammenti di frasi, scene di film: non riesco a elaborali e unirli in un tutto logico.

«Ci siamo conosciute nella casa di Lauder Road» dice Amy. «Io avevo trovato quella ragazza per strada, Madelin McFarland. Lei è una collega di Ben.»

Oh, mio Dio. No, è impossibile. No.

Deglutisco. «L'uomo da cui si sta nascondendo è l'ispettore capo McMillan?»

Annuisce.

«Ma...» Una fitta di dolore mi trapassa il petto, sospiro.

«Se mi trova mi ammazza.» La voce di Amy d'un tratto è debolissima, poco più di un sussurro.

Il poliziotto che ha manipolato la ricerca di Madelin McFarland per scopi privati è l'ispettore capo McMillan. Il poliziotto che ha nascosto gli indizi. Che ha filtrato le segnalazioni in cui la ragazza portava una felpa con il cappuccio, dato che per qualche motivo sapeva che Rachel ne indossava una. Doveva averla vista sul video di una telecamera di sorveglianza, su un filmato che avevamo scartato perché la ragazza non era Madelin.

Barcollo, per non perdere l'equilibrio mi aggrappo a una panca. L'ispettore capo McMillan, l'uomo che fino a pochi secondi fa veneravo e per cui avrei fatto qualsiasi cosa, è un violento brutale. Un sadico che ha torturato la sua fidanzata al punto di farla scappare.

So che è vero. Dev'esserlo perché tutto torna. Compreso il fatto che non abbia mai menzionato la sua relazione con la testimone davanti alla squadra e abbia fatto affidamento sul mio silenzio. E io, cretina, che ho pensato fosse una dimostrazione di fiducia! Che ingenua e che stupida sono stata!

Anche il suo ordine di inserire ogni avvistamento accuratamente nel file elettronico... Così poteva controllare le segnalazioni con il suo filtro personale.

Che idiota! McMillan ha capito che lo idolatravo e ne ha approfittato senza pietà. Ha goduto vedendo che prendevo ogni sua parola per oro colato. La stupida, piccola Kate che per due lodi striminzite gli ubbidisce come un cagnolino.

Mi do una scrollata, indico una panca. «Sediamoci.»

Lo sguardo di Amy si muove rapido in tutte le direzioni.

«Non si preoccupi, McMillan nemmeno sa che sono qui. Solo il mio partner ne è al corrente, ed è l'affidabilità fatta persona. Ufficialmente oggi sono in ferie.»

Esita ancora un attimo, poi annuisce e mi si avvicina.

Ci sediamo una accanto all'altra. Amy odora di umidità, terra e qualcosa di amaro. Mi chiedo se abbia dormito all'aperto con queste temperature.

«Mi racconti» la esorto. «Dall'inizio.»

«Tutto?»

«Sì, la prego.»

Per procedere contro il capo ho bisogno di più informazioni possibile. E per togliermi subito dalla testa il falso McMillan, l'uomo intelligente e affascinante che esiste solo nella mia immaginazione.

«Sono cresciuta a Oban» inizia Amy. «Mio padre è morto presto, sono vissuta con mia madre e con mio fratello maggiore. Lui poi è andato in Canada, io avevo quattordici anni, e siamo rimaste solo io e mia madre. A diciassette anni sono andata a Edimburgo per il fine settimana con delle amiche. Lì ho conosciuto Ben in un pub. Era bello, esperto e mi trattava come una principessa. Appena possibile sono tornata a Edimburgo, stavolta da sola. Ben mi ha mostrato un mondo che non conoscevo. Musei, gallerie, concerti. Era così colto, così esperto. Lo adoravo.»

I parallelismi tra Amy e me sono così evidenti, che mi manca l'aria. La ragazza che ha vagato per mezza Scozia per sfuggire a un uomo sarei potuta essere io.

«Poi Ben mi ha chiesto di trasferirmi da lui. Così ho interrotto la scuola e mi sono stabilita a Edimburgo, anche se mia madre mi ha implorato di non farlo. E lì è cominciato tutto. Prima sono state piccolezze. Voleva sempre sapere dove andavo, non gli piaceva che uscissi da sola. Controllava tutto quello che facevo. Poi ha iniziato con questi giochi.»

«Che giochi?»

Amy abbassa gli occhi, si guarda le dita. Sono affusolate e delicate, ma piene di graffi e sporcizia. «Prove di coraggio. Ben diceva che ero troppo timida e che dovevo imparare a superare le mie paure.»

Rabbrividisco. «E come?»

«Io ho una terribile paura dell'altitudine, così mi faceva arrampicare. A volte era un muro, altre un albero. Oppure dovevo camminare in equilibrio su un tetto. Il pù delle volte scommetteva contro di me. Il vincitore poteva esprimere un desiderio. Ha vinto sempre lui.»

«E poi?» Vorrei prenderle la mano, ma non so se le farebbe piacere.

«E poi il suo desiderio era di fare un altro gioco.»

«Che gioco?»

Scuote la testa.

«Non deve parlarne, se non vuole. Mi racconti piuttosto del giorno in cui ha incontrato Madelin.»

«Ero andata a fare una passeggiata. Mi era concesso, se restavo vicino casa e mi facevo trovare quando lui tornava. E allora l'ho vista. Era all'incrocio e sembrava persa, più persa di me. Solo per questo ho avuto il coraggio di parlarle. Il resto lo conosce.»

«E cosa è successo dopo che ha lasciato la casa dei McFarland?»

Amy si porta una mano alla bocca.

Esito, poi l'abbraccio. «Ha deciso di non tornare da Ben, vero?»

«No, all'inizio volevo tornarci. Ma poi mi sono accorta di aver dimenticato la borsa. Ero così agitata, così confusa. Dentro non c'era molto, solo le mie chiavi di casa e un po' di contante per le emergenze. Non mi era concesso avere un cellulare. Ma le chiavi mi servivano.»

Cerco di controllarmi per non far perdere il filo a Amy. Non so con chi sono più arrabbiata, se con McMillan o con me stessa per essere stata così cretina.

«Così sono tornata indietro» continua Amy. «La porta era aperta. Sono entrata, ho detto che ero io e avevo solo dimenticato una cosa. Non ha risposto nessuno. Sono andata in salotto. La TV era accesa, ma la stanza era vuota. La mia borsa era ancora vicino alla poltrona. L'ho presa e sono tornata alla porta. Lì ho sentito dei gemiti in cucina. Prima ho pensato di correre via, poi sono andata a dare un'occhiata. Per terra c'era un uomo ed era tutto coperto di sangue.»

«Santo cielo» mi scappa detto. A questa possibilità non aveva pensato nessuno.

«Mi sono abbassata e gli ho sentito il polso. Era ancora vivo. Ho cercato di girarlo per vedere quanto fosse grave la ferita, ma era pesante. Ero confusa, non sapevo cosa fare.» Rabbrividisce.

«E poi sono entrata nel panico. Lo avevo toccato, e mi ero chinata verso di lui in maniera così goffa che avevo il vestito tutto sporco di sangue. Peggio, avevo toccato pure il coltello vicino a lui. Ho pensato che potessero accusare me. Ben mi avrebbe arrestato e si sarebbe arrabbiato da morire. Volevo solo sparire il più in fretta possibile. Ho pensato di chiamare un'ambulanza in modo anonimo strada facendo per non farlo morire dissanguato. Poi fuori ho sentito una macchina. Sono andata verso la porta, era la donna, la madre di Madelin. Stava scaricando le buste della spesa, non mi ha visto. Così mi sono chiusa la porta alle spalle, ho buttato il coltello nel giardino dei vicini e sono corsa via.»

«E dove voleva andare?»

«Non ne avevo la più pallida idea. Volevo solo sparire da quella casa. Avevo troppa paura che Ben mi arrestasse.»

«E poi?»

«Poi ho pensato che potevo farcela. Proprio come Madelin. Se lei aveva avuto il coraggio di scappare, potevo farlo anch'io. Ho buttato la mia borsa nel primo cassonetto e sono scappata via. Fuori dalla città.»

«Perché non è andata a Oban da sua madre?»

«Sarebbe stato il primo posto in cui Ben mi avrebbe cercata.»

«Ma lei avrebbe potuto aiutarla.»

«Lei non sa che Ben… che Ben faceva tutte quelle cose con me. Quando parliamo al telefono le racconto solo cose belle, le dico che sono felice e che io e Ben ci amiamo. Non voglio che sia triste per causa mia.» Mi guarda. «Adesso però basta. Voglio che finisca in prigione. Mi aiuterà?»

Martedì 30 ottobre

AMY

Guardarmi allo specchio è un incubo. Ieri sera è stato un vero schock. Avevo un viso pallidissimo, le guance incavate, e gli occhi sgranati come un capriolo abbagliato dai fari di una macchina.

Questa non sono io, ho pensato, è un'altra persona. Ed è vero. È Amy Andrew, la donna che combatte per la propria libertà e non si lascia più tiranneggiare da Ben.

La donna che ha una paura terribile. Adesso ancora più di prima. Questa poliziotta è troppo sicura di sé. Non conosce Ben, perlomeno non come lo conosco io. Non sa quanto possa essere scaltro, quanti trucchi conosca per manipolare la gente.

A casa, per esempio, ha una apparecchietto per alterare la voce quando parla al telefono. A volte per divertirsi chiama da qualche parte nascondendo il numero e si spaccia per un'altra persona. Di solito per una donna, è molto bravo nelle voci femminili. Ha già ingannato perfino mia madre.

Kate presume che Ben abbia usato quest'apparecchio quando un loro collega ha cercato di contattarmi per via della mia testimonianza. Si è spacciato per me e ha sostenuto di essere nel Devon. Io non sapevo che anche Madelin fosse in fuga e che fosse stata lei a pugnalare l'uomo in cucina. Kate mi ha detto che probabilmente Ben ha approfittato di questa ricerca per trovarmi. Sì, è proprio da lui.

Nella sua posizione, ha contatti di ogni genere. Può chiedere favori a migliaia di persone senza destare sospetti. Insomma, può mobilitare un intero esercito contro di noi. Io e Kate invece siamo completamente sole.

Il cerchio che avevo fatto nello specchio con l'asciugamano per vedermi si è appannato di nuovo, il mio viso è scomparso un'altra volta nella nebbia. Meno male. Oltre la porta sento Kate armeggiare. Ieri sera ci siamo fermate in un hotel vicino al Loch Linnhe. Ha detto che ero sua cugina May di Inverness. Io a Inverness non ci sono mai stata.

Quando siamo arrivate il lago era immerso in una luce rossastra, le montagne dietro luccicavano misteriose come se fossero la porta di accesso a un mondo magico. Abbiamo ordinato la cena in camera, osservato il tramonto e messo a punto un piano. Prima mi sono fatta la doccia e Kate ha lavato il mio vestito. Visto che non avevo nient'altro da mettermi ho cenato in asciugamano e mi sono goduta la sensazione di essere al sicuro. Kate è poliziotta, pensavo, può difendermi.

Questo ieri. Oggi è diverso. L'euforia iniziale è svanita e mi sono ricordata quanto Ben possa essere astuto e senza scrupoli.

Una volta, circa due anni fa, ho provato a chiedere aiuto. Mi aveva di nuovo costretto a camminare in equilibrio, quella volta su un vecchio, malandato ponte nelle Highlands. Ben mi ci aveva portata apposta. Dopo la caduta per un po' ho perso i sensi. Poi la testa mi ha fatto così male che sono stata da schifo. Mi sono convinta che non sarei sopravvissuta a un'altra prova del genere. Ma non volevo morire, così il giorno dopo mi sono fatta coraggio e sono andata alla polizia.

Lì ho raccontato cosa fa con me. Ho detto dei giochi ad arrampicarsi e camminare in equilibrio, e del fatto che mi controlla e mi vieta ogni contatto con altre persone. Solo il gioco della cintura ho omesso. Forse non avrei dovuto.

Un giovane agente in uniforme ha messo tutto a verbale. Poi hanno bussato ed è entrata una poliziotta più anziana... insieme a Ben. Lei mi ha fatto un sacco di domande, più volte, sono andata nel pallone. Ha voluto sapere se ero mai stata in una clinica psichiatrica. Se a volte vedo cose che gli altri non vedono. Se per caso ero salita su quel ponte perché di sotto avevo visto il kelpie, lo spirito maligno dell'acqua che vuole trascinare sul fondo le persone ignare.

Ben aveva raccontato alla poliziotta che ho una psicosi. Aveva portato perizie mediche false che documentavano ricoveri in clinica e confermavano la diagnosi. Sembrava del tutto ragionevole, ovvio, mentre io di minuto in minuto diventavo sempre più isterica. Ben aveva portato addirittura un vecchio rapporto scolastico secondo cui alla scuola secondaria avevo avuto un attacco di rabbia durante una lezione, perché avevo visto dei ragni giganti arrampicarsi sulla parete. Era una bugia, io sapevo che lo era. Ma Ben nelle settimane successive ne ha parlato di continuo.

«Pensa all'episodio della scuola» diceva. «Alla storia dei ragni. Non vorrai mica ricominciare e finire rinchiusa, vero?»

Ne ha parlato così spesso che a un certo punto ho iniziato a dubitare del mio stesso ricordo. Forse era successo davvero. Ho chiamato mia madre per chiederglielo, ma poi non ne ho avuto il coraggio. E se avesse confermato l'accaduto? Se fosse successo sul serio? Avrebbe significato che anche altre cose che sosteneva Ben potevano essere vere. Che stavo per perdere il senno.

Nonostante i documenti presentati da Ben, il poliziotto è rimasto scettico. Voleva addirittura chiamare il medico che aveva scritto la perizia.

«Faccia pure» ha detto Ben tranquillissimo. «Non farà che confermarle quello che le ho detto. Ma probabilmente insisterà che Rachel sia ricoverata di nuovo, cosa che io vorrei evitare. La clinica allora ha solo peggiorato le cose, sarebbe la sua fine. La prego, non le faccia una cosa del genere. Le prometto che in futuro mi prenderò ancora più cura di lei.»

Il poliziotto ha sbattuto gli occhi insicuro. «E la denuncia?»

Ben si è chinato in avanti. «Non c'è stata nessuna denuncia, è accaduto solo nella sua testa.»

Io volevo protestare, ma non sono riuscita a emettere nemmeno una sillaba. Mi mancava l'aria, come se Ben mi stesse strangolando. Ma non erano le sue mani a togliermi il respiro, erano le sue parole.

Il poliziotto non ha mollato. Mi ha guardato, poi ha guardato di nuovo Ben. «A me Miss Knight sembra perfettamente normale.»

«Ah, sì?» Ben si è appoggiato allo schienale della sedia. «Allora crede anche al Kelpie che si apposta sui fiumi per sorprendere i viandanti?»

«No, ovvio.»

«Lei ci crede, alle creature delle favole, glielo chieda. Per lei sono assolutamente reali. Proprio come me e lei. Le chieda del Kelpie, del gruagach o del Ghillie Dhu.»

Da allora non ho più cercato di scappare da Ben. Finché non ho incontrato Madelin McFarland.

KATE

Forse sto esagerando con le precauzioni, ma le storie di Amy mi hanno messo sul chi va là. A quanto pare McMillan non si ferma davanti a niente. E usa senza scrupolo per fini privati le possibilità che ha a disposizione in quanto capo della Omicidi.

Ancora non posso credere di essermi sbagliata così sul suo conto. Mi considero una persona razionale, che osserva con attenzione e riflette, che non prende decisioni di pancia. D'altro canto, però, gli uomini proprio non so sceglierli. L'amore rende ciechi. Nel mio caso questo detto è più vero che mai, non ci sono altre spiegazioni.

Ad ogni modo, ho deciso di non correre rischi inutili. Così ho lasciato Amy nella camera d'albergo e ho percorso la provinciale per quindici minuti in direzione del Loch Leven e di Glencoe per telefonare da lì. Se l'ispettore capo controlla il mio telefono, potrà sì ascoltare quello che dico, ma non localizzare l'hotel. Dopo la chiamata lo spegnerò di nuovo.

Guardo le brulle colline che circondano la famosa valle e che oggi sono oppresse da nuvole grigie cariche di pioggia. Poi mi allontano un po' dalla macchina e tiro fuori il cellulare.

Aidan risponde al secondo squillo.

«Sei solo?» domando senza preamboli. «Puoi parlare?»

«Kate? Che succede?»

«Ho bisogno del tuo aiuto.»

«Volentieri, come sempre. Di che si tratta?»

Ho un attimo di esitazione. La cosa migliore sarebbe non coinvolgere nessun altro oltre a Tom, ma lui non risponde alle mie chiamate. E poi di computer se ne intende quasi meno di me, e io ho bisogno di uno bravo. Io e Amy ieri sera abbiamo messo a punto un piano che richiede un certo supporto tecnologico.

«Non al telefono, ci dobbiamo vedere.»

«Va bene. Dove?» Non sembra per niente sorpreso.

Ci ho pensato, e spero che Aidan capisca. «Tu non dire nulla, ascolta e basta. C'è un pub a Oban che ha lo stesso nome di quello in cui siamo andati a cena.»

«Va bene.» Stavolta la risposta è un po' più perplessa.

«Sarò lì alle sette, stasera. Vieni da solo. E non dirlo a nessuno.»

«Kate, ma cosa...?»

«Te lo spiego quando ci vediamo.»

Tace.

«Aidan, è davvero importante. Mi conosci, non sono una pazza complottista. E non è nemmeno niente di illegale. Si tratta solo di un'indagine molto delicata, tutto qui.»

«Ah.»

«Vieni?»

«E va bene. Mi hai davvero incuriosito, Kate.»

«Grazie.» Sto per chiudere la comunicazione.

«Ancora una cosa...» dice Aidan.

«Cioè?»

«Sai come sta Tom?»

Un brivido di gelo mi attraversa il corpo. «Che cosa gli è successo?»

«Non hai sentito? Ha avuto un incidente, è in ospedale.»

Oh, mio Dio, no! «Santo cielo! No, non lo sapevo. Un brutto incidente?»

«Ha avuto molta fortuna.»

Ecco perché non sono riuscita a chiamarlo. Mi porto una mano sulla fronte. Calma, mi dico. Non ha niente a che fare con l'ispettore capo McMillan. Fino a questo punto non arriverebbe. È una coincidenza. So come guida Tom. Era solo questione di tempo.

«Kate, sei ancora lì?»

«Sì, tutto a posto. Grazie per avermelo detto. A dopo.» Chiudo e spengo il cellulare.

Può sembrare assurdo, ma qualcosa mi dice che forse non è una coincidenza. Tom voleva scoprire se qualche collega avesse una moglie di nome Amy. McMillan sa di sicuro che adesso Rachel si fa chiamare così. E se si è accorto che Tom è sulle sue tracce? Metterebbe in gioco la vita di un collega per non farsi scoprire? Magari ho appena messo in pericolo anche Aidan?

Mi gira la testa. Sono abituata al lavoro di squadra, stavolta devo decidere tutto da sola. Il pericolo di provocare una catastrofe con un passo falso all'apparenza insignificante è enorme.

Mentre torno alla macchina, il sole fa breccia tra le nuvole e disegna spettacolari macchie di luce ai piedi dei pendii di Glencoe. Forse devo considerarlo un segno di speranza, invece quella vista aumenta la mia sensazione di essere insignificante di fronte a un nemico potentissimo.

SUSAN

Sono di nuovo in ospedale, al capezzale di un uomo. Stavolta si tratta di Tom Pine. Ancora non ci posso credere, c'è mancato pochissimo perché perdesse la vita. Ha preso una curva a tutta velocità, senza rallentare, la macchina si è ribaltata più volte precipitando in una scarpata.

Non è chiaro cosa sia successo di preciso. Stanno esaminando la vettura. Io ho raccontato agli agenti incaricati cosa ho sentito al telefono. Non molto, purtroppo. Ad ogni modo Tom ha riportato diverse fratture e contusioni, ma nessuna ferita interna. Considerata la gravità dell'incidente, è un piccolo miracolo.

Sono veramente felice che se la sia cavata. Ne ho abbastanza della morte. Ha preteso da me più di quello che riuscissi a sopportare. E questo lo dico ora a Tom, anche se non può sentirmi. I medici gli hanno dato un forte antidolorifico che ha anche un effetto sedativo e sta dormendo profondamente.

La sua famiglia è appena andata a pranzo nella caffetteria dell'ospedale, così adesso sono sola con lui a sorvergliarlo.

«Domani farò una gita con Harper» gli racconto. «Andiamo a Eyemouth, al mare. È una piccola cittadina sulla costa orientale, vicino al confine con l'Inghilterra. La conosce? Quando Madelin era piccola ci abbiamo fatto una vacanza, io, Madelin e Frederic. Sono stati giorni meravigliosi, spensierati. Voglio andare nei posti in cui sono stata felice e voglio mostrarli ad Harper per trovare insieme a lei una strada per tornare alla vita. Crede che funzionerà?»

Tom emette un verso, una specie di grugnito, mi blocco.

Era una risposta? Sente quello che dico? È d'accordo o non vuole che vada perché pensa che possa essere troppo doloroso?

«Ci farà bene, ne sono convinta» continuo.

Tom fa di nuovo quel grugnito. Spalanca gli occhi, mormora qualcosa. Il suo viso si riempie di panico. Sembra che abbia visto un fantasma. Forse sta rivivendo l'incidente.

Allarmata, gli prendo la mano. «Tom, va tutto bene. È in ospedale.»

«Ke... ah.... ma.»

«Shhh» gli ordino sussurrando appena. «Non deve parlare. Si riposi.»

Ruota le pupille verso l'alto, poi mi fissa. «Ke... ah... mama.»

All'improvviso il mio cuore accelera i battiti. Vuole dirmi qualcosa. «La prego, riprovi!»

Tom ha l'affanno, gli occhi sono di nuovo chiusi, il suo petto si alza e si abbassa sotto la coperta.

Non so che fare. Devo chiamare un'infermiera?

Riapre gli occhi. «Kate» dice gemendo.

«La sua collega? Che le è successo?»

«Ah... mama...hell.»

Mi chino verso di lui, ma non dice nient'altro. Cosa voleva comunicarmi? Proprio non riesco a capirlo.

Tiro fuori il cellulare dalla tasca e chiamo la detective Fincher. Squilla diverse volte, poi scatta la segreteria. Dico che sono in ospedale da Tom e che lui vuole parlarle. Poi chiudo.

Dopo aver messo via il cellulare lo guardo pensierosa. Adesso sembra di nuovo in pace, dorme profondamente. Forse sto esagerando ed era solo un incubo. Comunque la detective Fincher ora ne è al corrente.

KATE

Sono quasi le otto e Aidan ancora non arriva. Nella testa già immagino gli scenari più assurdi. Sono uscita dal pub due volte e scesa fino al porto di Oban, dove ho acceso il cellulare sperando di trovare un suo messaggio. Dentro al pub non volevo farlo, McMillan non deve localizzarmi.

Invece c'era solo un messaggio di Susan McFarland. Tom vuole parlarmi. L'ho chiamato, ma ha il cellulare spento. Però se ha parlato con Susan significa almeno che è cosciente.

Nel pub non c'è tanta gente, e a ogni nuovo arrivo allungo il collo. Cerco di passare il tempo ripercorrendo il mio piano passo per passo. Non ho ancora deciso quanto raccontare a Aidan. Meno sa, meglio è. Ma non si accontenterà di qualche accenno. Non dopo che gli avrò detto cosa voglio da lui.

Sono preoccupata per Amy. È sola nell'hotel da quasi due ore, e non posso nemmeno chiamarla per chiederle se va tutto bene. McMillan l'ha scovata nel cottage a Dornie, solo il cielo sa come ci sia riuscito. E se ci riesce anche stavolta?

Alla reception abbiamo dato entrambe nomi falsi, ma questo non garantisce che non riuscirà a trovarci. McMillan potrebbe aver cercato la mia macchina senza farsi notare.

La porta del pub si apre di nuovo, è Aidan. Finalmente! Gli faccio un cenno.

«Mi dispiace per il ritardo. Ho dovuto lavorare fino a poco fa. E Oban non è proprio dietro l'angolo.»

«L'importante è che tu sia venuto.»

«Prima ho bisogno di una birra. Una anche per te?»

«Io prendo una Coca.»

Sparisce in direzione del bancone.

Metto in ordine i miei fogli, tiro fuori la cartina comprata nel negozio di souvenir e la apro sul tavolo.

Aidan torna con le bevande. Brindiamo.

«Dài, adesso sputa l'osso» dice dopo aver bevuto un gran sorso. «Non vedo davvero l'ora di sapere perché ci siamo dovuti vedere così lontano da Edimburgo.»

«I motivi sono vari.»

«Sono tutto orecchi.»

«Prima però devo chiederti delle cose.»

«Spara.»

«È possibile trasmettere in streaming sui computer di tutti i colleghi della St. Leonard's Police Station una conversazione tra due persone?»

«Ma cosa diavolo hai in mente?»

«È possibile?»

«Credo di sì.»

«Cosa ti serve?»

«Una rete stabile e un registratore adeguato. Uno smartphone o un tablet potrebbero andare.»

Gli indico la cartina e appoggio il dito su un punto. «Il posto è questo.»

Si china sulla mappa. «Il castello di Dunstaffnage, una rovina… dici sul serio?»

«Il colpevole che vogliamo arrestare ha un debole per le ambientazioni drammatiche. Non resisterà a questa location. E possiamo prendere la chiave, quindi possiamo incontrarlo lì dopo l'orario ufficiale di apertura.»

«Ah.» Aidan aggrotta la fronte. «Ma perché la diretta live sui computer della polizia?»

«Perché abbiamo bisogno di più testimoni attendibili possibile. Il colpevole non è una persona qualunque, se lo facciamo semplicemente confessare sarebbe in grado di distorcere la verità raccontando tutt'altra storia.»

«Prove non ce ne sono?»

Sospiro. «Nessuna che sia sufficiente. Solo una testimone molto instabile.»

«Capisco.» Annuisce piano. «Ma continuo a non capire perché le persone in ascolto devono essere per forza i colleghi di St. Leonard's Street.»

Esito.

«Dài, Kate.» Mi guarda negli occhi. «Non mi stai chiedendo una sciocchezza, un po' di fiducia me la sono meritata, non trovi?»

«Il colpevole è uno di noi.»

«Oddio!» Aidan fa una smorfia. «E chi?»

«Non posso dirtelo.»

«Kate, devi! Se rischio il posto, perlomeno voglio sapere per cosa lo faccio. Allora, di chi si tratta? E di cosa è accusato?»

«Si tratta di un collega che ha maltrattato gravemente la sua fidanzata nel corpo e nello spirito. Lei è scappata, e lui ha usato la ricerca di Madelin McFarland per ritrovarla. È riuscita a fuggire un'altra volta, ma è certa che se lui la scoverà l'ammazzerà.»

Aidan fissa il bicchiere. «Ecco perché mi avevi chiesto chi potesse scoprire l'esistenza del secondo cellulare di Stuart McFarland.»

«Pensavo avesse cercato di stare alle calcagna di Stuart sperando che lo riportasse dalla sua fidanzata.»

«È stato il contrario.»

Adesso sono io a fissare Aidan. «Come, scusa?»

«Le tue domande non mi hanno dato pace, così ho dato un'occhiata ai tabulati telefonici di quel cellulare. Non in via ufficiale, quindi non dirlo a nessuno.»

«Ma… li hai scaricati illegalmente, vero?»

«No comment. Ad ogni modo, la mattina della fuga il secondo cellulare di Stuart ha ricevuto un SMS da un numero anonimo. Poco dopo è scappato. Quindi deve aver avuto quel cellulare con sé in ospedale. Forse gliel'ha portato la moglie senza sapere che non era il suo apparecchio ufficiale. Due ore dopo il primo SMS, ne è arrivato un altro. E poco dopo il telefono si è disconnesso dalla rete. Non è stato più riacceso. I messaggi per Susan, invece, sono stati mandati dal telefono ufficiale di Stuart.»

«Credi che qualcuno lo abbia messo in guardia?»

«No, credo che questo qualcuno lo abbia attirato in una trappola.»

«E perché?»

«Non ne ho idea.»

«E il mittente dei messaggi?»

«Vicolo cieco. Numero anonimo.»

«Ma con l'aiuto della compagnia telefonica si può ottenere, no?»

«Sì, con un mandato ufficiale.»

Mi spremo le meningi. In realtà volevo concentrarmi solo su Amy e McMillan. Ma per chissà quale motivo questa storia è molto più legata al caso McFarland di quanto avessi immaginato.

«Chi è?» domanda Aidan. «Devi dirmelo.»

Mi massaggio le tempie. Il tutto è così confuso che ho la sensazione di non vedere tutto quello che dovrei vedere, di non cogliere dettagli importanti. Forse lo sguardo di un'altra persona può essere d'aiuto.

«L'ispettore capo McMillan.»

«Oh, merda. Non dirai sul serio.»

«Sono serissima.»

«Senz'ombra di dubbio?»

«Senz'ombra di dubbio.»

«E la sua fidanzata?»

«È al sicuro.»

«Lo spero.» Aidan si passa tutte e dieci le dita tra i capelli finché non si arruffano del tutto. Poi avvicina a sé la cartina e prende il suo smartphone. «Va bene, allora cominciamo.»

Mercoledì 31 ottobre

AMY

Oggi è Halloween. Vedo le ragazzine camminare e ridere con luccicanti costumi da strega. Le vetrine di Oban sono decorate di zucche e scheletri.

Mi sembra ieri quando anch'io giravo per queste strade con la faccia truccata in modo inquietante, denti finti che facevano un male cane e un mantello di velluto viola. Allora avevo molti sogni e zero esperienza del mondo. Mia madre ha sempre detto che posso fare qualsiasi cosa, se ci credo fermamente. Se sopravvivo a questa giornata, se io e Kate riusciamo a spedire in prigione Ben, andrò a trovarla e le racconterò tutta la verità.

Ma prima festeggerò il mio personalissimo Halloween. Danzerò con il diavolo. Chissà se sopravvivverò.

Io e Kate siamo andate a fare compere. Nuovi vestiti caldi per me, mutande, calzini, un paio di pantaloni, un maglione, una giacca, scarpe da ginnastica, cappello e sciarpa.

Adesso siamo sedute in un bel caffè con vista sulla baia, in cui c'è una scelta di cioccolate calde davvero infinita. Non ricordo se questo locale ci fosse già quando abitavo qui. Io ad ogni modo non lo conoscevo.

Sono le due, è ora di chiamare Ben. Vorrei aspettare ancora

un attimo, far finta ancora per qualche istante di essere una ragazza comune che ha incontrato un'amica per far due chiacchiere davanti a una cioccolata calda.

Ma Kate insiste. Se non chiamo subito, Ben non ce la farà a giungere all'appuntamento prima dell'inizio del tramonto, e preferiamo non sfidarlo al buio. Ma non volevamo nemmeno contattarlo troppo presto per non dargli tempo di pensare a una possibile strategia.

Kate mi passa il cellulare. «Ho già fatto il numero, prima ho messo il #31# per non fargli vedere chi sta chiamando. Devi solo premere sul telefono verde. È il suo cellulare privato, il numero ce lo ha rimediato Aidan.»

Prendo il telefono come se fosse una bomba a orologeria pronta a scoppiare appena premo sul simbolo.

«Dài» dice Kate. «Non aver paura. È distante almeno duecentocinquanta chilometri.»

È vero, ma se lo chiamo la sua voce sarà nella mia testa, non importa quanti chilometri ci dividano. Mi faccio coraggio, schiaccio il simbolo e avvicino il telefono all'orecchio.

Dopo il terzo squillo, qualcuno risponde. «Pronto?»

Quando sento la voce di Ben la paura mi schizza nelle vene come piombo fuso. All'improvviso sono come paralizzata, non riesco nemmeno a sbattere le palpebre.

«Pronto, chi è?»

Mi costringo a muovere le labbra. «Sono Rachel.»

«Oh, ciao dolcezza, ma dove sei finita?»

Nessuno spavento, nessuna rabbia per il fatto che non sono più dentro al pozzo. Già lo sapeva, è evidente. Quindi è tornato a vedere. Mi ha mancato per un pelo.

Mi schiarisco la voce. «Volevo invitarti a fare un gioco.»

«Davvero?» Sembra divertito.

«Vieni alla rovina del castello di Dunstaffnage. Oggi alle cinque.»

«Ma è fra due ore e mezzo. Dov'è questa rovina?»

«La troverai.»

«Ah sì? E se non vengo?»

«Mi dici sempre di non fare la guastafeste. Per te non vale?»

Ride piano. Sembra sicuro di sé, anche se non può sapere cosa lo aspetta, anche se per lo meno deve sospettare che gli tenda in qualche modo una trappola.

«Va bene, dolcezza, vengo. Sono davvero curioso di vedere che gioco ti sei inventata. Spero sia bello. Altrimenti poi tocca a me sceglierne uno.»

La palese minaccia mi manda nel panico. Mi gira la testa, mi tremano le mani, ma riesco a concludere la conversazione fingendomi calma. «Sii puntuale» gli dico. «Altrimenti perderai automaticamente.» Prima che possa rispondere chiudo.

Kate mi prende il cellulare dalla mano tremante e lo spegne. «Sei stata molto coraggiosa.»

Non mi sento affatto coraggiosa, al contrario. Sto per avere un attacco isterico. Mi sono consegnata a Ben. È come se gli avessi messo in mano una scure dopo aver poggiato la testa sul ceppo del boia. «Ho una paura fottuta.»

«Non sei sola.» Kate mi prende la mano. «E adesso dobbiamo andare, il tempo stringe e abbiamo ancora delle cose da preparare.»

Esce dal caffè e io la seguo sulla strada. È un freddo gelido e c'è vento, dall'acqua arriva una raffica che mi frusta il viso. È come uno schiaffo. Annaspo. Poi stringo i denti, sfido il vento e seguo Kate fino alla macchina.

SUSAN

In spiaggia non è una bella giornata, fa troppo freddo, c'è vento, ma io e Harper ce la godiamo comunque. Camminiamo lungo la riva, raccogliamo conchiglie e pietre, scappiamo via dalle onde e guardiamo i gabbiani che si lasciano sospingere dal vento.

Poi andiamo a scaldarci in un caffè e ci mangiamo un pezzo di Carrot Cake. Harper trova la carotina decorativa fatta di glassa così bella che la avvolge in un tovagliolino per portarla a casa. Dopo la pausa per il tè facciamo una passeggiata in paese. Il vento è un po' calato, tra le nuvole ha addirittura fatto capolino il sole.

Contiamo le zucche intagliate davanti alle porte e decidiamo di farne una anche noi, quando torneremo a casa. Harper ha già in mente un'idea precisa su quale aspetto debbano avere gli occhi e la bocca con i denti a spunzoni.

Quando torniamo sul lungomare, ho freddissimo ma sono felice come non lo ero ormai da tempo. È stata una buona idea venire qui, ricaricare le batterie in un posto pieno di bei ricordi e allo stesso tempo riempirlo di altri momenti piacevoli. Per la prima volta dalla notizia della morte di Madelin percepisco qualcosa di simile alla fiducia. Io e Harper ce la possiamo fare.

Harper mi tira la manica. «Guarda che bello!» esclama indicando un piccolo cottage a strisce blu e bianche che resiste valoroso tra due edifici più grandi. «Sembra una casa di bambole.»

«Sì, è carina» rispondo automaticamente.

Poi la guardo meglio. Rispetto alla nostra casa di Edimburgo è minuscola, e ha bisogno di restauri. La facciata è attraversata da una crepa, le imposte hanno la vernice blu sfaldata e sono tutte storte e il tetto deve essere rifatto con urgenza. Nella grondaia cresce una piccola buddleja incolta con le ultime foglie ingiallite. Ciononostante, emana un senso di calore e protezione. All'improvviso mi viene voglia di abitare in un posto simile.

Proprio in quel momento, a una delle finestre del piano superiore, noto il cartello: *Vendesi*.

È una follia, ma mi avvicino, sbircio incuriosita dai vetri del piano terra. Dietro si nasconde una stanza vuota a eccezione di un lavello e di una grande stufa da cucina. Le travi scure sono piene di ragnatele. A un gancio arrugginito è appesa una vecchia lampada a olio.

Anche Harper preme la faccia contro il vetro. «Ma qui non ci abita nessuno.»

«Ti piacerebbe vedere la casa dentro?»

Harper mi guarda sgranando gli occhi. «Possiamo abitare qui?»

«Se ci piace.» Santo cielo, ma cosa mi prende! Che idea assurda!

I miei pensieri si accavallano. Sì, è completamente folle, ma promette bene. E sarebbe fattibile. Con i soldi che otterrei dalla vendita della villa a The Grange potrei comprare questa casa di bambole e ristrutturarla. Anzi io e Harper potremmo andarci avanti ancora per un bel po'. Sarebbe un vero nuovo inizio in un posto in cui non ci sono ombre di morte in agguato ovunque, in cui niente ci ricorda Stuart e dove possiamo essere in lutto per Madelin senza restare in balìa del passato.

La psicologa mi ha consigliato, per i primi tempi, di cambiare il meno possibile la vita di Harper. Ha detto che ha bisogno di stabilità, di una routine che le è familiare. Ma forse si sbaglia, forse entrambe per liberarci dei defunti abbiamo bisogno di un taglio radicale.

«Mamma?»

«Sì, tesoro, stavo solo riflettendo.»

«Possiamo vederla? Ti prego!»

Visitarla non significa prendere una decisione, mi dico. È solo una piccola avventura, un gioco. Che male c'è? Guardo l'ora. C'è ancora abbastanza tempo. Smetto di esitare, tiro fuori il cellulare dalla borsa e digito il numero dell'agente immobiliare.

KATE

Se uno ci sta proprio di fronte, il muro del castello sembra enorme. È costruito su una rupe, cosa che lo rende ancora più imponente. Da uno dei pannelli informativi presenti nell'area scopro che è alto più di venti metri e che è ciò che rimane di un complesso molto più grande edificato ottocento anni fa su questa stretta lingua di terra, nel punto esatto in cui il Loch Etive sfocia nella baia di Ardmucknish. Così il castello di Dunstaffnage, da secoli proprietà dell'influente clan dei Campbell, è circondato da acqua su tre lati.

Finora è andato tutto secondo i piani. La chiave di riserva era proprio dove sospettava Amy, ovvero appesa a un gancio nel garage sempre aperto di suo zio, che un tempo, vestito da Colin Campbell, il primo conte di Argyll, portava in giro i turisti per il castello. Ogni tanto lo fa ancora.

C'è solo un accesso, una vecchia porta di legno con ornamenti di metallo nero alla fine di una stretta scalinata che sale lungo le mura. Venti minuti fa qualcuno ha chiuso e la cassiera è appena uscita dalla casupola che funge da negozio di souvenir e biglietteria dirigendosi verso il parcheggio. Una giovane coppietta si stava facendo dei selfie davanti al muro, adesso hanno proseguito verso la chiesetta. Io e Amy siamo sole.

McMillan arriverà tra circa quaranta minuti. Prima non può farcela, nemmeno ignorando tutte le regole del codice stradale. Non deve arrivare però nemmeno troppo tardi, perché il sole sta per tramontare e alle cinque e mezza è già buio.

Aidan ha installato di nascosto un programma nell'intranet della polizia scozzese: non appena lui lo attiva, tutti i computer saranno subito connessi in diretta. Presto sarà qui per fare indossare un microfono ad Amy. E poi io e lui ci nasconderemo da qualche parte, in un posto in cui possiamo vedere bene quello che succede e intervenire subito, qualora per Amy dovesse mettersi male. Fino a quel momento tutto quello che dicono lei e McMillan verrà trasmesso live sui computer della polizia di St. Leonard's Street, così ci saranno decine di testimoni della confessione che Amy spera di estorcere a McMillan.

Ha iniziato a piovigginare. Prima di inserire la chiave nell'antiquato lucchetto mi strofino le mani gelate. È un po' difettoso, ma alla fine la porta si apre. Un breve corridoio buio conduce alla corte del castello attraverso il muro spesso alcuni metri.

All'improvviso mi prende il panico. Fino a questo momento il posto mi sembrava un luogo perfetto per un appuntamento. Isolato, ma proprio per questo controllabile, da organizzare a nostro piacimento. Adesso mi rendo conto che se qualcosa va storto il castello può diventare una trappola non solo per il nostro nemico, ma anche per noi.

Scaccio subito questo pensiero. Amy sta per entrare nel panico. Se capisce che anch'io ho delle riserve, potrebbe saltare tutto. E credo che in mano abbiamo poco per porre fine nella maniera convenzionale ai misfatti di McMillan.

Almeno ci sarà Aidan, quindi saremo tre contro uno. E io ho intenzione di chiamare i colleghi di Oban non appena ho la sensazione che la cosa rischi di andare fuori controllo. Avrei voluto metterli al corrente dell'operazione fin da subito, ma una richiesta di collaborazione sarebbe passata magari per la scrivania di McMillan. Oppure il capo avrebbe potuto notare i poliziotti al suo arrivo. È un professionista e mette sempre in conto delle sorprese.

Percorriamo il corridoio e raggiungiamo il cortile invaso dalle erbacce. Mi guardo intorno. Siamo circondate dalle mura. Ci sono resti di edifici, uno è perfino completamente restaurato, ma non abbiamo la chiave. Delle scalinate in legno conducono al cammino di ronda, in parte ripristinato. Ad alcuni metri di distanza vedo un pozzo coperto da una grata. Oltre il pozzo c'è il muro laterale di un ulteriore edificio, in parte intatto, con diverse finestre. Se Amy si mettesse vicino al pozzo, io e Aidan potremmo appostarci dietro il muro.

Dal corridoio arriva un rumore: sobbalzo. La porta si apre, dei passi si avvicinano.

Mi giro e vedendo Aidan che esce dall'ombra tiro un sospiro di sollievo.

«Meno male che sei arrivato.»

Sorride. «Non me lo sarei perso per niente al mondo.»

Mi giro verso Amy per presentarle Aidan. È bianca come un lenzuolo, lo sta guardando terrorizzata.

«Amy, non aver paura, questo è Aidan, il collega che ci darà una mano.»

«No» sussurra con un filo di voce. «No, no.»

«Rachel, è bello vederti» dice Aidan. «Mi sei mancata... non sai quanto.»

I miei occhi vanno dall'uno all'altra. Non capisco. Non può essere. C'è qualcosa che non va.

«Ben» dice Amy con voce tremante. «Ti prego...»

Faccio un passo indietro, mi guardo intorno in cerca di qualcosa da poter usare come arma. «Questo è Ben?» domando a Amy. «Questo è il tuo fidanzato Ben?»

«Sì, questo è Ben McMillan.»

«Ma non è vero...»

«Un gioco, Kate» dice Aidan con un ghigno, «un vecchio conto in sospeso con McMillan. Ho pensato potesse essere divertente, ogni tanto, calarmi nei suoi panni.»

«Aidan, non la farai mai franca!» Mi guardo di nuovo intorno. Non c'è nessun'arma. Niente bastoni o pietre. Nulla. E io, idiota, non ho nemmeno lo spray al peperoncino in tasca.

Il ghigno di Aidan si allarga. «È quel che vedremo.»

Mi giro verso Amy, perlomeno siamo in due, devo solo convincerla ad aiutarmi. «Amy... Rachel, questo non è Benjamin McMillan, è Aidan Campbell. Ti ha mentito. Non è ispettore capo, è un esperto di computer che non conta niente.»

«Ben, è vero?» Amy lo guarda insicura.

«Dolcezza, per te sono Ben. E lo sarò per sempre. Per i secoli dei secoli. Dobbiamo solo liberarci di questa stupida oca, poi torneremo a casa e tutto tornerà a essere come dev'essere.»

«Ti piacerebbe!» Faccio un altro passo indietro, ma non sono abbastanza veloce.

Prima che capisca cosa sta succedendo Aidan mi è addosso e mi preme un oggetto nero contro la gola. Vicino alla mia testa esplode qualcosa, un dolore lancinante mi attraversa il corpo. Un taser.

Ho qualche sussulto incontrollato, poi cado. Sbatto la tempia contro una cosa dura e tutto diventa buio.

AMY

I miei pensieri vorticano come foglie durante una tempesta. Ben ha ucciso Kate. Ben non è Ben. Ben ha ucciso… no, non l'ha uccisa, è solo svenuta. Perlomeno lo spero. Non può morire. Ben ha messo a tappeto Kate. Ma non era Ben, perché Ben non è Ben. Ben in realtà si chiama Aidan. Quando Ben mi ucciderà, non ci sarà nessun testimone. Lo stesso quando farà fuori Kate. Nessuno verrà a sapere la verità. Ben, che in realtà si chiama Aidan, ha ingannato tutti.

Mi premo le dita contro le tempie, vedo Ben tirare un calcio a Kate a terra e poi ridere soddisfatto. «Per un po' questa qui ci lascerà in pace.»

Sento una stretta al petto. Non deve toccare Kate, non glielo perdonerei. Incrocio le braccia. «È una poliziotta, non la puoi ammazzare. Non la passerai liscia.»

«E chi dice che voglio ammazzarla? Le strade delle Highlands sono così strette e piene di curve… e quando si è stanchi purtroppo basta un attimo perché succeda qualcosa di terribile.»

«Non ci provare nemmeno!» Faccio un passo verso di lui. «Ti prego, Ben, lasciala vivere. Tornerò da te, dirò quello che vuoi. Giurerò che Kate si è inventata tutto e che tu non mi hai mai torto nemmeno un capello.»

Aggrotta la fronte. «È vero, non l'ho mai fatto.»

Rabbrividisco. Questo è il Ben che ho imparato a temere. Ma fin tanto che non fa del male a Kate non importa. Non deve morire per causa mia. «Ti prego, risparmiala! Farò tutto ciò che vorrai.»

Si avvicina, mi accarezza una guancia. Vorrei gridare, ma mi controllo.

«Dolce, piccola Rachel.» La sua voce suona quasi tenera. Poi però fa una smorfia, mi afferra veloce come un fulmine i capelli e mi tira la testa di lato. «Così dolce… e così stupida.»

Il cuoio capelluto mi duole da morire, come se mi ci avessero conficcato dei chiodi incandescenti. Le lacrime mi scorrono sulle guance. «Ben, ti prego!» ansimo. «Ti prego, lasciala in pace!»

«Va bene.» Mi allontana con uno strattone. «Allora scommetteremo sulla sua vita.»

«Che cosa?»

«Hai capito benissimo.» Il suo sguardo si alza verso il muro del castello.

Sconvolta guardo verso l'alto anch'io. *Oh, no!* «Ben, ti prego, no!»

«Il gioco è correre da una torre all'altra. Sulla passerella, altrimenti è troppo facile.»

Indica la torre est, collegata alla torre sud dal cammino di ronda restaurato. Su entrambi i lati del cammino c'è una stretta passerella di metallo sospesa nel vuoto; da una parte c'è la corte con il prato, dall'altra la rupe alta venti metri su cui è costruito il castello.

All'improvviso sento le gambe molli. «Ma...»

«Su, dolcezza, muoviti. Cosa aspetti?»

Vado verso la scala di legno. Ho uno strano fruscio in testa, il mio campo visivo è ridottissimo. Vedo i gradini come attraverso un cannocchiale rovesciato. Ci siamo, è l'ora della mia morte.

Ben è subito dietro di me sulle scale. I suoi passi suonano pieni di slancio. Sembra non avere nessuna paura. Oppure non gli importa che oggi potrebbe morire.

Di sopra il vento è più forte che in basso e la pioggerellina mi colpisce il viso quasi in orizzontale. Siamo al tramonto, e sull'acqua che circonda la lingua di terra e sulla riva di fronte vedo delle singole lucine. Nell'area intorno alle rovine del castello invece è tutto calmo e buio.

Ben indica la passerella sul lato della corte. «Io prendo questa, tu l'altra.»

Certo. Da quella che dà sul cortile si cade al massimo per una decina di metri e si atterra sull'erba. Un volo pericoloso, ma con concrete possibilità di sopravvivenza.

Guardo dalla mia parte. Non si precipita subito, ci sono dei pezzi delle mura originarie a fare da barriera. Se ho fortuna, prima di sfracellarmi potrei riuscire ad aggrapparmi a una pietra. Ma sarebbe un miracolo.

Il mio sguardo si sposta verso la torre sud. Distante più o meno quindici metri.

«Sali!» ordina Ben.

Afferro la passerella, ma le mie dita sono prive di forza. «Non ce la faccio.»

«Volevi giocare, no? Conosci le regole. Sai cosa succede se ti tiri indietro.»

Mi costringo ad afferrare la passerella con più forza e a mettere un piede sulla sbarra più bassa. Ma inciampo e cado.

«Alzati.» La voce di Ben è fredda e dura.

In qualche modo mi rialzo. Prima di riprovare, guardo in basso. Kate è ancora a terra esanime. Forse è morta. Se è così, voglio morire anch'io.

Mi giro, sposto lo sguardo dall'altro lato. Se saltassi, sarebbe finita all'istante. Per sempre. Ben non potrebbe più farmi del male, sarei libera.

Questo pensiero mi mette le ali. Mi arrampico sulla passerella senza la minima esitazione, ma resto accucciata per tenermi. Se mi alzassi, perderei subito l'equilibrio e cadrei. E quel momento voglio deciderlo io, quando mi sentirò pronta.

Ben sale sulla sua passerella e allarga le braccia come un funambolo.

«Forza, muoviti, in piedi!» dice. «Fra poco darò il comando per partire.»

Guardo di nuovo giù, poi davanti, il percorso che ho di fronte. Mi preparo. Ed è in questo attimo che la vedo. Una figura verde luccicante, in piedi sulla torre sud, ci sta guardando. È una donna con i capelli al vento. Indossa un vestito lungo e svolazzante e ha lo sguardo cupo.

I miei occhi si spostano verso Ben, ma lui non l'ha notata.

La donna annuisce nella mia direzione. Poi guarda Ben e si rabbuia.

E qui mi viene l'illuminazione. La dama verde. È un glaistig o un gruagach, non mi ricordo bene. Ad ogni modo, appare al castello di Dunstaffnage quando a un membro del clan capiterà qualcosa di brutto. La sua comparsa equivale all'annuncio della morte di un Campbell.

Quando capisco che cosa significa mi vengono le vertigini. Ben non è Ben. Il suo vero nome è Aidan Campbell.

Ben morirà, io sopravviverò.

D'un tratto perdo ogni paura. Con un unico movimento fluido mi alzo. Barcollo un attimo, ma riesco a mantenere l'equilibrio. Basta non guardare giù e andrà tutto bene.

«Pronta?» chiede Ben.

«Sì.» Agito un po' le braccia, ma resto dritta e senza paura sopra l'abisso.

«Allora via!» Ben inizia a spostarsi in avanti mantenendo l'equilibrio.

Io faccio altrettanto tenendo gli occhi incollati sulla figura verde luccicante che ci guarda dalla torre. A ogni passo divento più sicura, finché la passerella mi sembra una strada a quattro corsie.

Alle mie spalle sento Ben imprecare.

Lo ignoro, continuo a camminare verso la torre, verso la creatura che guida i miei passi.

Sto per raggiungerla, sento di nuovo imprecare, poi un grido e subito dopo un rumore sordo dalla parte della corte.

Raggiungo il muro dove sono al sicuro, lo abbraccio e mi giro. Ben non c'è più.

KATE

La prima cosa che sento è il cranio che martella. Così forte che mi impedisce di pensare con lucidità. Cerco di ricordarmi cos'è successo e dove sono, ma nella mia testa c'è solo dolore.

Muovo le braccia gemendo. Le sento intorpidite e pesanti. Ho qualcosa di pesante sulla guancia, piano piano sollevo la testa, anche se ogni movimento scatena un'ondata di fitte lancinanti.

Intorno a me è buio. Da qualche parte sento dei colpi regolari. Passi sul legno. Forse sono gradini.

Sollevo un altro po' la testa, mi tocco le tempie e sento una cosa appiccicosa sulle dita. Sangue.

Un'ombra mi passa accanto.

Stringo i denti e mi metto seduta. Piano piano i miei occhi si abituano alla penombra e vedo delle alte mura, un unico edificio. E due persone. Una china sull'altra che giace a terra in una posizione strana.

E a quel punto ricompaiono i ricordi. Il castello. Amy. La trappola in cui siamo cadute. Aidan che si è spacciato per Ben McMillan.

Stringo gli occhi per vedere meglio. Chi è chinato su chi? Amy è morta? Aidan vuole uccidere anche me?

Proprio in quel momento sento la voce di Amy. «Ben, sei ancora vivo?»

Lo scuote prendendolo per una spalla, ma lui non si muove.

Cerco di alzarmi, ma le gambe non mi reggono. Aspetto qualche secondo, faccio dei respiri profondi.

È lì che succede.

La mano di Aidan scatta in avanti e prende Amy per il collo. Amy grida nel panico e cade. Con la mano libera, Aidan tira fuori qualcosa dalla tasca della giacca.

Lo spavento mi dà nuove forze. Salto in piedi, corro verso

di loro e mi butto su Aidan. Afferro il taser con entrambe le mani e cerco di toglierglielo.

Lui impreca, mi dà un pugno che per un attimo mi toglie il respiro. Poi però grida perché Amy, che si è liberata dalla presa, gli ha morso una mano.

Afferro il taser con più forza e lo appoggio sulla coscia di Aidan. Lui dimena le gambe, ma Amy gli dà un colpo in faccia e lui deve concentrarsi su di lei per cercare di bloccarla.

Premo.

Aidan ha dei sussulti incontrollati. Poi si affloscia.

«La tua sciarpa, dammela!» grido. Il tempo stringe, l'effetto non durerà a lungo. Dobbiamo legare Aidan prima che torni in sé.

Amy scuote la testa.

«Sbrigati, fra poco si sveglia.»

«No, non si sveglierà più. Sulla torre c'era la dama verde.» Amy guarda la faccia di Aidan, ha gli occhi enormi e un'espressione glaciale.

Non ho tempo di pensare a cosa le sia preso. Mi siedo sulle gambe di Aidan per bloccarle e allungo la mano verso la sciarpa di Amy. «Ti prego, dammela, sbrigati!»

Lei distoglie gli occhi da Aidan e guarda me. «È morto.»

«Ma che dici. Un taser non uccide nessuno. A meno che non abbia problemi di cuore.» Resto impietrita. «Aidan ha...» Scendo dalle sue gambe e gli tocco il collo per sentire il polso.

Nulla.

Poi tra le dita sento dell'altro. Sangue.

«Abbiamo fatto una gara di equilibrio... lassù.» Indica verso il cammino di ronda. «Sulla passerella. Lui è caduto.» Sorride. «Ho vinto io.»

Guardo in alto, verso la passerella appena riconoscibile nel buio, poi verso Amy e la faccia irrigidita di Aidan. Piano piano sento calare la tensione. Pian piano realizzo quanto sarà difficile spiegare ai colleghi cos'è successo qui stasera. Avrò un sacco di grane. Forse sarò addirittura sospesa.

Ma non m'importa. Io e Amy ce l'abbiamo fatta. Abbiamo sconfitto il mostro. Ed è una sensazione bellissima.

Giovedì 1° novembre

KATE

Quando mi avvicino al letto, Tom di colpo si tira su. «Accidenti, Kate, si può sapere cosa mi combini?» Mi scruta soffermandosi sull'occhio nero per il pugno che mi ha assestato Aidan. «Però, sei messa abbastanza male.»

Io guardo la sua gamba ingessata, il braccio steccato e il viso pieno di graffi. «Senti chi parla.»

«I freni hanno fatto cilecca.»

«Non è stato un caso, ho appena saputo.» Poso la vaschetta di uva sul comodino.

«Sì, lo so. Il collega che si è occupato dell'incidente mi ha chiamato poco fa.» Il viso di Tom diventa di pietra. «Credi che sia stata opera di Aidan Campbell? Che bastardo!»

«Deve aver scoperto che cercavi un collega sposato con una donna di nome Amy. E ha capito che eravamo sulle sue tracce.»

«Ma io ho solo mandato una mail a un collega dell'Ufficio Personale.» Tom ha l'aria contrita.

«Di certo Aidan controllava in qualche modo ogni singola mail spedita dai computer di St. Leonard's Street.»

«Ma sono centinaia al giorno.»

Scrollo le spalle. Il movimento mi provoca dolore, cadendo ho riportato diverse contusioni. «Forse usava dei filtri di ricerca.»

«Bella testa di cazzo!» Tom esclama arrabbiato battendo una mano sul materasso. «Dài, siediti e racconta.»

«Non ho molto tempo, l'ispettore capo mi aspetta. Spero che non mi sospenda, se non peggio. Ho fatto un gran casino.»

«Però hai preso il colpevole.»

Mi siedo sul bordo del letto. «In realtà è stata Amy, ovvero Rachel Knight. È stata lei a metterlo al tappeto. E poi insieme gli abbiamo dato il colpo di grazia.»

Tom inclina la testa. «Nel rapporto formulerei l'andamento dei fatti in maniera un po' diversa.»

Faccio una smorfia. «Non ti preoccupare.»

«A prove come siamo messi?»

«I nostri esperti di computer hanno analizzato i computer di Aidan, compreso quello privato che aveva a casa. Abitava in una dimora oltremodo lussuosa, al Royal Observatory. Doveva essere pieno di soldi. Tu lo sapevi?»

«No.»

«Ad ogni modo, hanno già trovato parecchio materiale incriminante. A quanto pare Aidan aveva accesso ai microfoni dei computer e alle webcam di tutti i colleghi perfino da casa. Insomma poteva ascoltare tutto quello che veniva detto in ufficio. E questa è solo la punta dell'iceberg.»

«Non ci posso credere. Che stronzo.»

«Sappiamo anche come abbia selezionato, tra tutti i presunti avvistamenti di Madelin, quelli che lo interessavano. Sul suo computer hanno trovato il filmato della telecamera di sicurezza della stazione di servizio. Non solo lo spezzone in cui si vede la figura che si arrampica sul camion, il filmato completo. Circa dieci minuti prima della comparsa del mezzo, infatti, si vede Amy arrivare alla stazione. Indossa un vestito e la giacca scomparsa da casa McFarland, e ha un fagotto in mano. Per qualche secondo il viso si vede benissimo.»

«Quindi si è cambiata alla stazione di servizio.»

«E Aidan sapeva che Amy da quel momento in poi portava una felpa con il cappuccio.»

«E tu hai chiesto aiuto proprio a lui. Ma perché?»

«Perché sono stata una stupida.» Racconto a Tom la versione più stringata possibile di quello che è successo negli ultimi due giorni. È già la terza. Tanto per cominciare ieri sera ho dovuto render conto al capo della polizia di Oban, poi ieri notte, dopo che sono tornata a Edimburgo, mi è toccato l'interrogatorio del capo della polizia, McDonald. Ma tutto questo è niente in confronto al colloquio che mi aspetta con McMillan. Ormai avrà scoperto che Aidan aveva adottato la sua identità e che io di conseguenza volevo incastrare lui con questo piano rocambolesco.

Quando finisco, Tom scuote la testa. «Che storia folle. E che donna, questa Rachel… o Amy. A proposito, com'è che si chiama in realtà?»

«Rachel Knight. Ma vuole essere chiamata Amy. Non vuole avere più niente a che fare con Rachel, la donna che veniva oppressa e torturata da Aidan Campbell.»

«Bene, allora che coraggio, questa Amy.»

«Secondo me senza volerlo è stato proprio Aidan a darle la forza per liberarsi. La costringeva ad affrontare le sue paure, la faceva camminare ad altezze incredibili pur sapendo che soffriva di vertigini. Con il passare del tempo è diventata sempre più abile e ovviamente anche più coraggiosa. Insomma, è stato Aidan a renderla consapevole che lei si poteva staccare da lui.»

Tom scuote di nuovo la testa incredulo. «Lo ha battuto in una gara di equilibrio su una passerella sospesa nel vuoto a diciotto metri di altezza. Cose da pazzi.»

«Questa è la versione breve.» Ho deciso di non raccontare a nessuno della dama verde che Amy dice di aver visto sulla torre. E ho raccomandato a Amy di fare altrettanto. Non importa se l'apparizione sia avvenuta davvero o sia stata solo il frutto della fantasia di Amy nell'attimo in cui ha avuto paura di morire. L'unica cosa certa è che questa dama verde ha salvato la vita a entrambe. Ma non è necessario che si sappia, complicherebbe le cose inutilmente. Inoltre voglio evitare in tutti i modi che a qualcuno venga in mente di esaminare lo stato mentale di Amy.

«È vero che Aidan ha avuto a che fare anche con la morte di Stuart McFarland?» domanda Tom.

«I cellulari di Stuart, quello ufficiale e l'altro, erano nella macchina di Aidan. Glieli deve aver presi a un certo punto. Aidan mi aveva raccontato di aver analizzato in segreto i tabulati del secondo cellulare di Stuart, e che la mattina della sua fuga l'apparecchio aveva ricevuto due messaggi da un numero anonimo. Aidan però non ha mai avuto accesso ai tabulati. Sapeva dei messaggi perché è stato lui a spedirli.»

Tom scuote la testa di nuovo. «E cosa dicevano questi messaggi?»

«Il primo era: *Scappa, la polizia ti sta alle calcagna.*»

«Quindi Stuart è stato messo in guardia, proprio come sospettavamo. E il secondo?»

«È arrivato qualche ora dopo e conteneva solo due coordinate, una data e un orario.»

«Un appuntamento.»

«Esatto. Amy era in macchina e ha visto Aidan colpire Stuart. E lì ne ha approfittato per scappare.»

«Quindi il suicidio di Stuart era una messinscena... di Aidan.»

«Così pare. Secondo me voleva lasciare una traccia che ricollegasse Amy, ovvero Rachel, a Stuart di modo che, nel dubbio, la sua morte venisse attribuita a lui. Per questo Aidan gli ha dato appuntamento in un posto vicino a Dornie e ha mandato un messaggio a Susan proprio da lì. O forse voleva solo confonderci. Manipolarci, assaporare il suo potere. Gli piaceva giocare, lo sappiamo da Amy. E correre rischi, solo per l'ebbrezza. La psicologa ha detto che è comune a molti psicopatici.»

«Ecco perché la gara di equilibrio che poteva essere letale. Che pazzo... E io non mi sono accorto di nulla. Mi è sempre sembrato così... così normale.» Tom appoggia la schiena al cuscino e per un attimo chiude gli occhi.

«Sei stanco» dico. «E io devo andare.»

Tom mi guarda. «Mi raccomando, non ti far distruggere da McMillan. Hai fatto un buon lavoro, hai scovato un criminale di cui tutti noi ignoravamo perfino l'esistenza. E che si era infiltrato pericolosamente nella polizia. Se tu non avessi insistito per tornare a Dornie, sarebbe ancora a piede libero a seminare sciagure. Sì, forse hai infranto un paio di regole, ma era una situazione di emergenza. Non sapevi di chi ti potevi fidare. E io ero qui in ospedale, del tutto inutile. Non hai niente di cui scusarti, ricordatelo. Al contrario, ci hai salvato la pelle a tutti. E lo sa anche McMillan.»

Gli stringo la mano, poi mi alzo. «Spero tanto che tu abbia ragione.»

AMY

Quando la mamma mi porta la cioccolata ha di nuovo gli occhi lucidi. Sono già rossissimi. Da quando ieri sera Kate mi ha portato qui da lei, non fa altro che piangere. E io più o meno lo stesso.

Kate ha spiegato in breve a mia madre quello che è successo e poi ha salutato, perché doveva rientrare subito a Edimburgo. Anch'io oggi devo andarci. Nel pomeriggio la polizia vuole infatti registrare la mia testimonianza. Mia madre ha insistito per accompagnarmi, sebbene le abbia detto che non è necessario.

È che non si fida più delle mie affermazioni. Le ho mentito per anni raccontandole che stavo bene e che la mia vita con Ben era meravigliosa, invece stavo malissimo.

Si siede vicino a me e tira fuori la bustina di tè dalla tazza. È cambiata. L'ultima volta che l'avevo vista aveva i capelli meno grigi e le sue mani erano più lisce.

Adesso mi accarezza una guancia. «La mia povera bambina, avrei dovuto immaginarlo.»

Da ieri sera è almeno la decima volta che lo dice.

«Mamma, non è colpa tua. Lo sbaglio è stato mio.»

«Quel bastardo… ho sempre saputo che era troppo gentile per essere vero. Peccato che sia morto, avrei tanto voluto vederlo in tribunale.»

Anche questo lo ha già detto diverse volte, ma la seconda

parte della frase varia. A volte dice che le sarebbe piaciuto sputargli in faccia, altre che avrebbe voluto ucciderlo con le sue mani.

«Io sono solo felice che sia finita» dico, e bevo un sorso del mio cacao.

Quando ho raccontato alla mamma che adesso mi chiamo Amy, come Amy Andrew, la ragazza che conoscevo un tempo, mi ha guardata in modo strano.

«Ma lo sai cosa le è successo, vero?» ha chiesto.

«È morta.»

«Si è suicidata, è uscita con la barca sul Firth of Lorn e si è buttata in acqua. La barca è stata scoperta il giorno dopo in un'insenatura dell'isola di Mull, galleggiava sull'acqua, rovesciata. Il corpo non è mai stato trovato.»

«Allora forse è ancora viva.»

«Ha lasciato una lettera d'addio. Non voleva più vivere.» Mi ha guardato con aria triste, poi mi ha accarezzato la mano. «Rachel, io sono felice che tu non sia come Amy. Tu sei forte, hai lottato per la tua vita.»

«Allora da adesso in poi porterò il suo nome perché non venga dimenticata.»

Finisco la cioccolata e guardo l'orologio appeso da sempre sopra il lavello. In generale, la piccola casa dalla mia infanzia è cambiata molto meno di mia madre. Mi ci saprei muovere anche a occhi chiusi. «Fra poco dobbiamo andare.»

«Sei proprio sicura di voler affrontare una cosa del genere? Potrei telefonare e dire che sei malata.»

«No, mamma» dico sorridendo, pensando a quello che ho passato negli ultimi giorni. Al condotto vicino alla fattoria. Al momento sulla collina in cui avrei solo voluto morire. Al pozzo. Alla passerella sopra il baratro. «Non ti preoccupare, ce la faccio.»

«Sembri così debole e dimagrita... Ti friggo ancora due uova prima di andare?»

«No, grazie.»

Da ieri sera ho mangiato tanto quanto in tutta l'ultima settimana. Mamma mi ha preparato tutti i miei piatti preferiti: pollo al curry, trifle e torta al cioccolato. Se tornassi ad abitare da lei, in poche settimane diventerei una botte.

Ma resterò qui solo per qualche giorno. Voglio cavarmela da sola. Voglio conseguire la maturità e poi fare l'università. Magari entro in polizia, Kate dice che di donne toste come me ce n'è un gran bisogno.

Prima però devo sbrigare ancora delle faccende. Oggi io e la mamma pernotteremo a Edimburgo in albergo, poi lei tornerà a Oban. La raggiungerò il giorno successivo. Devo andare a trovare delle persone.

KATE

Quando scendo dalla macchina ho la nausea. La stretta strada che sale verso l'osservatorio astronomico è fiancheggiata da antiquate case unifamiliari con bovindi e giardini curati. Solo l'ultima casa, proprio sotto il parco, è diversa. Squadrata, moderna, imponente. Ricorda un po' un fortino.

Qui dunque ha vissuto Amy con l'uomo che chiamava Ben. Mi guardo intorno. La vista su Edimburgo è spettacolare, dalle enormi finestre al primo piano dev'essere ancora più mozzafiato. A Amy dev'essere sembrata un'ironia della sorte avere ai suoi piedi una città piena di persone e di possibilità, così vicina eppure separata da un muro invisibile.

Proseguendo lungo la strada nella direzione opposta, se si gira a sinistra dopo l'arco, si arriva in pochi minuti alla rotonda dove Amy ha incontrato Madelin. Un incontro fatidico che ha cambiato la vita di molte persone.

Quanto cambierà la mia, di vita, lo scoprirò tra poco. L'ispettore capo McMillan mi aspetta nel parco dell'osservatorio ai margini della strada. Non so perché abbia scelto proprio questo posto. Forse voleva verificare di persona a che punto fossero i colleghi della Scientifica a casa di Aidan e gli restava comodo. Forse voleva che vedessi la casa. Chissà.

Ad ogni modo non è un incontro formale nel suo ufficio. Cosa che può significare di tutto e mi fa sentire ancora più impreparata.

Inizio a salire per la collina verdeggiante e vedo McMillan già da lontano. Affronta il freddo vento di novembre con le mani affondate nelle tasche del cappotto e guarda oltre la città, verso il Firth of Forth. La sua espressione mi fa pensare a un eroe tenebroso e romantico di un romanzo delle sorelle Brontë.

Il mio cuore salta alcuni battiti, mi fermo un attimo, mi dico che è solo per riprendere fiato dopo la salita.

Love, love, love.

Ho un sussulto. Un SMS. Proprio adesso. Maledetta suoneria, spero che McMillan non abbia sentito. Silenzio il telefono senza guardare il messaggio, mi do una scrollata.

Quando McMillan mi nota smette di guardare l'orizzonte e si gira verso di me. «Detective Fincher.»

«Sir.»

«Venga, sediamoci.» Indica una panchina rivolta a nord-est, sull'Arthur's Seat, la collina che si eleva sulla città come la schiena di un mostro dormiente. Bene. Così non dovrò vedere per tutto il tempo la casa di Aidan Campbell.

Per un po' restiamo seduti in silenzio. Non so se l'ispettore capo si aspetta che inizi io con il rapporto. Proprio un attimo prima che glielo chieda, si schiarisce la voce.

«Fincher, quindi lei pensava che fossi un assassino.»

«Ecco, io... Amy, cioè Rachel Knight, ha detto di essere la sua fidanzata e io non avevo motivo di metterlo in dubbio...» Vorrei sprofondare. O, ancora meglio, cadere morta all'istante.

Non mi guarda, gli occhi sono di nuovo puntati sulla città. «Perché in mia presenza non l'ha nominata nemmeno una volta? Io avevo capito che c'era qualcosa che non aveva il coraggio di dirmi. Ma, Dio mio, come potevo arrivarci?»

Mi tocco l'occhio nero imbarazzata. «Pensavo preferisse che nessuno sapesse del vostro rapporto.»

«Ah!»

«Sir, mi dispiace. È stato un errore.»

«Può dirlo forte.»

Tacciamo di nuovo. Non so se si aspetta che continui io. Ma anche stavolta parla prima lui.

«Nemmeno io le ho detto tutto quello che sapevo. Non ne avevo il diritto, ma avrei dovuto farlo lo stesso.»

«Sir, non capisco.»

Adesso mi guarda. «Si ricorda quando le ho raccontato di Molly Jordan, la ragazza di cui non ho mai trovato l'assassino?»

«Sì, mi ricordo.»

«Si ricorda anche la casa in cui vivevano gli studenti di cui avrei tanto voluto far analizzare il DNA?»

«Sì.»

«Ecco, uno lo tenevo d'occhio più degli altri. Non perché ci fossero indizi concreti a suo carico, ma per la sua strana arroganza. Quando lo interrogavo aveva sempre un ghigno in faccia, sembrava felice che la polizia non stesse arrivando a nulla. I motivi potevano essere molteplici, ovvio. Ma il mio istinto mi diceva che aveva a che fare con l'omicidio.»

«Dev'essere stato terribile.»

McMillan annuisce. «Poi sono arrivati nuovi casi. Ho ripensato spesso a Molly, riprendevo in mano il fascicolo in cerca di altri indizi. Il ragazzo invece l'ho dimenticato. Fin quando, in ufficio, non ho incrociato il nuovo collega dell'Informatica.»

«Aidan? Era lo studente di cui sospettava?»

«Sì, ho già ordinato il confronto tra il suo DNA e quello dell'assassino di Molly.»

«Adesso capisco perché Aidan ha preso proprio la sua identità. Per lui dev'essere stata una gioia enorme calarsi nei panni del suo nemico, fare la parte dell'uomo che lo aveva quasi scoperto.»

«Era uno psicopatico pericoloso. E lei, Fincher, è riuscita in quello in cui io anni fa ho fallito. Ha messo la parola fine alle sue malefatte.»

«Sir, in realtà è stata Rachel.»

«Lo avrete fatto insieme, no?»

«In un certo senso...»

Mi guarda negli occhi. Meno male che sono seduta. Ma ho comunque paura che il cuore mi salti fuori dal petto.

«Campbell ha torturato e maltrattato questa Rachel in modo orribile. Davvero credeva che potessi fare cose del genere?»

Oh, mio Dio... oh, mio Dio!

«Ero sconcertata. Non potevo, non volevo crederci. Ma tutti i fatti andavano in quella direzione e...» Mi mordo la lingua.

«Kate, pensavo di piacerle. A me in ogni caso lei piace. Addirittura molto. Non può non essersene accorta.»

Lo fisso.

«Mi scusi» dice subito lui. «Non avrei dovuto dirlo. Era inadeguato.»

«Ehm... no, cioè sì, lo era.» Abbasso gli occhi. Mi gira la testa. Quante volte ho immaginato come potrebbe essere... Mai ho pensato che potesse succedere davvero. Proprio ora, proprio qui.

«Kate?»

«Ho bisogno di un secondo.» Mi strofino la faccia. La mia testa si riempie di pensieri folli. Come sono vestita? La mia coda di cavallo è sicuramente storta. Penserà che sono pazza.

«Kate, non volevo metterla in difficoltà.»

«Invece lo ha fatto.» Alzo la testa, lo guardo. «Sir, diceva sul serio?»

«Data la situazione, sarebbe più appropriato Ben.»

«Okay. Ben, dice sul serio?»

«Sì.»

«Allora voglio che mi abbracci. Subito, adesso.»

Lui ride e allarga le braccia. «Kate, tutto quello che vuoi.»

Venerdì 2 novembre

AMY

Quando scendo dal pullman, mi sento irrigidita per le tante ore passate a sedere. Non è solo il viaggio per arrivare qui, anche ieri sono stata seduta per una mezza eternità. L'interrogatorio della polizia è durato quasi cinque ore. Un uomo e una donna, l'ispettore Harris e la detective Highgate, hanno voluto sapere ogni dettaglio riguardo alla mia vita con Ben. Poi si sono fatti raccontare con la massima precisione come sono arrivata da Edimburgo a Dornie.

A un certo punto è entrato un uomo alto intorno alla quarantina che si è presentato come l'ispettore capo McMillan. Il vero Ben. Incontrarlo mi ha messo in imbarazzo, ma è stato molto gentile.

Poi io e la mamma siamo andate a mangiare nell'Old Town. Io ero così stanca che non riuscivo a tenere gli occhi aperti. Ma lei aveva prenotato un tavolo apposta e non volevo deluderla. Mangiando mi ha detto che aveva parlato al telefono con mio fratello, la settimana prossima verrà a trovarci dal Canada.

Avere all'improvviso di nuovo una famiglia è una cosa bella, ma anche un po' strana. Mamma mi ha detto che mio fratello ha un hotel a Vancouver e due figlie gemelle di tre mesi. Sono zia e nemmeno lo sapevo.

Stamattina l'ho accompagnata alla stazione e poi in taxi sono andata a Lauder Road. Essere di nuovo davanti alla casa in cui è iniziato tutto, mi ha messo i brividi. Ho ripensato all'uomo nel bagno di sangue in cucina, il marito di Susan e, come ormai so, il rapitore di Madelin. Non ero sicura di essere la benvenuta.

Stavo per tornare indietro, ma la porta di casa si è aperta.

«Rachel? Lei è Rachel, vero?» Susan mi ha sorriso. Era più magra e più pallida di come la ricordassi.

«Volevo solo...» All'improvviso mi sono mancate le parole. Ho pensato: *Ma cosa sono venuta a fare?*

«Entri, Rachel, preparo un tè.»

Cinque minuti dopo eravamo sedute nel salotto in cui ero già stata esattamente due settimane prima. Allora non vedevo l'ora di andarmene perché avevo paura che Ben tornasse a casa dal lavoro e non mi trovasse. O che arrivasse lì con i colleghi e scoprisse che mi ero allontanata più del dovuto.

Avevo notato il quadro sopra il divano, un paesaggio desolato che mi aveva intristito ancora di più. Era stato rimosso.

Notando il mio sguardo, Susan ha risposto alla mia domanda silenziosa. «L'ho buttato. Lo aveva scelto Stuart, a me non è mai piaciuto.»

Ho annuito e bevuto un sorso di tè.

«Darò via quasi tutto. Io e Harper andiamo via da Edimburgo, ci trasferiamo sulla costa. In questa casa tutto mi ricorda lui.»

«Capisco. Anch'io ho una casa in cui non voglio metter mai più piede.» Con mia grande sorpresa, stamattina l'ispettore

Harris mi ha chiamato in hotel per dirmi che è stato trovato il testamento di Aidan. Ha lasciato tutto a me. Compresa la casa in cui ho abitato come una reclusa per anni.

«Io le sono molto grata» mi ha detto Susan. «Mi ha riportato Madelin. Così perlomeno ho potuto abbracciarla ancora una volta.»

Ho abbassato lo sguardo sui consunti stivaletti con il tacco medio che ho trovato nella mia vecchia camera di Oban. «Avrei potuto fare di più.»

«Lei ha fatto più della maggior parte delle persone. Non lo dimenticherò.»

Abbiamo chiacchierato ancora un po', poi sono andata via. Mi aspettava un lungo viaggio.

«Rachel, venga a trovarci nella nostra nuova casa» mi ha detto Susan salutandomi.

«Lo farò. Di sicuro.»

Si avvicina la sera, il sole tramonta sul Loch Long, l'acqua luccica piena di mistero. Penso a quanto stavo male la prima volta che ho visto questo lago e mi volto velocemente.

Percorro il breve tragitto dalla fermata al *Jolly Ferryman* con la massima tranquillità. Prima di entrare, guardo attraverso le finestre illuminate. Per fortuna non c'è troppa gente. C'è un tavolo di uomini che giocano a carte e due ragazze che fissano lo schermo del cellulare.

Quando mi vede, Niall sgrana gli occhi. Poi il suo viso s'illumina di un sorriso raggiante.

Mentre vado verso di lui, all'improvviso tutto il resto è come dimenticato. La stanchezza, i brutti ricordi, la paura del futuro, tutti questi pesi svaniscono. Mi accomodo su uno sgabello del bancone.

«Amy, è bello vederti» dice Niall come se fossi un cliente fisso che viene qui più volte alla settimana. «Ho sentito che gli hai dato una bella lezione, al bastardo.»

Sorrido anch'io. «Non farà più del male a nessuno.»

«Ben fatto.» Il suo sguardo si fa pensieroso. «E adesso quali progetti hai?»

«Prima di tutto voglio finire la scuola. E poi… chissà.»

Inclina la testa. «Magari ogni tanto avrai voglia di venire a trovare un vecchio amico nelle Highlands?»

«Senz'altro. Non ci rinuncerei per niente al mondo.» Batto sul bancone. «E adesso vorrei bere qualcosa.»

«Cosa vuoi? Offre la casa.»

«No, Niall. Offro io. Mi hai salvato la vita e voglio ringraziarti. Hai qualcosa di decente con cui brindare?»

«Be', in frigo dovrei avere ancora una bottiglia di champagne.»

«Allora cosa aspetti?»

Nota dell'Autrice

Mi piace viaggiare, anche con le mie storie. Per questo spesso sono ambientate in posti o tempi lontani. Così ogni volta posso scoprire qualcosa di nuovo o vedere il vecchio con occhi nuovi. Ma non è l'unico motivo per cui questa storia si svolge in Scozia.

Tanto per cominciare, c'è il fatto che la polizia in Gran Bretagna è diversa da quella tedesca, organizzata in modo molto più gerarchico. Queste differenze hanno fatto sì che potessi raccontare la mia trama come volevo raccontarla.

Poi ci sono la solitudine e la vastità delle Highlands, così scarsamente popolate che una ragazza può vagare per giorni senza alcun problema. Mentre in Germania abbiamo più di duecento abitanti per chilometro quadrato, in alcuni angoli delle Highlands ce ne sono se va bene otto. Da noi Amy durante la sua fuga si sarebbe imbattuta quasi subito in una grande città o in una strada piena di traffico. Nelle Highlands non c'è né l'una né l'altra.

Io stessa sono già stata a camminare lassù. Nelle giornate di nebbia autunnale si ha la sensazione di allontanarsi sempre di più dalla civiltà, di viaggiare in un'altra epoca o in un altro mondo. Per questo non mi sarei sorpresa se in un ruscello fosse spuntato un kelpie o se tra i lembi di nebbia fosse apparsa un'altra delle tante creature fatate scozzesi.

Queste creature magiche, come anche il paese, sono connesse strettamente con la mia storia. Cosa avrebbe fatto Amy senza il Ghillie Dhu o la dama verde?

Proprio come il kelpie, il gruagach o il Ghillie Dhu, pare esista davvero una "Green Lady" o "Ell-maid of Dunstaffnage". Ho solo modificato un po' la leggenda, perché in realtà la dama verde annuncia eventi funesti quando è triste e si lamenta, e fortunati quando esulta di gioia. Il castello in origine apparteneva al clan dei MacDougall, e c'è una storia cruenta riguardo all'omicidio di uno sposo pugnalato mentre camminava verso la cappella, il che significò la fine della sua dinastia. Non si sa se la dama verde sia la sposa abbandonata che da allora non trova pace. Sono dell'idea che dipenda da ciò che uno crede.

Ringrazio tutte le persone che, con le parole e con i fatti, mi hanno aiutato a guardare con occhio critico il mio testo e a ottenere le informazioni di cui avevo bisogno. Mi riferisco in particolare a David Devine e Stephen Atkinson della Transport Scotland, che si sono presi la briga di appurare per me le dimensioni corrette del ponte a Spean Bridge, che nessuno di fatto sembra conoscere con precisione. Infatti nemmeno sul progetto di costruzione che mi hanno procurato ne è indicata l'altezza.

Il mio viaggio con questa storia finisce qui. Non è facile congedarmi dalle Highlands. Allo stesso tempo, però, non vedo l'ora di scoprire dove mi porterà la prossima avventura.

Karen Sander,
gennaio 2019

FSC
www.fsc.org
MISTO
Carta da fonti gestite in maniera responsabile
FSC® C115118

Stampato presso Elcograf S.p.A.
Stabilimento di Cles